ハヤカワ・ミステリ文庫
〈HM㊹-1〉

パードレはそこにいる

〔上〕

サンドローネ・ダツィエーリ
清水由貴子訳

早川書房
7849

UCCIDI IL PADRE
by
Sandrone Dazieri

Translated by
Yukiko Shimizu
First published in Italy by
ARNOLDO MONDADORI
First published 2016 in Japan by
HAYAKAWA PUBLISHING, INC.
This book is published in Japan by
arrangement with
GRANDI & ASSOCIATI
through TUTTLE-MORI AGENCY, INC., TOKYO.

抵抗したオルガに

上巻目次

パードレはそこにいる

〔上〕

登場人物

コロンバ・カセッリ……………機動隊副隊長。休職中
ダンテ・トッレ……………………コンサルタント
アルフレード・ローヴェレ………機動隊隊長
アルベルティ・マッシモ…………新人警察官
フランコ・デ・アンジェリス……検事
マルコ・サンティーニ……………県警中央捜査本部（SIC）副本部長
マリオ・ティレッリ………………監察医
ディーノ・アンゼルモ……………郵便・通信警察の警部
カルミネ・インファンティ………機動隊第三課の警視
ロベルト・ミヌティッロ…………ダンテの弁護士
マルコ・デ・ミケーレ……………内科医
サビーノ・モンタナーリ…………用務員
サンティアゴ・ウルタード
ホルヘ・ペレス
……〈クキロス〉所属の情報屋
ルカ・バレストリ…………………行方不明の少年
ルチア・バレストリ………………ルカの母
ステファノ・マウジェーリ………ルカの父
アントニオ・ボディーニ…………ダンテの誘拐犯。故人
父親《パードレ》……………………………ダンテの誘拐犯

I 以前

灰色のコンクリートでできた湾曲した壁。かすかな音や反響。両腕を広げた長さの倍の直径の円。その丸い世界で少年が最初に学んだのは、自分の新たな名前だった。名前はふたつある。少年が好んで使うのは〝息子〟のほうだ。それを名乗れるのは、正しいことをしているとき、服従しているとき、思考が明晰かつ迅速であるとき。それ以外は〝獣〟と呼ばれる。〝獣〟のときは罰せられる。〝獣〟のときは寒くて空腹だ。〝獣〟のときは、丸い世界は悪臭を放つ。

〝息子〟が〝獣〟になりたくなければ、自分に任された毎日の仕事を覚えておかねばならない。排泄物を入れるバケツはつねに梁から吊り下げ、いつでも空にできるようにしておくこと。水差しはつねにテーブルの中央に置いておくこと。ベッドはつねに整えて清潔に保ち、カバーをきちんと折りこんでおくこと。食事用のトレーはつねに小窓の横に置いておくこと。

小窓は丸い世界の中心だ。少年はそれを気まぐれな神のごとく恐れ、崇《あが》めている。その小窓はだしぬけに開くこともあれば、一日じゅう閉じたままのこともある。その小窓から、食べ物、洗濯をした服やベッドカバー、本、鉛筆を渡されたり、あるいは罰を与えられたりする。

過《あやま》ちを犯すと、かならず罰せられる。ちょっとした過ちなら食事抜き。もっと大きな過ちのときは、耐えがたい寒さや暑さ。あまりの暑さに汗が止まったこともある。そのときは死を覚悟してコンクリートの床に倒れた。けれども、冷たい水をかけられて許された。ふたたび〝息子〟となった。水を飲み、蝿がぶんぶんたかったバケツを掃除することができた。丸い世界の罰は厳しい。執拗で、容赦ない。

ずっとそう信じていた。丸い世界が不完全だということに気づくまで。丸い世界にひびが入っていることに。壁に、人さし指くらいの長さのひびがあった。まさにバケツを吊り下げる梁がコンクリートに差しこまれている部分に。

何週間ものあいだ、少年はそのひびを間近で見ないようにしていた。それがあることを知りつつも、頭の隅に追いやって炎のように燃やした。ひびを見るのは〝禁じられたこと〟だと知っていた。なぜなら、丸い世界でははっきりと許可されていないことはすべて禁じられているからだ。けれどもある晩、少年は自分自身に屈した。長い時間を経て背《そむ》いた。丸い世界ではつねに変わることなく流れる時間を経て。慎重に、ゆっくりと、動作を選びながら。ベッドから起きあがって、転んだように見せかけた。

愚かな〝獣〟。無能な〝獣〟。壁にもたれて身体を支えるふりをしながら、ほんの一瞬、左側のひびに目を向けた。何も見えなかった。ただの闇だった。それでも、そのとんでもない行為を恐れるあまり、ずっと汗が止まらなかった。そのあいだ罰と苦痛を覚悟していた。寒さと飢えを。ところが何も起こらなかった。少年は心底驚いた。そうして待ちつづける時間が、やがて眠れぬ夜となり、熱に浮かされた一日となるうちに、自分の行動がすべて見られているわけではないと悟った。すべての善し悪しを問われ、判断を下されるわけではないと。褒美が与えられるか罰せられるかのどちらかだけではないと。絶望と孤独を感じた。丸い世界に来たばかりのころにはなかったことだ。〝以前〟の記憶がまだ鮮明だったころ。壁はなく、〝獣〟でも〝息子〟でもない別の名前だったころには。少年は自信が砕け散るのを感じ、それゆえ、またしても目を向けた。二度目は、たっぷり一秒ほどひびを見つめた。三度目は、ひと呼吸するあいだ。すると、見えた。緑が見えた。青が見えた。豚のような影が見えた。家の赤い屋根が見えた。

　いまや少年はじっと見つめていた。爪先でバランスを保ち、ひんやりしたコンクリートに両手をついて身体を支えながら。外で何かが動いている。夜明けとおぼしき光のなかで。その黒っぽいものは、だんだんと近づいて大きくなる。ふいに少年は自分が取り返しのつかない過ちを犯していることに気づいた。破ってはならない掟を破っていることに。

　草原を歩いている男は父親《パードレ》で、じっとこちらを見ている。少年の考えを感じとったかのように足を速める。まっすぐこちらへ向かってくる。

　その手にはナイフが握られていた。

II　石の輪

1

おぞましい事件は、九月初めのある土曜の午後五時、道行く車を止めようとしているショートパンツ姿で袖まくりをした男とともに幕を開けた。男は陽射しをさえぎるためにTシャツを頭にかぶり、擦り切れたビーチサンダルをはいていた。

男に気づいて県道の端に車を寄せながら、年配の警察官は〝頭がイカれた奴〟だと決めつけた。十七年間、この仕事をやってきて、アルコール依存症者や、何があろうと反応しない意識障害者を数えきれないほど目にしてきたおかげで、頭がイカれた奴はひと目見てわかる。その男も、間違いなくそうだった。

ふたりの警察官が車を降りると、ショートパンツの男は何やらぶつぶつつぶやきながらしゃがみこんだ。どうやら衰弱して脱水症状を起こしているようだ。若いほうの警察官が、眉をひそめる同僚を無視して、車のドアポケットに入れてあったボトルの水を少し飲ませた。

すると、ようやく男の言葉は聞き取れるようになった。「妻がいなくなった」男は言った。

「息子もだ」彼の名はステファノ・マウジェーリといい、その日の朝、ここから数キロ離れたプラトーニ・デル・ヴィヴァーロへ家族でピクニックに行った。早めに昼食を取ってから、彼はそよ風に吹かれてつい居眠りをしてしまった。目を覚ましてみると、妻と息子の姿がなかった。

三時間捜しまわったが見つからず、気がつくと県道の端をとぼとぼ歩き、日射病になりかけて、すっかり途方に暮れていたという。男の真剣な顔に、自信が揺らぎはじめた年配の警察官は、なぜ妻の携帯電話に連絡しなかったのかと問いただした。するとマウジェーリは答えた。連絡はしたが、留守番電話になっていて、そのうちに自分の電話のバッテリーが切れたと。

年配の警察官は、やや疑いを解いた目でマウジェーリを見た。妻が子を連れて失踪した事件は、緊急通報ダイヤルにも何度も寄せられている。もっとも、草地の真ん中に配偶者を置き去りにしたケースははじめてだったが。おそらく生きてはいないだろう。

マウジェーリの案内で、ふたりの警察官は彼がピクニックをしていた場所へ向かった。そこには誰もいなかった。遊びにきていた人たちは残らず帰り、深紅色のレジャーシートから少し離れたところに、彼のグレーのブラボーがぽつんと停められているばかりだった。レジャーシートの上には、食べ物の残りと『ベン10』――十種類のエイリアンヒーローに変身する力を持った少年が主人公のアニメ――の人形が置かれていた。

ひょっとしたら、すでにベン10が巨大な蠅のようなものに変身して、姿を消したふたりを捜して草地の上空を飛びまわっていたかもしれない。だが、そんなことには思いも及ばないふたりの警察官は、オペレーションセンターに連絡し、プラトーニ・デル・ヴィヴァーロではここ数年で最大規模の捜索隊の出動を要請することしかできなかった。

コロンバが行動を開始したのはそのときだった。彼女にとって、それは長いブランクを経て仕事に復帰する初日となった。そればかりか、間違いなく最悪の日となった。

緑の目の周囲は三十二歳よりやや老けて見える。肩幅の広い筋肉質の身体、頬骨が高く張った顔。コロンバは否が応でも人目を引いた。戦士のような顔つきだと、かつて恋人に言われたことがある。裸馬に乗って駆けまわり、半月刀で敵の首を切り落とす戦士のようだと。コロンバはにやりとすると、彼に飛びかかってまたがり、啞然とさせたものだった。しかしいまのコロンバは、戦士というよりは被害者の気分でバスタブの縁に腰かけながら、手に持った携帯電話のディスプレイで光るアルフレード・ローヴェレの名前を見つめている。彼はローマ機動隊の隊長で、現在も正式に彼女の上司かつ指導役だ。この三分間で電話をかけてきたのはこれが五回目になる。けれどもコロンバは一度も出ていない。

2

シャワーを浴びて、まだバスローブ姿のままだった。やっとのことで招待に応じた友人宅での夕食の時間に、すでに大幅に遅れている。退院してからというもの、彼女はほとんどの時間をひとりで過ごしてきた。外出はめったにしなかった。ただ朝方に――たいていは日の出とともに――スウェットスーツを着て、ヴァチカンにほど近いアパートメントの窓の下を流れるテヴェレ川沿いに走るだけだった。

　土手を走るのは敏捷性の訓練になる。地面のくぼみ以外にも、腐敗したゴミの山からこぼれ出た犬やネズミの糞をよけなければならない。けれどもコロンバにとっては、頭上の排気ガスと同じく何でもないことだった。何しろここはローマだ。観光客には理解できないかもしれないが、彼女がこの街を気に入っているのは、まさに汚くて悪臭が漂うからだった。ランニングを終えると、ふたりのスリランカ人が経営する角の小さな店で一日おきに買い物をし、土曜日にはカヴール広場の古本の露店まで足を延ばして、一週間分の本を手提げいっぱいに買いこむ。古典、推理小説、短い恋愛小説などジャンルはさまざまだが、ほとんど最後まで読むことはない。ストーリーが複雑すぎると頭が混乱し、逆に単純すぎると退屈する。どれもまったく集中して読めなかった。内容がちっとも頭に入らないこともあった。

　店員を別にすれば、コロンバが生きている者に向かって言葉を発することは一日を通してめったになかった。もちろん母親はいるが、たいていは電話で向こうが一方的にまくしたてるだけだ。あとは、いまでもたまに連絡をくれる友人や同僚がいる。そうしたときには自意識が強くなり、必要以上に元気に振る舞うことを心得ていた。つねにうまくやり過ごしてはいるが、ひとりでいるのが好きなわけではない。ただ、世の中のことに関心がないのだ。それは、みずからの身に起きたことのせいだと、あの惨劇のせいだとわかっていた。だが、どれだけ力を尽くしても、自分を他の人間と隔てている見えない膜を破ることはできなかった。今夜、招待に応じようと努力したのも、その膜を破るためだった。けれどもまったく気が進まず、おかげで友人たちがすでに三杯目の食前酒を飲んでいるというのに、自分はまだここにいて、どうするべきか決めかねている。

電話が切れるのを待ってから、コロンバは髪を梳かしはじめた。病院で短く刈りあげられたが、いまはほぼふつうの長さまで伸びた。ところどころ白髪が生えていることに気づいたとき、インターフォンが鳴った。間違いであることを願いながら、ブラシを持ったまましばらく待つと、またしてもインターフォンは鳴った。コロンバは窓のところへ行って外を見た。アパートメントの下に一台のパトロールカーが停まっている。どういうつもり？　コロンバは憤りながら電話をつかむと、ローヴェレにかけ直した。

彼は最初の呼び出し音で出た。「車が到着した」挨拶代わりに言う。

「そのようですね」コロンバは怒りもあらわに答えた。

「知らせようとしたのに、きみは電話に出なかった」

「シャワーを浴びていたんです。それに、食事の約束に遅れていて。だから申し訳ありませんが、帰るように伝えてください」

「なぜきみを迎えに遣ったのか、知りたくないのか？」

「はい」

「それでも言っておこう。プラトーニ・デル・ヴィヴァーロへ向かってほしい」

「何があるんですか？」

「驚かせてショックを与えるのは本意ではない」

「もう驚かされています」

「これから起きることのほうが興味深いだろう」

コロンバはため息をついた。「わたしは休職中なんです。お忘れかもしれませんが」

ローヴェレの口調が真剣になる。「その間、わたしはきみに何かを頼んだことがあったか？」

「いいえ、一度も」コロンバは認めた。

「早く復帰させようとしたり、辞めないよう説得したりしたことがあったか？」

「いいえ」

「それなら、わたしの頼みを断ることはできまい」

「残念ながら」

「ぜひきみの力が必要なんだ、コロンバ」

その口調から、それが本心だと彼女は悟った。しばらく黙ったままでいる。追いつめられたような気分だった。「本当に必要なんですか？」少しして尋ねた。

「もちろんだ」

「それなのに、理由は教えてもらえないんですね」

「よけいな先入観は与えたくない」

「どうもご親切に」

「それで、行くのか、行かないのか？」

これが最後、とコロンバは考えた。「わかりました。でも、インターフォンを鳴らすのはやめるよう同僚に言ってください」

ローヴェレが電話を切ると、コロンバはしばらく携帯を見つめていたが、やがて待ちくたびれた友人に夕食には行けないことを伝え、相手の文句を受け止めてから、裾がフリンジになったジーンズと〝アングリーバード〟がプリントされたスウェットシャツに着替えた。これまで仕事のときには着たことがないような服を、あえて選んだ。

玄関の棚から鍵を取り、無意識にベルトにホルスターを取りつけているかどうかを確かめる。だが、手には何も触れなかった。すぐに、拳銃は入院の日から警察の武器倉庫に預けてあることを思い出したが、なぜか肩透かしを食らった気分だった。階段があと一段あると思って足を踏み出し、よろめいたときのような。その瞬間、最後に武器を手に取ったときの記憶がよみがえり、パニックが襲いかかってきた。

たちまち息苦しくなり、部屋じゅうがすばやく動く影でいっぱいになる。壁や床を這いまわりながら叫び声をあげる影。しっかり見据えることのできない影。つねに視界にあるものの、かろうじて目の端でとらえるだけ。実際には存在しないとわかってはいたが、一方でコロンバはその影を全身の細胞で感じた。恐れていた。目に見えない絶対的な恐怖。胸が苦しくなって息詰まるほどの。手探りで棚の角を探し、そこに手の甲をわざと打ちつける。指に感じた激しい痛みがまたたく間に腕を駆けあがったが、痛みは瞬時に消えた。もう一度打ちつける。そしてもう一度。指の付け根の関節をおおう皮膚が破れ、その衝撃で肺がふたたび動き出すまで。自動体外式除細動器《AED》で発作を起こした心臓を動かすように。大量の空気をのみこんで狼狽したが、すぐに通常の呼吸に戻った。影はかき消え、恐怖は首筋をつたう冷や汗となって溶けた。

わたしは生きている、生きている。床にひざまずきながら、コロンバは五分間、そう自分に言い聞かせつづけた。その言葉に意味があると思えるようになるまで。

3

床に座りこんだまま、コロンバはさらに五分かけて呼吸を整えた。前回パニックに襲われてから何日も、否、何週間も経っていた。始まったのは退院した直後だった。そういうこともある、と医師に説明された――あのような経験のあとでは、とくに珍しいことではないと。その話を聞いているときには、身体の震えや不眠といったものを予想していた。ところが、最初は大きく揺れる地震のようだった。二回目はさらに激しかった。酸素が欠乏して感覚がなくなり、死を覚悟した。発作はだんだんと頻繁になり、ひどいときは一日に三、四回も襲われた。ちょっとした音やにおいが引き金となった。たとえば煙の焦げ臭さなど。

病院の心理学者は、何かあったときのために彼女に電話番号を教えた。というよりも、ぜひ連絡してほしいと頼んだ。けれどもコロンバは、自分の身に起きていることについて、その心理学者にも、ほかの誰にも話さなかった。ほとんどの人間が彼女に拳銃よりもコーヒーカップを手にしてほしいと考えている世界で、自力で前に進み、周囲には弱みや苦悩を隠すことを学んだ。そして、これは報いだと心のどこかで思っていた。例の惨劇の罰であると。

傷ついた指の付け根に絆創膏を貼りながら、もう一度ローヴェレに電話をかけてなじってやろうかと思ったが、勇気がなかった。礼儀に反しない程度に、できるかぎり顔を合わせないようにして、帰ってきたらキッチンの引き出しにしまってある辞表をポストに投函しよう。それから、残りの人生をどうするのかを考えればいい。まだ自分が仲間であると感じたくて、あいかわらず県警の周囲をうろついている退職した同僚たちのようにはなるまいと思いながら。

外は世界を揺るがすかのような嵐だった。コロンバはスウェットシャツの上にナイロンのパーカーをはおると、階段を下りた。

パトロールカーを運転していたのは若い警察官だった。彼は雨のなか車を降りて挨拶をした。「アルベルティ・マッシモ捜査官です、ドクター・カセッリ」

「車に乗って。濡れるから」そう言いながら、コロンバは助手席に乗りこんだ。その様子を、通りがかりの隣人が傘の陰から興味津々に見ている。コロンバはこの建物に越してきたばかりで、彼女が何の仕事をしているのかを知る者はほとんどいないはずだ。めったに会話をしないことを考えると、おそらく誰も知らないだろう。

車に乗るなり、コロンバは懐かしいにおいに包まれた。フロントガラスに反射する回転灯、無線機、サンバイザーに貼られた指名手配犯の写真……どれも久しく会っていなかった昔なじみのようだった。本当に辞める覚悟はあるの？　彼女は自分に問いかけた。いいえ、まだ心の準備はできていない。でも、ほかにどうすることもできない。

アルベルティはサイレンを鳴らし、車を発進させた。

コロンバはため息をついた。「消して」若い警察官に言う。「急いでいるわけではないでしょう」

「急行するよう命じられています」アルベルティはそう言いながらも従った。

肌の色艶から見て、二十五歳くらいだろう。わずかにそばかすがある。心地よいアフターシェーブ・ローションの香りを漂わせているが、いまの時刻にはややそぐわない。もしかしたら小瓶に入れて持ち歩いていて、自分に対して印象をよくするために振りかけたのかもしれない。制服もしわひとつなく、やけにきれいだ。「あなた、新人？」コロンバは尋ねた。

「一年間、志願して兵役に就いてから、一カ月前に学校を卒業しました。出身はナポリです」

「スタートが遅かったのね」

「去年の試験に合格できなかったら年齢制限に引っかかるところでした。まさに間一髪です」

「せいぜいがんばって」コロンバはつぶやいた。

「ひとつ訊いてもいいですか？」

「どうぞ」

「機動隊に入るにはどうすればいいんですか？」

コロンバは顔をしかめた。パトロールカーに乗っている警察官はほとんどが機動隊志望だ。

「推薦が必要よ。上司に訊いて、司法警察の講習に通うことね。だけど、もし入れたとしても、思っているほど楽しいものではないことを忘れないで。時計を見る暇もないから」

「ちなみに、ドクターはどうやって入られたのですか？」

「ミラノで試験を受けてから、二年間、県警にいたわ。それからパレルモの麻薬取締局。四年前にドクター・ローヴェレがローマに異動したときに、彼の補佐として一緒に来たというわけ」

「殺人課に」

「忠告しておくけど、ペンギンだと思われたくなければ、〝殺人課〟とは言わないほうがいいわ」〝ペンギン〟というのは新米警察官を意味する隠語だ。「そんな呼び方をするのはドラマの中だけ。機動隊第三課よ。わかった？」

「失礼しました」アルベルティは言った。顔が赤くなると、そばかすがよけいに目立つ。

自分の話はもうたくさんだ。「なぜあなたひとりが寄越されたの？」

「通常はベテランとペアでパトロールしますが、今回はぼくが捜索を志願したんです。今日、県道でマウジェーリを発見したのが、ぼくともうひとりの同僚だったものですから」

「悪いけど、何のことだかさっぱりわからない」

アルベルティが最初から説明し、コロンバはようやく行方をくらましたピクニック客と、ショートパンツの男の話を聞くに至った。

「じつのところ、ぼくは捜索に加わっていないんです。自宅に行って、そのまま見張っていました」最後にアルベルティはつけ加えた。

「その一家の家に？」

「はい。仮に妻が出ていったとしても、何も持ち出していません」

「近所の人の話は？」

「役に立つようなことはとくに何も。噂話ばかりです」そう言って、アルベルティはにっこりした。たいていのペンギンのように無理して厳めしい表情を保とうとしないところが彼の長所だ。

しかたなくコロンバもほほ笑んだが、慣れないことをしたせいで顔が引きつった。「それで、いまからどこへ行くの？」

「捜索本部がヴィヴァーロの乗馬センターに設置されています。そこに、ぼくたちのほかに国家憲兵《カラビニエーリ》、消防士、災害救助隊が集結しています。それに野次馬もおおぜい押しかけて、大騒ぎになっています。噂が広まったんでしょう」

「いつものことだわ」コロンバは不満げに言った。

「三時間前にちょっとした動きがありました。ランドローバー・ディフェンダーが二台、カーヴォ山へ向けて出発するのを見たんです。役人と司法官が乗っていました。ドクター・デ・アンジェリスです。ご存じですか？」

「ええ」しかもコロンバは彼が苦手だった。検事のフランコ・デ・アンジェリスは、新聞に自身の記事が載ることに命をかけているようなタイプの男だ。あと数年で定年を迎えるが、その後は司法官最高委員会のメンバー入りを目指しており、そのためには手段を選ばないというもっぱらの噂だった。「一家がピクニックをしていた場所からカーヴォ山までは、どれくらいの距離があるの？」コロンバは尋ねた。

「森を抜ければ二キロ、道路を回れば十キロです。報告書をご覧になりますか？　ダッシュボードに入っています」

コロンバは報告書を手に取った。そこにはフェイスブックに公開されているふたりの行方不明者の写真も載っていた。ルチア・バレストリはウエーブのかかった黒髪で、三十九歳だが老けて見える。子どもは太っていて、瓶底眼鏡をかけている。学校の机を背景に撮った写真で、カメラのほうを見ていない。六歳と六カ月。名前はルカ。

「カーヴォ山まで歩いたとしたら、母親と子どもの足ではかなりかかる。それに、目撃者も誰もいないのね？」

「そう聞いています」

ふたたび雨が激しくなり、とたんに車の流れが停滞しはじめたが、回転灯を点滅させたパトロールカーは海を割るモーゼのごとく車の列をかき分け、三十分でヴェッレトリ方面とのジャンクションに到着した。やがて警察車両や災害救助隊のバンの往来が目立ちはじめ、乗馬センターが見えてくるころには車の列はぎっしり詰まったかたまりとなった。乗馬センターは、馬場の周囲にいくつかの建物が集まった地味な平屋の施設だった。

パトロールカー、一般車両、カラビニエーリの移動用バス、救急車、消防車でふさがれた県道をのろのろと進む。屋根にBSアンテナが取りつけられたテレビ局の中継車が二台と、もくもくと煙を出しているキッチンカーも見える。屋台と射的場があれば完璧だ、とコロンバは皮肉っぽく考えた。

アルベルティはキャンピングカーの後ろに車を停めた。「着きました」彼は言った。「ドクター・ローヴェレが捜索本部でお待ちです」

「本部の場所は知ってるの？」

「はい」

「それなら案内して。そのほうが早いから」

アルベルティはハンドブレーキを引くと、寂れた建物のあいだを抜けて彼女を案内した。壁越しに馬のいななきが聞こえ、嵐で興奮した馬と対面するのはごめんだとコロンバは思わずにいられなかった。目指す場所は小さな建物のひとつで、制服姿の警察官ふたりが入口に立っていた。ふたりはアルベルティに敬礼をしたが、彼女のことは民間人だと思って無視した。

「ここで待ってて」アルベルティに言うと、コロンバは〝国家警察――無断立入禁止〟と書かれた紙が貼ってあるドアをノックもせずに開けた。

その部屋は、ファイルの詰まった金属製の棚が壁沿いに並んだ古い資料室だった。制服や私服の警察官が五、六人ほど中央の四つの大きなデスクに腰かけて、電話をかけたり無線機で話をしたりしている。アルフレード・ローヴェレは、デスクに広げられた紙の前に立っていた。身長百六十センチほどと小柄で、灰色のまばらな髪を丁寧に後ろに撫でつけている。

靴やズボンの裾が脛《すね》のあたりまで泥だらけだった。

入口の近くに座っていた警察官が顔を上げ、彼女に気づいた。「ドクター・カセッリ」警察官は声をあげて立ちあがった。コロンバは彼の名前を思い出せなかった。覚えているのは、彼がオペレーションセンターに勤務していたときに使っていた〝アルゴ03〟というコードネームだけだ。その場にいた全員が一瞬、話をやめて彼女に目を向けた。

コロンバはどうにか笑みを浮かべ、彼らに仕事に戻るよう身ぶりで合図した。「どうぞ気にしないでください」

アルゴが彼女の手を握った。「お元気でしたか？　お会いしたかったです」

「わたしのほうはちっとも」コロンバは冗談めかして言った。アルゴは電話に戻り、すぐにあちこちで話し声が再開した。その内容から、県道沿いに検問所が設置されていることにコロンバは気づいた。おかしい。通常の失踪事件の捜査方法とは異なる。

ローヴェレがやってきた。彼はコロンバの目を見つめながらやさしく肩を抱いた。その息は煙草のにおいがした。「元気そうじゃないか、コロンバ。安心したよ」

「ありがとうございます」彼女は答えながら、ローヴェレのほうは老けこみ、疲労をにじませていることに気づいた。目の下が腫れぼったく、ひげも伸びている。「何が起きているんですか？」

「知りたいか？」

「いいえ、ちっとも。でも、わたしが呼び出されたということは……」

「すぐにわかる」ローヴェレは彼女の腕を取ってドアのほうへ促した。「車を見つけよう」

「わたしが乗ってきた車が入口で待っています」

「いや、ジープが必要だ」

部屋の外に出ると、壁にもたれていたアルベルティが慌てて直立した。

「まだいたのか？」ローヴェレが声をかける。

「わたしが待っているように言ったんです」コロンバは説明した。「てっきりすぐに帰ると思っていたので」

「オフロード車は運転できるか？」ローヴェレがアルベルティに尋ねた。

「はい」

「入口へ行って一台調達してきてくれ。われわれはここで待っている」ローヴェレは命じた。

アルベルティが駆けていく。ローヴェレは禁煙の貼り紙を無視して煙草に火をつけた。

「カーヴォ山へ行くんですか？」コロンバは尋ねた。

「何も説明しなくても、きみは理解しているようだな」

「わたしが運転手と話をしないとでも？」

「そのほうが好都合だった」

「それで、そこに何があるんですか？」

「自分の目で確かめるといい」

そのとき、一台のディフェンダーが中庭に入ってきて、あわや交通警察のバイクに衝突するところで停まった。

「やっと来たか」ローヴェレはコロンバの腕を取って庭に出ようとした。

彼女はその手を軽く振りはらった。「急いでいるんですか？」

「ああ。一時間もしないうちに、呑気《のんき》に構えていられなくなる」

「なぜ？」

「言わなくてもわかるだろう」

ローヴェレは車のドアを開けた。だが、コロンバは乗らなかった。「本気で帰ろうと思っています」彼女は言った。「理解できないことは子どものころから嫌いでした」

「嘘だ。それなら別の仕事を選ぶはずだ」

「そのつもりです」

ローヴェレはため息をついた。「本当に決めたのか？」

「このうえなくきっぱりと」

「その件についてはあらためて話そう。とにかく乗ってくれ」

コロンバはあきらめて後部座席に乗りこんだ。

「それでいい」ローヴェレはそう言って助手席に乗った。

彼の指示で、車は乗馬センターからヴィヴァーロの県道に出て、五キロほど行ってからラーギ通りに入り、そのままロッカ・ディ・パーパまで国道を走った。やがて人家もまばらになり、町外れのトラットリアでは、日除けの下で警察官たちがコーヒーを飲んだり煙草を吸ったりしていた。あたかも住民たちは身を潜め、制服姿の男たちや軍用車だけが留まっているようだった。さらに一キロほど進むと、カーヴォ山を上る道に入った。

車を停めると、周囲には誰もいなかった。小道の突き当たりに目を向けたコロンバは、木々の向こうの暗がりにぼんやり浮きあがるサーチライトの光に気づいた。

「ここからは歩いていかなければならない。道が狭すぎる」ローヴェレはそう言うと、トランクを開けて懐中電灯《マグライト》を二本取り出した。

「宝探しゲームみたいに、隠されたカードを探すんですか？」

「たまにはそれくらい安易な目印を残してくれればいいと思わないか？」ローヴェレは問いかえして、懐中電灯を彼女に渡した。

「何のために？」

「われわれの忍耐力を試すためだ」

ふたりは小道に足を踏み入れた。両側には木が立ちはだかり、絡みあった枝はさながら緑の通路をこしらえている。雨はやんで、ほとんど物音は聞こえない。湿気や腐った葉のにおいに、コロンバはキノコを思い浮かべた。幼いころ、ずいぶん昔に亡くなった叔父と一緒にキノコ狩りに出かけたものだった。一度でも見つけたことがあったかどうかは思い出せなかった。

ローヴェレはすでに歩き疲れて息を切らしているにもかかわらず、またしても煙草に火をつけた。「これぞ聖なる道《ヴィア・サクラ》だ」彼は言った。

「というと？」コロンバは尋ねる。

「ローマの神殿へと続く道さ。見てみろ。もともとの舗装がまだ残っている」ローヴェレは灰色の火山岩でつくられた板を懐中電灯の光で照らした。「三時間前に捜索隊がこの道を通って展望台へ向かった」

「どこにあるんですか？」

ローヴェレは前方の木立に懐中電灯を向けた。「あの向こうだ」

コロンバが頭をかがめて絡みあった枝をくぐり抜けると、金属の柵に囲まれた広い石のバルコニーが目に入った。展望台からは十メートルほど下に開けた場所を見わたすことができ、その中央には松やトキワガシの林があった。小道と木々のあいだに、二台のディフェンダーと、警察が専門機材を運ぶのに使ったバンが停められている。そして、サーチライトにつながれたディーゼル発電機のエンジン音と響きわたる声が聞こえてきた。

ローヴェレは蒸気機関車のごとく息を切らしながらコロンバに追いついた。「捜索隊はこの場所で休憩していた。見つけたのは偶然だった」

コロンバはローヴェレに言われるまま、柵越しに懐中電灯を向けた。

はるか下方に岩がひとつある。茂みに囲まれたその岩の上で、ビニール袋のようなものが光を反射した。あらためて光を向けると、それは茂みに引っかかってゆっくりと回っている白と青の運動靴だった。この距離からでも、十八センチか、せいぜい十九センチの子供靴だとわかる。

「子どもはここから転落したんですか?」コロンバは尋ねた。

「よく見るんだ」

言われたとおりにすると、靴は茂みに引っかかっているのではなく、紐で結ばれているのが見えた。コロンバはローヴェレを振りかえった。「誰かがあそこに下げたんですね」

「そうだ。それで捜索隊は下まで下りた。ここを通って」ローヴェレは小道を指さした。「だが、気をつけろ。急な坂道だ。足首をひねった者もいる」

ローヴェレが先に下り、コロンバはあとに続いた。意に反して好奇心をそそられた。誰が靴をあそこに置いたのか? どんな理由で?

ふいに風が吹き、雨粒が顔に飛んできた。コロンバはびくっとして胸が締めつけられるのを感じた。今日はもうじゅうぶん、と心の中で訴えかける。家に帰ったらいくらでも耐えるから。また涙を流しても構わない。でも、いまはやめて。お願い。誰と話しているのかはわからなかった。わかっているのは、この場所の空気のせいで神経が張りつめてきたことだけだった。彼女は一刻も早く立ち去りたかった。木立を抜けると、ふたたびでこぼこした土手に出た。低木や茨の茂みが広がり、大きな岩が半円形に並んでいる。その岩のひとつの周囲に十人ほどが集まっていた。そのなかに、フランコ・デ・アンジェリスと県警中央捜査本部《SIC》の副本部長マルコ・サンティーニの姿も見える。白い作業服を着た男がふたり、岩の下のほうにあるものの写真を撮っているが、それが何なのか、コロンバには見えなかった。だが、暴力犯罪分析局の略称が描かれたベストを見た瞬間、彼女はすべてを理解した。もっとも、心の底では最初からわかっていた。自分が呼び出されたのは行方不明者の捜索などではなく、殺人事件のためだと。コロンバは近づいた。地面にうずくまったものに岩が黒く尖った影を投げかけている。子どもではありませんように、と彼女は祈った。その祈りは聞き届けられた。

遺体は母親のものだった。

そして、首が切り落とされていた。

4

遺体はうつ伏せで、両脚は折りたたまれ、片腕が身体の下敷きになっていた。もう一方の腕は、手のひらを上に向けた状態で横に伸ばされている。首の断面はライトに照らされて青紫色のきらめきを放ち、濡れて光る白い骨が垣間見えた。頭は一メートルほど離れたところにあり、片側の頬を地面につけて顔を身体のほうに向けていた。

遺体から目を上げたコロンバは、他の面々が自分を見ていることに気づいた。

サンティーニはおかんむりの様子だった。年齢は五十歳くらい、細い口ひげを生やしたがたいのいい男だ。「いったい誰がおまえを呼んだんだ?」サンティーニが問いただした。

「わたしだ」ローヴェレが答える。

「何のために?」

「職業再訓練」

サンティーニは呆れたように両手を上げ、歩み去った。

コロンバは司法官と握手をした。「これはこれは」デ・アンジェリスはうわの空で応じると、すぐに言い訳をつぶやいて、ローヴェレを引っ張っていった。コロンバは離れたところから、ふたりが低い声で話しあう様子を見ていた。

ほかのメンバーたちは——彼女と面識のある者もいれば、噂を耳にしている者もいた——あいかわらず無言の視線を向けている。と、ふいに暗がりからマリオ・ティレッリが進み出た。ひょろりと背が高く、漁師帽をかぶった監察医だ。彼は甘草《かんぞう》の根を嚙んでいた。自分自身と同じくらい年代ものの銀のシガレットケースに入れて、つねに持ち歩いているのだ。

「元気か?」ティレッリは両手で彼女と握手をした。その手は氷のように冷たかった。「会いたかったよ」

「わたしも」コロンバは心から言った。「でも、まだ休職中だから、あまり喜ばれても困るわ」

「なら、この雨のなか、こんなところで何してるんだ?」

「ローヴェレに訊いて。それよりも、彼らのほうこそここで何をしてるの?」

「SICか、それとも暴力犯罪分析局《UCV》のことか?」

「両方。あの人たちが手がけるのは組織犯罪か連続殺人でしょう。でも、ここに遺体はひとつしかない」

「実際には、司法官の命令とあれば迷い猫を捜すこともある」

「デ・アンジェリスはサンティーニの友人だわ」

「そして、あいつらは喜んで互いに背中を掻きあっている。サンティーニは当然、科学捜査班を信用していない。だから白いつなぎ服を着た道化師どもを引き連れているんだ。何かを持ち帰っても、手柄を分ける必要がないからな」

「しくじったら？」

「きみたちに責任をなすりつける」

「最低ね」

「いつものことさ。あいつを叩きのめすためにここに来るより、家で休んでいるべきだったな」

「お互いさまでしょ。あなたはもう定年じゃなかった？」

ティレッリは笑った。「相談役として居残っているんだ。日がな一日家にいて推理小説を読むなんてまっぴらだし、クロスワードパズルはやり方がわからない」ティレッリは妻を亡くし、子どももいない。メスを手にしたら死を選ぶかもしれない。「あの女性について知りたいか、それとも知らんぷりを決めこむか？」

「話して」

「半月刀による切断だ。犯人は頭部を胴体から切り離すのに、第二頸椎と第三頸椎のあいだを少なくとも四、五回切りつけている。立っているときに後頭部のすぐ下に受けた最初の一撃が致命傷になったと思われる」

「背後から」

「ああ。切断の方向から判断すると。すぐに意識を失って、一分間で死に至ったはずだ。硬直の状態から見て、殺されたのは今日の午後。だが、この雨や何やらで、正確な時刻を割り出すのは難しい。強いて言えば十三時から十八時のあいだだろう。おおかたUCVのやつらが正確な時刻を秒単位で突きとめるさ」ティレッリは皮肉っぽくつけ加えた。

「抵抗した跡はない」コロンバは指摘した。「つまり、彼女は犯人を信用していたということね。でなければ、殺される前に少しでも振り向いていたはずだから」

「不意打ちを食らわせて、倒してから首を切断したんだ」

サンティーニたちが離れた隙に、コロンバはもう一度よく見るために遺体に近づいた。ほとんど無意識の行動だった。ティレッリもあとに続く。

「着衣の乱れはなし」コロンバは言った。「よって屍姦は行なわれていない」

「わたしも同意見だ」

コロンバはそばにある頭部に視線を移した。目に傷はなかった。「口も耳も刺し貫かれていない」

「不幸中のさいわいだ……」

「子どもは目撃したのかしら？」

「それは誰にもわからない。まだ見つかっていないんだ」

「犯人が連れ去ったの？」

「その可能性が高い」

コロンバはかぶりを振った。子どもが巻きこまれる事件はとりわけ心が痛む。彼女はふたたび犯行現場に目を向けた。「性的な目的ではない。遺体にも激しい損傷はない」

「頭を切り落とすのは損傷ではないのか？」

「背中にはほかに傷がないわ。痣も」

「これで満足したんだろう」ティレッリは言った。

コロンバが答えるより先に、草むらにいた鑑識官が立ちあがって叫んだ。「おい、こっちだ」

全員が彼のほうへ向かう。コロンバもあとに続いた。またしても無意識の行動だった。鑑識官は手袋をはめた手で刃の部分を持って、草むらから鎌を拾いあげた。サンティーニが身をかがめ、まじまじと見る。「小さな刃こぼれがいくつかある。骨を切る際に欠けたのかもしれない」

「研ぎ屋になれるわね」コロンバは言った。

サンティーニはあごをこわばらせた。「まだいたのか」

「いいえ、目の錯覚よ」

「鼻を突っこまないでくれ。現場を引っかきまわされたら、たまったものじゃない」

コロンバは頬が熱くなるのを感じた。こぶしを握りしめながら、一歩前に出る。「もう一度言ってみなさいよ、このクソ野郎」

鎌を持った鑑識官が片手を上げた。「おいおい……ここは学校か？」

「頭がおかしいのは彼女のほうだ」サンティーニが言った。「わからないのか？」

ティレッリはコロンバの腕を押さえた。「言うだけ無駄だ」小声でささやく。

コロンバは大きく息を吐いて肺を空にした。「くたばるといいわ、サンティーニ。せいぜい自分の仕事に専念して、わたしの存在を忘れたふりをすることね」

サンティーニも痛烈に言いかえそうとしたが、うまい言葉を思いつかなかった。しかたなく鎌を指してティレッリに尋ねる。「ドクター、これが凶器ですか？」

「おそらく」ティレッリは答えた。

鑑識官が刃を綿棒で拭った。すると綿棒は濃い青色になった——血液反応だ。彼は綿棒を袋に入れてラベルを貼った。鑑識室に戻って、付着した血液を被害者のＤＮＡと照合するのだろう。だが、コロンバにはわざわざ調べるまでもないように思えた。ティレッリは鑑識官のあとに続き、サンティーニは制服の警察官に呼ばれ、来た道を引きかえしていった。コロンバはひとり草むらの前に残された。何もかも放り出して車に戻ろうかと考えていると、そばの木立からがさごそと音が聞こえ、続いてサーチライトの光が青ざめて汗ばんだアルベルティの顔を照らし出した。彼はティッシュで口を拭いていた。

人目につかないところで吐いていたのだと気づいて、コロンバは彼をひとりにしたことを後悔した。「大丈夫？」

アルベルティはうなずいた。「はい」だが、その口調からはとてもそうは思えなかった。

「どうしても我慢できなくて……」

「わかるわ。心配しないで。よくあることだから。死体を見たのははじめて？」

アルベルティは首を振った。「いいえ。ですが、こんなのは……慣れるまでにどれくらいかかりましたか？」

コロンバが答えようとしたとき、ローヴェレが彼女を呼んだ。「来てくれ。このショーの最後の部分を見逃している」

コロンバはアルベルティをぽんと叩いた。「ここでおとなしくしてて」そして、遺体から最も離れた岩のそばに立っている元上司のもとへ向かった。そこからは遺体は見えなかった。

「どんなショーですか？」

捜査官たちは遺体の周囲に戻って、何かを待っている様子だった。とりわけデ・アンジェリスは、意味もなく引きつった笑いを浮かべている。

「もうじき夫が来る」ローヴェレは説明した。

その言葉が終わると同時に、木立の向こうでオフロード車のエンジンが止まる音がした。そして、サンティーニが制服姿の警察官ふたりと、もうひとりの男を伴ってふたたび姿を現わした。男はショートパンツに汚れたTシャツという格好で、困惑しながらあたりを見まわしている。

ステファノ・マウジェーリだ。その薄汚れた風貌から見て、妻が姿を消して以来、一度も捜索地域を離れていないのだろう。「彼をここに連れてくるのは配慮に欠けるのでは？　身元確認は死体安置所でも構わないはずです」

「目的は身元確認ではない」ローヴェレは答えた。

サンティーニとふたりの警察官に導かれて、マウジェーリは岩のところまで来た。コロンバは彼が一瞬ためらい、足を止めるのを見た。「この後ろに何があるんですか？」彼が尋ねる。

何も話していないんだわ、コロンバは驚いた。

サンティーニが前に進むようマウジェーリを促したが、その様子は人間が斧を突き立てた獲物を嗅ぎつけた動物のようだった。「いいえ、行きません。何があるのか教えてもらうまでは。ここから一歩も動きません」

「あなたの奥さんですよ、マウジェーリさん」サンティーニは告げて、彼をじっと見つめた。

その言葉の意味を理解するにつれ、マウジェーリは首を振った。「まさか……」ますます当惑して周囲を見まわす。そして最後の数メートルを進んだところで、遺体を取り巻く捜査官に行く手を阻まれた。男が涙を流しはじめると、コロンバは思わず顔をそむけた。

5

「行こう」ローヴェレが言ったのは、あと数分で十一時になるころだった。マウジェーリは腕を支えられながら連れていかれ、それと同時に女性の身体は遺体収納袋に収められた。コロンバとローヴェレとアルベルティは、あらかじめ小道沿いに回しておいた車へ向かった。ジープが動き出して、最初に沈黙を破ったのはコロンバだった。「汚い手口だわ」彼女はつぶやいた。

「なぜあんなことをしたのかわかるか?」ローヴェレは尋ねた。

「ばかでもわかります」コロンバは頭が痛くなり、久しぶりに強い疲労感を覚えた。「その場で自供することを期待していたんです」

ローヴェレはアルベルティの背中を小突いた。「ここで停めてくれ」

ふたりは通りがかりに見かけたトラットリアへ向かった。張り出し屋根の下には主人の姿しかなく、椅子やテーブルを店内に片づけている。

「コーヒーでも飲むか、コロンバ?」ローヴェレが尋ねた。「何なら腹ごしらえをしても構わないが」

「コーヒーでけっこうです」コロンバはしかたなく答えた。本当は家に帰って何もかも忘れたかった。居間のテーブルの上に広げたままの本――ヴェルガの『マストロ・ドン・ジェズアルド』の旧版――の続きを読み、冷蔵庫に入っているプリミティーヴォのボトルを空けたかった。いつものように。血や泥のにおいを感じることなく。

主人は店じまいの準備をしていたが、彼らを迎え入れた。古びた店には漂白剤や酸化したワインのにおいが漂い、木のテーブルと長椅子が並んでいる。外よりも店内のほうが寒かった。九月に入ったばかりだというのに、コロンバには夏はすでに遠い昔のように感じられた。とてもローマ近郊にいるとは思えない。

ふたりは窓際の席に座った。ローヴェレはアメリカンを注文し、コロンバに目を向けたままカップをくるくる回していたが、実際には彼女を見ているわけではなかった。

「なぜ夫が疑われているんですか?」コロンバは尋ねた。

「第一に」ローヴェレは答えた。「マウジェーリがプラトーニで妻と子どもと一緒にいるところを誰も目撃していない。あの場に居合わせた者は全員、彼がひとりでいる姿しか見ていないと証言している」

「ピクニックをしている家族よりも、必死になって妻子を捜す父親のほうが印象に残るものです」

「たしかに。だが、現時点では証言はすべて同じ方向を指している」ローヴェレはスプーンの柄で唇を軽く叩いた。「第二に、車のトランクに血痕が見つかった」

「ティレッリは、女性はあの場所で殺されたと言っています」コロンバは反論した。「彼はでまかせを言うような人ではありません」

「血は子どものものだった。わずかだが、こすり取った跡が残っていたんだ。父親は説明できなかった」

「それで？」コロンバは尋ねた。

「マウジェーリは妻に暴力を振るっていた。悲鳴が聞こえたと、地元の警察署に三度、通報があった。一カ月前、彼女は鼻中隔の骨折で入院している。本人は台所で足を滑らせたと言っていた」

コロンバは頭痛がひどくなるのを感じた。この件について話せば話すほど、言葉のひとつひとつが身体にまつわりつくような気分になる。「それで辻褄は合います。とすると、なぜわたしはここに？」

「ちょっと考えてみてくれ。女性には身を守ろうとした形跡がなかった」

コロンバの頭の靄がほんのわずかに晴れる。「彼女は夫が乱暴者だと知っていた。なのに彼に背を向けて、逃げようともしなかった……」その点について、コロンバは少し考えてからかぶりを振った。「たしかに妙ですね。でも、それだけでは彼の無罪は証明できません。いくらでも説明できるはずです」

「これまでに、きみは精神病質者《サイコパス》あるいは社会病質者《ソシオパス》と定義可能な犯罪者とどれだけ関わってきたんだ、コロンバ？」ローヴェレは尋ねた。

「数えるほどです」コロンバは謙遜してみせる。

「そのうち、家族を殺して最終的に自供した者はどれだけいた？」

「まったく自供しなかった者もいます」彼女は言った。

「だが、たとえ本人が頑なに否定しても、その人物が犯人であることを物語る何かがあっただろう？」

コロンバはしぶしぶうなずいた。「嘘をつきとおすのは簡単ではありませんから。それでも、調書に印象を記入すれば体裁が悪くなります」

「それに裁判でも役に立たない……だが、彼らの反応は明らかに不自然だ。間違ったことを言ったり、泣くべきところで机を叩いたりする。あるいは怒るべきところで泣いたり。実際に殺人を犯さなくても、心の闇というのは透けて見えるものだ」いったん言葉を切る。「妻の遺体を目にしたときのマウジェーリに、きみはそうしたものを感じたか？」

コロンバはこめかみをこすった。いったい何が起きているの？「いいえ。ですが、わたしは彼と話していません。泥まみれの姿を見ただけですから」

「わたしは最初の事情聴取に立ち会った。そのとき彼は何も知らされていなかった。だが、嘘はついていなかった」

「そうですか。だったら、彼ではないんですね。遅かれ早かれサンティーニやデ・アンジェリスもそれに気づいて、真犯人を見つけることでしょう」

ローヴェレは彼女に熱のこもった視線を向けた。「それで、子どもは？」

「生きていると思いますか？」コロンバは問いかえす。

「その可能性はある。父親が無実だとしたら、子どもは犯人に連れ去られたはずだ。車のトランクの血痕については、ほかに理由があるにちがいない」

「逃げる際に溝に落ちたのでなければ」

「それならすでに見つけているだろう。このあたりで、靴をはいていない子どもがどこまで行けると思う？」

「いずれにしても、サンティーニが捜しているでしょう」コロンバは言った。「あの男もまったくのばかではありませんから」

「サンティーニとデ・アンジェリスは、すでに独自の仮説を立てている。それと矛盾する要素を新たに考慮する可能性は、はたしてどれだけあるか？　今後一週間、あるいは一ヵ月以内に」

「ほとんどないでしょうね」彼女は認めた。

「だとしたら、そのあいだに子どもはどうなる？」

「なぜそんなにこだわるんですか？」

ローヴェレは顔をしかめた。「わたしはロボットではない」

「でも、お人よしでもないでしょう」言ってからコロンバは頭を下げた。「あなたが機動隊の長に就いたのは、もちろん警察官として優秀だからですが、立場をわきまえているからでもあります。他人の捜査に鼻を突っこむのは、わきまえがあるとは言えないのでは？」

「鼻を突っこむのがわたしだと言った覚えはない」ローヴェレはうそぶいた。

コロンバはテーブルをばんと叩いた。「信じられない。わたしを生贄にするつもりですか？」

「そうだ」ローヴェレはいっさい感情を交えずに答えた。

コロンバはこれまでに何度も彼と議論をしてきた。ときには口論となり、声を荒らげたり、勢いよくドアを閉めて出ていったりしたこともある。だが、こんなひどい扱いははじめてだった。「わざわざこんなところまで連れてこなくてもよかったのに」

「辞めたいと言ったじゃないか。だから、いまさら失うものもあるまい。それに、きみならあの子どものためにじゅうぶんな働きをしてくれるだろう」

もはやコロンバは座っていられなかった。ぱっと立ちあがって、ローヴェレに背を向ける。すると、窓ガラスの向こうに、ディフェンダーにもたれかかったアルベルティが、あごが外れそうなほど大きなあくびをしているのが見えた。

「わたしのためにも頼む、コロンバ」いま一度ローヴェレは言った。

「これほど手間をかけてまで、わたしにやらせようとするのはなぜですか？」

ローヴェレはため息をついた。「SICのトップは誰だか知っているか？」

「スコッティです。まだ辞めていなければ」

「来年、定年だ。現在その椅子にいちばん近いのは誰だと思う？」

「わたしの知ったことではありません」

「サンティーニだ。それなら、以前の最有力候補は？」

コロンバは驚いてローヴェレを見た。「あなたですか？」

「そうだ。だが、きみの一件で少しばかり遅れを取った。本当にふさわしい人物が必要だというのならやむをえない。だが、サンティーニは適任ではない」

「あなたのためにサンティーニを出し抜けというんですね」コロンバは不快感もあらわに言った。まるでローヴェレの変わりざまを目の当たりにしている気分だった。自分が見たこともないだけでなく、思いもよらなかった顔を見せつけられて。「あなたの出世のために」

「うまくいけば子どもを助けることができる。それを忘れるな」

「まだ生きていて、こうしているうちにも死ななければ」

「万が一、子どもが死ねば、捜査を誤った者の責任となる」

「デ・アンジェリスはわたしの介入に腹を立てるでしょう」

「通常なら、彼はきみを停職処分にしたり移動させたりする権限がある。しかし今回は、法に反しないかぎりは横槍を入れることはないだろう。何か言われれば、サンティーニに嫌われているから自分の考えでやったことだと説明すればいい。それでおしまいだ」

コロンバは椅子の背にもたれた。自分にも上司にも嫌気がさしていた。だが、ローヴェレの言うことにも一理ある。この任務を断わることはできない。なぜなら、あの惨事以来、その目に疑いの影も警戒心のかけらもなく、ただ悔やむ気持ちを浮かべていたのは彼ひとりだったから。「それで、一市民として行動するんですか？」コロンバは尋ねた。

「身分証は携帯しているだろう。必要に応じて提示すればいい。ただし、あまり埃を立てすぎないようにしてくれ。何かが必要になれば、わたしに任せてほしい」

「何かを発見したら?」

「わたしからデ・アンジェリスに内密に伝える」

「そうすれば、デ・アンジェリスが負け馬に賭けようとしていても……」

「別の馬に賭けるだろう」ローヴェレが続けた。

コロンバは痛むこめかみに触れた。「でも、無理です。ひとりではできません」ローヴェレはためらったが、それは単なる見せかけで、彼は答えを用意しているとコロンバは見抜いていた。卑しい戦いにわたしを利用するために、あらゆる手はずを整えているはずだ。

「ひょっとしたら協力してくれる人物がいるかもしれない」ローヴェレは言った。「仮にキャリアを築こうとしている警察官だったら、近づくことさえ憚《はばか》られる人物だ。向こうもおそらく、近づけようとしないだろう。だが、きみの場合は……」

「誰ですか?」

ローヴェレは煙草に火をつけた。「〝サイロの子ども〟の話を聞いたことがあるか?」

Ⅲ 以前

中央のテーブルに座っている若い夫婦は、ひときわ大きな声でしゃべっている。高級レストランに慣れていないふたりが今夜この店を選んだのは、はじめての結婚記念日を祝うためだった。妻は周囲のテーブルを見まわして、有名人がいないかどうかを探し、夫はと言えば、やがてもたらされる途方もない額の勘定書のことは考えすぎないようにしていた。高いことはわかっていたが――その店は、とても足を踏み入れる勇気のないブティックの最上階にある（正確には、妻のほうは入りたくてたまらず、いつも新作のコレクションを眺めに通っていた）――メニューの金額は予想をはるかに超えていた。だが、妻にあまり注文するなとは言えなかった。何しろ〈ザラ〉のバーゲンで買った服のなかからふさわしい組み合わせを選びつつ、一週間も前から今夜を楽しみにしていたのだ。

夫は二十七歳、妻は二十九歳。

少し離れたところでは、ドイツ人の男性がひとりで鮨の盛り合わせを食べている。彼は

『ボーン・コレクター』の英語版を読んでいた。が、ここ数年で自分の英語力が落ちていることに気づいて、やや苛立っていた。すでにドイツ語版は読んでいたものの、思うように読み進められない。彼は超小型構成部品の会社を経営しており、勉強する時間はほとんどなかった。この調子では個人レッスンを再開しなければならない。だが、そう考えただけで気が滅入る。ふたたび学校に通うには年を取りすぎているし、記憶力も昔にくらべて衰えているだろう。彼は鮨が大好きで、一週間に一度、たいがいはひとりでこの店で夕食をとる。彼は六十歳になったばかりだった。

生成りの綿のやわらかな白におおわれた窓際の大きな円卓には、DJと女友だち、彼のエージェント、付近のクラブのオーナーが座っている。彼らは、ウエイターがメニューを見せる前にアレルギーを引き起こす食材について説明するのに耳をかたむけていた。DJは「ぼくは生魚アレルギーなんだ」と言いたくてうずうずしている。ウエイターがそうした冗談を日に一度は耳にして、いまやにこりともしないことなど知らずに。DJは若手グループのボーカル出身で、三年前には曲がトップテン入りしたこともある。いまでは地元のおもなクラブで年間二百回ほどイベントに出演している。CDの売り上げが減りつづける昨今、DJは将来性のある職業と言えるだろう。

ルルドの聖母のような指輪をはめた彼の手を握りながら（DJの風貌はすべてが少しばかり過剰だ。首筋の民族調《トライバル》タトゥーも、脱色した髪も）、女性は今度こそ彼が週末だけでも泊まってくれるか、あるいは一緒に過ごそうと誘ってくれることを期待している。恋人ではなく、この街でイベントがある際に連絡をくれるだけだが、自分たちには通じあうものがあると彼女は知っている。肌で感じる。その日の午後、ホテルの彼の部屋で愛を交わしたあとで、彼は子どものように心を開いた。笑ったり、ふざけたりした。単に身体だけの関係だったら、そんなことをするかしら？　しかも、もうじきエージェントをもっと有能で冷静な人物に変更するつもりだと打ち明けてくれた。これって極秘情報でしょう？

当のエージェントは、それほどおめでたい男ではなく、わが身に降りかかりつつあることに気づいていた。煙草が吸いたいと思いながら、ウディ・アレンが自分と同じ職業に扮し、いつもアーティストに捨てられる役を演じている映画の題名を必死に思い出そうとする。一カ月前から、ＤＪは今後のスケジュールを入れることを避けている。これは明らかな兆候だ。ちくしょう。ちょっとばかり人気が出てきたからといって、さっさと逃げようとしている。わたしの努力のおかげ、数えきれないほど電話をかけて、彼の出番を増やすために、ときに頼みこんだり、ときに脅したりしたおかげだというのに。ＭＴＶヨーロッパ・ミュージックアワードにおまえを出場させてやったのは誰だ？　ラジオでレギュラー番組を持たせてやったのは？　エージェントは、ショーの終了後にＤＪと話をしようと決めた。向こうの言い分を考えただけで食欲が失せるとしても。

クラブのオーナーは積極的に会話に参加していない。というのも、ほとんどはＤＪが音楽の新たな潮流について一方的にしゃべるばかりで、しかも、その内容はオーナー自身がすでに予測していることばかりだったからだ。いまや、ただこの食事が一刻も早く終わることを願うばかりだった。ちなみに彼は、音楽史上最もすばらしいアルバムはピンク・フロイドの『狂気』で、世界じゅうのDJが束になってかかっても、このロック界の長老にかなうはずもないと考えている。だが、そんなことは契約したばかりの相手には言えない。会場を満員にする人気を見こんで、現金で二千ユーロも支払ったのだから。とりあえず彼は女性にほほ笑みかける。何と美しい女か。モデルのようなスタイル、屈託のない表情。DJがいなくなったら電話をかけて、クラブのイメージモデルをやってみないか誘ってみよう。「芸能界への道が開ける絶好のチャンスかもしれない。考えたことがないなんて言わないでくれ。わたしを信用してほしい」

DJは二十九歳、エージェントは三十九歳、クラブのオーナーは五十歳、女性は十七歳、ウエイターは二十二歳。

入口近くのテーブルでは、年配の夫婦がデザートを待っている——夫は抹茶のジェラート、妻は大豆と苺のプチガトーの盛り合わせ。だが、彼女はこれまでの料理がほとんど喉を通らなかった。ふたりは、まだほかに客がいなくて静まりかえっているときに一番に席についた。どこか具合でも悪いのか、夫は一度ならず尋ねたが、妻はにっこりして答えるばかりだった。「そんなことないわ。ただ、今夜は食欲がないの」ともに暮らしてほぼ半世紀。夫は国家公務員として働いたのちに年金生活に入り、妻はふたりの息子を育てあげ、息子はふたりとも休みのたびに電話をかけてくる。すでに昔のことで忘れかけているものの、妻は夫の浮気に耐え、夫のほうは妻が精神的に不安定になり、ベッドから起きあがれず、ブラインドを下ろして部屋を真っ暗にしていた時期を乗り越えた。時とともにふたりとも角が取れて丸くなり、互いに依存する関係になった。それゆえ妻はいま、検査の結果が良好ではなかったことをどう伝えていいのかわからずにいる。前頭洞に腫瘍が発見されたことを。怖いのは、自分が死ぬことよりも、夫をひとりで残すことだった。おまえなしでどうやって生きていけばいいのか、そう言うにちがいない。

　夫は七十二歳、妻は六十五歳。

　そこからふたつ離れたテーブルには——そこも円卓だが——アルバニア人の女性四人と、ギリシャ人風の顔立ちをした男がひとり座っている。女性たちはモデルで、男は事務所のマネージャーだ。一緒に食事をするのも仕事のうちで、ほかにも重要な役目がいくつもある。彼女たちの世話、手助け、なかでもばかなことをしないように見張ること。そのため、彼はひとり一グラムずつコカインを与え、いま彼女たちは無気力な様子で食べ物をついばんでいる。彼自身は麻薬は嫌いだ。だから使うこともなく、売人たちは残らず撃ち殺したいくらいだった。だが、彼女たちに禁止するのは無駄だとわかっている。彼が与えなくても、彼女たちの自宅の前にポルシェカイエンを停めているやつらから小さな包みを調達するだろう。たとえ部屋に閉じこめても、窓から逃げ出して手に入れるにちがいない。彼女たちはつねにぼろぼろになるまで遊びまわっている。目の下に隈をつくり、浮腫《むく》んだ顔で稽古場に現われる。コカインのせいで空腹を感じず、美しさが損なわれていること、あるいは一流ではないことに対して恐怖も感じない。家に帰す前にもう一グラム与えよう。それでじゅうぶんだ。

テーブルでの会話は脈絡がない。モデルたちはたどたどしい英語で話しているが、その代わりにたくさん笑う。アルバニア語で、彼はゲイか、それとも自分たちの誰かをベッドに誘いたいのかと尋ねあっている。だが実際はそのどちらでもない。彼はゲイではなく、単にモデルたちが好みではないだけだ。四人とも退屈で頭が悪く、見分けもつかない。おまけに頭痛の種だ。

彼は三十五歳、モデルはふたりが十九歳、ひとりが十八歳、もうひとりが二十歳。

給仕長が四人の日本人を席に案内している。ヨーロッパに〝オリエンタル風〟の商品を輸出している最大手の会社から派遣され、一週間の日程で地元の卸売業者たちと商談を行なった。だが、はかばかしい結果は得られない。白いタタミ、フトン、和紙を使ったランプといった、いかにも東洋風のもの以外には誰も関心がないようだ。

彼らの会社が壁に掛ける刀を作っていないことや、日本にはもうサムライがいないことを知って、ほとんどの業者は不満を隠さなかった。四人のうち、いちばん若い日本人は、いつか転職して、自宅の写真を顧客全員に送ってやろうと考える。義理の両親から贈られたテーブルを除けば、洋風のインテリアの家だ。プレイステーションさえない。

彼らは翌日の飛行機で東京へ帰るため、日本食は予定に含まれていなかった。だが、デパートの社長に夕食に招待され、断われなかったのだ。本当なら気の張らない店で、ネクタイを緩め、笑いながらワインを飲みたかった。しかし、こうなってしまった以上はしかたがない。

それぞれ五十歳、四十五歳、四十歳、三十六歳。給仕長は五十五歳。

壁を背にした女性は、入口のドアをじっと見つめている。誰かが前を通り過ぎると、顔をそむけて目を合わせないようにする。席に着いてから、ひと言も発していない。水には手をつけず、その日のメニューにも目をくれない。片手を膝に置き、もう片方の手をテーブルクロスの上に広げ、ひたすら見つめている。注文を訊きにきたウエイターにはほんの一瞬だけ目を向け、連れを待っていると答えた。その目にウエイターは映っていなかった。彼女の視線はウエイターを通り越した。あたかも空気であるかのように、存在しないかのように。ウエイターは遅れている相手の立場になるのはまっぴらだと思った。この女性はおそらく彼を許さないだろう。

彼女は三十一歳、ウエイターは二十九歳。

そして、その鋭い視線の女性がぱっと立ちあがったとき、DJが冗談を言いかけたとき、ドイツ人の客が小説の百ページ目をめくろうとしたとき、新妻が二十皿のシェフのお任せコースを選ぼうとしたとき、日本人のグループが酒のテイスティングを断わったとき、モデルのひとりがもう一度コカインを吸うために席を立って化粧室へ向かいかけたとき……

時間が止まった。

Ⅳ 昔の友人

1

革のジャンパーを着た男が戻ってきた。いつものようにティブルティーナ・アンティーカ通りの角の壁にもたれ、落ち着きのない様子で片足からもう片方の足へ体重を移動させている。その様子を五階上のテラスのガラス越しにうかがいながら、ダンテ・トッレは男の視線をとらえようとしたができずにいた。革ジャンパーの男が一時間後の十一時半まで待つことはわかっていた。その時刻になると小学校の前に集まる母親の数が増えはじめ、男は一歩ずつ後ろに下がるだろう。そして門が開くころには、待っている両親たちから少なくとも二十メートルは離れ、小学生の集団が階段を下りてきて両親に抱きしめられ、手をつないで家に帰る様子にしばらく目をやる。やがて革ジャンパーの男は古い壁の向こう側に姿を消し、二、三日後の同じ時刻になるまで現われない。待っているあいだ、男は煙草を四本ほど吸っているが、門が開いたときにまだ口にくわえていれば、すぐに消す。

ダンテが彼に気づいた二週間前から、ただひとつ変わったのは服装だった。Tシャツから、背中に熊の頭がプリントされたライダースジャケット風の合成皮革のジャンパー姿になった。グーグルで検索してみると、中国製の安価なブランドのものだとわかった。

ダンテは男をじっと見つめた。「どれだけ待つつもりだ?」小声でつぶやいてから、彼はベッドに寝転がり、気がつくと天窓に目を向けていた。ガラスについた水滴の模様が骸骨に見える。気泡が目で、真ん中のしわが寄ったようなところが鼻だ。マットレスの上を移動し、その骸骨にみずからの顔を重ねて映してみる。ぴたりと合った。だが、新たな滴が落ちてきて模様が崩れ、その幻影は砕け散った。ダンテは身震いし、毛布をあごまで引っ張りあげた。そろそろ、部屋の隅に置きっぱなしの小さな触媒式ストーブを組み立てて使う必要がある。それが、檻のごとくガラスを張りめぐらせて寝室兼スタジオにしたテラスを適温に保つ唯一の器具だった。アパートメントのほかの部分は、まるで原型をとどめていなかった。壁はところどころ取りはらわれ、窓はほとんど壁一面を占めるほど広げられている。クリーム色の綿の薄いカーテンが、めちゃくちゃな室内をかろうじて隠していた。

ダイニングのテーブルには自転車が立てかけてある。その部屋には、どこもかしこも本、新聞、アルバム、バインダーなどが無造作に床に積みあげられ、ところどころ崩れて写真や印刷物の波にのまれていた。唯一整頓されている——というよりも、ぴかぴかに磨かれている——のは、メインの部屋の隅にしつらえられたキッチンだった。コンロと吊り戸棚は作業台と同じくスチール製で、整然と並べられた電気調理器具と相まって、どこか手術室のようだ。電子レンジの上には、つけっぱなしのポータブルテレビが置いてある。

テラスには、三十インチのモニターが接続されたデスクトップパソコンが置かれ、客室にもう一台のポータブルテレビがあった。もっとも、客室には誰も泊まったことがなく、ベッドはマットレスがむき出しだった。そこは〝時間の箱〟の置き場として使われ、窓が開けられないほどぎっしりと積みあげられていた。ダンテはもはやその部屋には足を踏み入れない。箱を出すときには、ブティックで服が掛けられているような棒で引っかけて手繰り寄せ、バスルームの床に横たわったまま元の場所に戻すのだ。

ダンテはまたしても身震いした。

星空の下で眠れるほど暑い国に移り住もうかと考えることもしょっちゅうだった。もちろん船で。飛行機のような密閉された金属の管に閉じこめられるなど考えられない。あんなに狭苦しくては羽のついた棺桶も同然だ。けれども、慣れ親しんだ世界から遠く離れれば、日陰に置き去りにされた植物のように弱ってしまうことはわかっていた。

それでも、毎年冬が近づくのを感じるたびに、みずからの決意を嘆いた。冬になると、レストランのテラス席も、すでに数少ない野外映画館や野外コンサート会場も、オープンカーも姿を消す。冬になると、大好きなものはどれも密封した箱に封じこめられ、その中には苦しまずに入ることはできない。世の中が窮屈で息苦しくなる。

ダンテは箱から煙草を一本取り出し、悪いほうの手でライターを操作して火をつけると、ガラスにある通風孔のひとつを開けてふたたび地上を見下ろした。雨のにおいを含んだ風とともに、往来の音や隣人のラジオの音が届く。あいかわらず角に立っている革ジャンパーの男をもう一度だけ見やると、ダンテはサンロレンツォの家並に目を走らせた。ローマでも指折りの美しい地区で、街の喧騒も気にならなかった。彼は夜明け前に寝入ることはめったになく、生活音を聞くとむしろ明るい気分になった。

革ジャンパーの男がまた一歩、後ろに下がった。ダンテはやっとのことでベッドから出て、シャワーを浴びに向かった。その動きは優雅ですばやく、足音も立てない。身長はおよそ百九十センチ、痩せ型で、エトルリアの彫像のようだ。バスローブをはおって滴をしたたらせたまま、彼は体内のレベル計に基づいて量を決めた朝の分の錠剤と液剤を飲み、それからエスプレッソマシンと携帯電話の電源を入れた。とたんにショートメッセージが送られてくる。弁護士のロベルト・ミヌティッロからだ。〝例のものを見てくれ〟――それだけだった。

ダンテはため息をついた。一週間前、ミヌティッロはあるケースについて相談を寄せ、彼に意見を求めてきた。そのときはまだ見る気にはなれず、一週間、ずっと忘れたふりをして放っておいた。だが、やっとその気になった。またしてもため息をつくと、ダンテはスリープ状態のデスクトップを復帰させ、退屈をこらえつつ弁護士から送られた書類に目を通し、添付されたビデオを再生した。

パステルカラーの部屋の中央にテーブルがひとつ。その奥に、色のついたプラスチックの大きな立方体と、熊のぬいぐるみが見える。テーブルには赤いチェックのワンピースを着た六歳の少女が座り、その向かい側で五十歳くらいの女性が眼鏡の奥から少女にほほ笑みかけている。少女はオレンジの色鉛筆で何かを描いていた。

少女の背後に、もうひとり女性が立っているが、首から下しか見えない。彼女は少女の肩に手を置いている。眼鏡の女性は少年裁判所の心理学者で、顔が映っていない女性は少女の母親だ。ダンテはビデオを早送りして、心理学者の最初のほうの質問と、それに対する少女の答えを飛ばしてから、残りをじっくりと見た。そして四分〇六秒のところで停止し、巻き戻してから全画面表示にした。

心理学者がほほ笑みながら、絵を描いている少女に顔を近づける。「わたしには話してもいいのよ。大丈夫だから」

少女はしばらく鉛筆を動かす手を止めた。そして、「パパよ」と言った。

ダンテはスペースキーを押してビデオを止め、もう一度四分〇六秒の場面に戻ると、音声なしのスローモーションで再生した。そして、母親の手に注目する。するとその手は動いて、女の子の肩を軽くつかんだ。ダンテはビデオを終了させ、少しのあいだ画面に映った自分の顔を見つめた。背筋に冷や汗が流れるのを感じる。無理に言わされている、と彼は考えた。これは予想以上に厄介かもしれない。ダンテはミヌティッロにショートメッセージを送ると、立ちあがって、エスプレッソマシンにパナマ産のアラビカブレンドの豆を入れた。電話が鳴ったのは二杯目を飲んでいるときだった。

「やあ、弁護士」ダンテはディスプレイに表示された番号も見ないで出る。舌に残るコーヒーの後味は酸味と甘味が絶妙に溶けあい、チョコレートの風味を感じた。

「まる一週間、音沙汰がないと思ったら、今度は〝できない〟のひと言で片づけるつもりか？」電話の向こうの声が責めた。

「クライアントに伝えてくれ。元夫を破滅に追いこみたければほかを当たってほしいと」ダンテは二杯目のコーヒーを飲み干した。「あの女の子は虐待は受けていない」

「確かなのか？」

「ああ」ダンテは通りに目をやった。革ジャンパーの男はほとんど視界から消えかけていた。あと二十分もすれば完全に見えなくなるだろう。

「少女は、自分に性的な嫌がらせをしたのは父親だと言っている」

「まだこの件について話さないといけないのか？」ダンテは不満をあらわにした。

「ああ。わたしを納得させるまで」

ダンテはため息をついた。「身体に虐待の跡が残っているのか？」

「いや。だが、話は細部にまで及んでいた。それを聞いた者は、誰もが真実だと確信している」

ダンテはカップを空にすると、ふたたびエスプレッソマシンの注ぎ口に置いて三杯目のコーヒーを注いだ。カフェインで向精神薬《ベンゾジアゼピン》の副作用を抑えているのだ。「嘘をついている自覚がないんだ。これはぼくの考えではないが。デ・ヤング、フォン・クリッツィング、ホガード、エルターマン、エーレンベルク、ケイン、ピアジェ――彼らがそう言っている」淡々と名を挙げる。

「心理学者に精神分析医。わたしも知っている。弁護士になるためには必要な知識だ……」

「それなら、きみの非クライアントの娘と同じ年の子どもは、真実と嘘を区別する方法をひとつしか知らないということもわかっているはずだ。真実とは両親が褒めてくれること。嘘とは両親をがっかりさせること。そして、子どもには経験していないことを思い出させることもできる。ある一定の形式で質問するだけでいい。八〇年代にスティーヴン・J・セシが……」

「その名前は初耳だ」

「彼も心理学者だ。コーネル大学の教授で、未成年者の証言の有効性について研究している。そのなかで、ある子どものグループに対して、ネズミ捕りの罠に指をはさまれて怪我をしたことをよく覚えておくように言い聞かせた。実際にはそんなことはなかったのに、その後、何週間にもわたって尋ねてみると、ほぼ全員が覚えているだけでなく、記憶がより鮮明になっていた。指から血が出た、ネズミは逃げていった……まだ説明が必要か？」

「いや。つまり、母親が教えこんだというわけか？」

「ビデオを見ればわかる」

「手しか映っていない」

「父親がやったと答える前に、その手が女の子の肩をつかんでいる。それから力を抜いて、女の子を撫でる。最初に力をかけ、次に締めつける。女の子は自分がうまくやっていることを理解して、先を続ける。だが、心理学者は気づいていない。目にサラミが貼りついているんだろう。いや、彼女はベジタリアンだからトウフかな」

「なぜベジタリアンだとわかる?」ミヌティッロはひどく驚いて尋ねた。

「ビデオに彼女のハンドバッグが映っている。ヴィーガンのメーカーの製品で、革の代わりにヴィーガンレザーを使っている。動物虐待のない《クルーエルティ・フリー》ものだ。そもそも、そういうものが存在すること自体、実際にベジタリアンでなければなかなかわからないだろう。ぼくのように」

「まぐれ当たりだな」

「女の子はふだん肉を食べない生活を送っている。父親は親権の規定で定められているとおりに食事に肉を出した。ベジタリアンの食事は子どもにとって残酷だと記されているんだ。いずれにしても、どうでもいいことだ。きみが送ってきた書類に書いてあった」

「読んだのか?」

「必要な箇所だけ。それで? 請求書を送っても構わないか?」

「たった十分間の労働で?」

「きみの人生で最も高い十分間にちがいない」

そのとき玄関のブザーが鳴った。ダンテは弁護士に別れを告げると、足音を立てずにドアに近づき、ドアスコープから外をのぞいた。

階段を上ったところに女性が立っていた。年齢は三十歳くらい、真剣な表情だ。ぴったりしたジーンズに薄い色のジャケットを着ている。ジャケットにおおわれた肩は水泳選手のようだった。鉄の棒を折り曲げられるくらいの力はありそうだ。ダンテは身震いした。この女性が誰だかはわからないが、ひとつだけ確かなことがある。彼女は災難を運んできた。

2

突然の訪問を避けるために、ダンテはアパートメントをミヌティッロの名義で借り、住所も慎重に選んだほんのひと握りの人間にしか教えていなかった。ここに引っ越すと決めたのは、ある行方不明の少年の父親が、前に住んでいたアパートメントのテラスの下に座り込み、泣きながら大声で叫んでいたときだった。

女性は緑の目の片方でドアスコープをのぞいていた。ドアの反対側で動く影に気づいているのだ。「トッレさん」彼女が声をかけた。「機動隊副隊長のカセッリと申します。お話ししたいことがあって来ました」

わずかにかすれた声だった。警察官でなければセクシーだと感じていたかもしれない。ダンテはチェーンを外し、用心深く少しだけドアを開けた。

コロンバは彼を見つめてから、身分証を取り出して提示した。「こんにちは」

「もう少しよく見せてもらえますか？」ダンテは頼んだ。

コロンバは肩をすくめた。「どうぞ」

ダンテは無傷のほうの手で身分証を受け取ると、近くで調べるふりをした。偽造書類を見分ける能力などなかったが、いずれにしても関心もなかった。コロンバがどう反応を示すかが見たかったのだ。彼女は身分証を調べられても不安な様子は見せなかった。おそらくその身分に偽りはないのだろう。ダンテは身分証を返した。「ぼくが何か悪いことでもしましたか？」彼は尋ねた。

「いいえ。ただ、少しだけお時間をいただきたいんです」

「何のために？」

「それについては、できれば中でお話ししたいんですが」コロンバは辛抱強く答えた。

「でも、義務というわけではないですよね？　ぼくがひと言ノーと言えば、あなたには何もできない」

「そのとおりです」コロンバがほほ笑むと、一瞬にして堅苦しさが消えた。その表情の変化に、ダンテはただ驚くばかりだった。たとえ作り笑いだとしても美しかった。「でも、わたしがあなたの立場でしたら、何の用で訪ねてきたのかを知りたいと思うでしょう」

「あなたがぼくの立場だったら、そもそもブザーが鳴っても出なかったはずだ」

コロンバの表情がこわばった。どうやら痛いところを突かれたようだ。そうとわかっていて言ってみたものの、ダンテは奇妙なことに後ろめたさを覚えた。その思いを振りはらうために、ポケットに手を突っこんで彼女を中に入れた。

アパートメントのカオス状態を見て、コロンバは表情を変えまいと努力したが、うまくいかなかった。

ダンテは本のあいだを縫うように進んでキッチンへ向かった。「コーヒーを淹れましょうか?」彼は尋ねる。

「ありがとうございます」

ダンテはリビングのテーブルを示した。「椅子の上のものをどけて座ってください。コーヒーはどうします? リッチ、マイルド、アロマ……」

「ふだんはインスタントなので、何でもけっこうです」

「聞かなかったことにしましょう」先ほどの無礼を許してもらおうと、ダンテはブレンドに浅煎りのコピルアックを少量加えた。この豆は、コーヒーの実を食べたマレージャコウネコの糞から消化しきれなかった種を取り出したものだ。そのフルーティな後味と心地よい苦味から、専門家のあいだでは世界一おいしいコーヒーだと言われている。もちろん値段も、入手困難な点でも世界一だ。ダンテはほとんどの場合、ブローカーから手に入れる。「ふだんは砂糖を入れるかどうかわかりませんが、これは必要ありません」そう言いながら、彼はマシンの蓋を閉めてミルのスイッチを入れた。

「トッレさん……」コロンバは緊張した口調で呼びかけた。

ダンテは振りかえった。コロンバは部屋の中央に立ったまま、猛禽類が齧歯類の動きを追うように彼から目を離さずにいた。

「何か問題でも?」ダンテは尋ねた。

コロンバはうなずいた。その目はガラス玉のごとく冷ややかで、緑色がいっそう濃く見える。「すみませんが、左手をポケットから出していただけますか？」

「どういうことですか？」

「わたしが中に入ってから、ずっとポケットに入れていますよね。手を使うべきときも。たとえばコーヒーの缶を開けるときとか」

　そのとおりだった。人に会うとき、ダンテはいつも悪いほうの手を隠している。つい癖でそうしてしまうのだ。

　コロンバの口調は緊迫していた。彼女は本能的に片足を前に出し、両腕を軽く曲げ、右手でバッグの取っ手を握りしめている。いまにもそれで彼の顔を殴りつけんばかりに。「お願いします」彼女はもう一度頼んだ。

「構いませんが」言いながら、ダンテは悪いほうの手を掲げてみせた。その手は瘢痕《はんこん》におおわれていた。親指と人さし指だけがかろうじて動き、それ以外の指は握られた状態で、通常よりもかなり短く、爪もなかった。

　コロンバは同じような手を見たことがあった。クリーニング工場でローラーに巻きこまれた受刑者の手だった。「すみません」彼女はそう言って目をそらした。「今日は必要以上に神経質になっているようです」

「気にしないでください」習慣的に話し相手のどんな素振りも見逃さないダンテは、コロンバの過敏な反応が一時的なものではないと気づいた。彼女は何かの被害者だ。暴力か、勤務中の事故か？　とたんに興味がわく。ダンテはふたたびカップの準備に取りかかった。彼は大きすぎる黒のバスローブをはおり、後ろで束ねた明るい色の髪はシャワーを浴びたばかりで湿っている。その姿に、コロンバは昔のSF映画のデヴィッド・ボウイを思い出さずにはいられなかった。

やがてコーヒーの香りが部屋に広がる。ダンテがモダンなデザインのカップをふたつ持って、コロンバの向かいに腰を下ろした。このカップを壊せば有終の美を飾ることができる、コロンバは一瞬そう思ったものの、それ以上失態を重ねることなく、どうにかコーヒーを口に含んだ。頭はすっきりし、視界も冴えわたっていた。二日前までは、とりわけ親しい友人にも会うことを避けていたのに、いまは見知らぬ人の家で儀礼的な言葉を交わしている。

「おいしい」嘘だった。彼女の好みには軽すぎた。

「ありがとう」ダンテはなかば笑みを浮かべて答えた。「ぼくは自分の手を恥じているわけではありません」それを示すために、彼はコロンバの目の前で手を回してみせた。甲の瘢痕は細かい網目模様のようだった。「いつも隠しているのは、いろいろ訊かれるのが面倒だからです。もっとも、ほとんどの人は気を回しすぎて、そんな失礼なことはしませんが。あるいは、ぼくの身に起きたことをすでに知っていて、訊く必要がないか」ダンテはふたたび笑みを浮かべた。「あなたはどちらでもない」彼の目がきらめく。「ぼくについて、何を知っているんですか？」

「尋問しているんですか？　それとも、この話がしたいんですか？」

ダンテはにやりと笑った。真っ白な歯がのぞく。「時間の節約のためと言っておきましょう」

先ほどの失態を考えると、拒むことはできなかった。「クレモナ出身。一九七二年生まれ。七八年十一月、六歳のとき、住んでいた建物の裏の建設現場でひとりで遊んでいた際に、ひとり、もしくは複数の見知らぬ人物に誘拐される。あなたはその事件の状況を再現することができず、目撃者もいなかった」

「ぼくの家の地下室から、よく遊んでいた草地に出るドアがあったんです。そこを通っているときに捕まって、おそらく薬で眠らされた」ダンテは言った。

コロンバはうなずいた。「そして十一年間、囚われの身だった。そのほとんどのあいだ、クレモナ県の農場にあるコンクリートのサイロに閉じこめられていた」

「ほとんどのあいだではない。ずっとです。アクアネグラ・クレモネーゼという、古風で美しい名前の村でした」

「おっしゃるとおりです。そして一九八九年にようやく解放された。犯人は自殺。アントニオ・ボディーニという名の農夫だった」

「ボディーニはその農場の所有者で、たしかにみずから命を絶ったけれど、ぼくを連れ去ったのは彼ではありません。少なくともぼくを監禁したのは」

不意を突かれて、コロンバは眉をひそめた。「わたしの勘違いということですか?」

「勘違いしたのはあなたではない。この事件を捜査した人物です。ぼくは彼の顔を見た。誘拐犯の。ボディーニとは似ても似つかなかった」

「それなら、なぜ警察はあなたの証言を信用しなかったんですか？」

「すべての証拠がボディーニを指していたからです。彼が自殺したから。ぼくの精神状態が……いってみれば困難だったから」

「でも、あなたはいまでも納得していない」

「そのとおり」

「警察は共犯者についても調べました」コロンバは慎重に言った。

「だが、誰も見つからなかった。そのことは知っています。とにかく先を続けてください。だんだんおもしろくなってきた」

「もうあまりありません。あなたは苗字を変え、母親の旧姓を名乗ることにした。しばらく旅行をして、一時期、苦境に陥った。喧嘩、騒乱、襲撃、傷害、無許可の武器携帯の前科あり」

「テーザー銃だ。ほとんどの国では自由に購入できる」

「でも、わが国では違います。ここ八年間、あなたは静かに暮らしている。もう刑事事件も起こしていない」コロンバは彼の目を見つめた。

ダンテは椅子の背にもたれた。コロンバがいっさいメモを見なかったことに驚いていた。記憶力も準備も申し分ない。「ぼくについてよく知っているのに、手のことは知らなかった」

「どうやら見落としたようです」

「見落とすようなことではない。あなたに限っては。単にあなたの読んだ書類に書かれていなかっただけでしょう」ダンテは皮肉っぽい笑みを浮かべた。「この手のおかげで、ぼくはたちまち身元を特定されてしまう。とりわけクレモナのような小さな街では。少年裁判所は詳細を公表しなかった」ダンテは彼女を見つめた。「したがって、あなたは検察庁の書類にアクセスすることができなかった。それから、もうひとつ奇妙なことがあります。聞きたいですか？」

聞きたくはなかったが、コロンバはうなずいた。「ええ」

「あなたは現役の警察官ではない」

「どうしてそれを？」

「銃を持っていないからです。リボルバーを背後に携帯していれば見えませんが、射撃の訓練を受けて銃を携帯している人間というのは、危険な状況にあると思ったら、利き手をすぐにホルスターに伸ばせるようにしておくものです。ところがあなたはバッグの取っ手を握りしめている。それに、機動隊副隊長はつねに銃を携帯しているはずです。休暇か休職中でないかぎり。違いますか？」

コロンバは首を振った。「いいえ」

「現役ではない。限られた情報のみを得ている……とすると、ここに来たのは個人的な理由からですか？」

コロンバは表情を変えまいと努めた。「そうです」

「あなたは嘘が下手だ。しかも、そのことをやや恥じている。ですが、いまはそのことは置いておきましょう。ぼくに何の用ですか？」

「子どもが失踪しました。プラトーニ・デル・ヴィヴァーロで」

「女性が殺されて、夫が勾留されている。そのニュースは聞きました」ダンテは平静を装ったものの、内心では衝撃を受けていた。「あなたを派遣した人物は夫が無実だと考えている。しかし、捜査関係者のなかにはその考えに賛成していない者もいる。おそらく司法官でしょう。そして、父親が息子の居場所を知らず、身代金目的の誘拐であるとも考えにくいため、子どもの捜索にぼくの力を借りたい」

コロンバは少なからず動揺した。「あなたは失踪人捜索のエキスパートです」

「買いかぶりすぎです」

「あなたは少なくとも身代金目的の誘拐を二件、脅迫による誘拐を五件、それ以外にも数えきれないほどの自発的失踪の調査を手がけています。そして、いずれも解決に導いた。未成年者に対する暴力事件の捜査にも何度か関わっています」

ダンテはいつものように、ちっとも楽しそうではない皮肉っぽい笑みを浮かべた。「そのことを証明できるんですか？」

「それは無理です。表向きは法律事務所の看板を掲げていますから。そのうえで、あなたのほうでも私立探偵事務所を利用したり、守秘義務を盾にしたりしていますよね。それでも噂は広まって、わたしを派遣した人物の耳にも届いたというわけです。そして、その噂によれば、あなたは優秀だと」

ダンテはかぶりを振った。「ぼくは自分の経験を役立てただけだ」

「誘拐された経験を？」

「いいですか、十一年間、人間の成長において最も繊細な時期を、ぼくは誰とも触れあうことなく過ごしたんです。ときたま誘拐犯のところを訪ねてくる人間以外は。本も、テレビも、ラジオもなかった。やっとのことで抜け出したら、世の中のことはまるで理解できなかった。ごくふつうの人付き合いが、自分にとっては無縁に思えた。おそらく、あなたにとって蟻の巣での暮らしが無縁であるように」

「お気の毒に」コロンバは心の底から言った。

「ありがとう。でも、その話はやめましょう。それで、外の世界について勉強するうちに、そこで育った人よりも、自分がいくつかの仕組みをよく理解できることに気づいたんです。物ごとを見るには、ある程度の距離を保つことが必要です。そして、ぼくにはそれができた。たとえ自分の意志ではなくても。その距離感覚を、必要なときにはいまでも取り戻すことができます。失踪者の習慣で何か変わったことがないかどうかがわかる。身の回りの物の傾向を見て、何が好きで、どんなことを心配しているかを見抜く。誰か、あるいは何かがその人の日常を遮ったのかどうかを」

「そして、相手の仕草を読み取る。わたしに対してしたように」

ダンテはうなずいた。「ぼくを誘拐した人物は、つねに手袋をはめて顔を隠していた。だから、自分がうまくやっているのか、それとも罰せられるのかを相手の態度から理解しようとした。食べ物や飲み水を与えると言われれば、それが本当かどうかを。あなたの言うとおり、たしかにぼくは行方不明者の捜索に携わってきました。自分で考えている以上に何かを知っている人間はかならずいるものです。ぼくはそれを察知した」

「どうして表に出ないことにしたんですか？」

「この家を見ましたか？」

「ずっと閉じこもったままではいられないはずです」コロンバは言った。

ダンテはうなずいた。「司法官がぼくをパートタイムの専門家として扱うせいで難しい。ぼくがふたたびスポットライトを浴びるなどまっぴらだと思っていることも考えずに」

「わたしがお願いしたいのは個人的な助言です」コロンバは言った。「かならずしも解決していただく必要はありません」

「それは違います。ぼくがけっしてやらないことがふたつあります――事件に直接関わること、そして警察に協力すること。あなたが依頼しているのはこの両方です」ダンテは立ちあがると、無傷のほうの手を彼女に差し出した。「お話しできて楽しかったです。またいらしてくだされば、コーヒーをごちそうしますよ」

けれどもコロンバは動かず、ダンテはわずかに顔をしかめた。その拍子に、一瞬、彼の素顔が垣間見えたような気がした。想像を絶する経験をしたのちに、粉々になった人生を苦労して貼りあわせて取り戻した被害者の顔が。あきらめて帰りなさい、とコロンバは自分に命じた。そうするべきよ。だが、それは無理だった。「トッレさん」彼女は言った。「わたしの話を聞いていただけますか？」

ダンテはしぶしぶ腰を下ろした。

「その前に、もう一度言わせてください。あなたのことは本当にお気の毒に思います」コロンバは続けた。「そんな目に遭われたのなら、残りの人生は平穏に過ごす権利があるでしょう」

「同情はやめてください。本当に耐えられないんです」

「本音で話したいだけです。あなたと同じく、そのほうがわたしにとっても好都合なんです。通常は民間人を捜査に巻きこんだりしません。それに、わたしはごまかしが嫌いです」

「そのようですね」

「だから、これ以上ごまかすのはやめて、本当のことを言います。リスのお尻から出てきたコーヒーを飲んだのは、失礼な態度を取りたくなかったからです。パッケージの名前を見ました。わたしはただの警察官ですが、コピルアックがどんなものかは知っています。値段も。わたしの顔に投げつける前に言っておきますが」

「ぼくはそんな乱暴者ではない」彼は文句を言った。

「そして、わたしはそんなに繊細ではありません。十三年間、警察官をやっていて、あなたには想像がつかないほどひどいものを見て、嫌な思いもしてきました。じつは、あなたについて、まだ知っていることがあります。ご両親の身に起きたことです。あなたがふたたび姿を現わすまで、お父さんは刑務所を出たり入ったりしていました。お母さんは自殺していますね。あなたが……何歳のときでしたっけ……十歳？」

「九歳です」ダンテは淡々と答えた。

「そして当時、事件を担当した捜査官は、あなたを発見できなかったばかりか、まだ生きていることにも気づかなかった。わたしがあなたの立場だったら、警察にも、裁判官にも、世の中にも怒り狂っていたでしょう。わたしたちはあなたを見捨てたうえに、ご両親に非難の目を向けた。おかげで、あなたは自分で自分の身を守らざるをえなかった」コロンバは彼を見つめた。「それでも本当に望んでいるんですか？　ほかの家族があなたと同じ目に遭うことを」

「わざわざぼくの家まで来て、脅迫する必要があるんですか？」

「すみません、また言いすぎました。でも、答えていただきたいんです。どうしても」

ダンテは彼女を見つめた。「毎日、三万人の子どもが命を落としています。そのうちの半分は餓死だ。ぼくは世の中の不幸をすべて背負うことはできない」

コロンバは彼から目をそらさなかった。「マウジェーリの息子はアフリカよりも近くにいます」

「だったら、あなたたちが見つければいい」

「この子は、あなたにとってほかの子どもとは違うはずです。ご自分でもわかっていますよね？」

ダンテはかぶりを振った。「つい昨日まで、ぼくの存在すら知らなかったでしょう。あなたをここに寄越したのは誰なんですか？」

何かを得たければ正直になるべきだと、コロンバは心得ていた。「ドクター・ローヴェレ、機動隊の隊長です」

「それで、能無しの検事は？」

「デ・アンジェリス」

ダンテはまたしてもかぶりを振った。「どうやら本当に困っているようですね」

「では、協力していただけますか？」コロンバは尋ねた。

ダンテは彼女をじっと見つめた。「本当にぼくに何かができると思っているんですか？　それとも、単にあなたの上司と検察庁との権力争いにぼくを巻きこもうとしているだけですか？」

コロンバは、やはり正直に告げることにした。「ひょっとしたら、あなたが帽子からウサギを取り出してくれるのではないかと心のどこかで期待しています。でも、正直なところ半信半疑なんです」

「奇跡を信じるのをやめたというわけですか？」

「それからサンタクロースも」例の惨劇のことを考えながら、コロンバはつけ加えた。

ダンテは、あたかも彼女の考えを見抜いたかのようにゆっくりとうなずいた。実際、ある意味では見抜いていた。自分の目の前にいる、この毅然とした態度の女性は深い苦悩を隠している。それは、ローヴェレがこのような非公式で礼を欠いた任務を彼女に与え、明らかに苦境に追いこんだからではない。コロンバ自身が受け入れたからだ。自分でも信じていない漠然とした可能性にキャリアを賭ける者などいない。端《はな》からそのキャリアを断念していなければ。コロンバは最後の使命に突撃する特攻隊員のようだった。ダンテはそのことに抗いがたい魅力を感じた。彼は俗っぽくて扇情的な行為が好きだった。それが明らかにばかげていたとしても。おそらく、ばかげているほうがよけいに。「では、こうしましょう」ダンテは言った。「そのバッグの中に入っているであろう書類に目を通して、ぼくの意見を述べても構いません」

「ありがとうございます」

「礼を言うのはまだ早い。その前に、ひとつお願いがあります」

コロンバは訝るように眉をひそめた。「何でしょう?」

ダンテは彼女をテラスに案内し、眼下の通りにいる男を指さした。「彼です」

3

　ダンテの家から数百メートル離れたところで、アルベルティは城壁沿いに停めたパトロールカーにもたれてあくびをした。あまり目立たぬように、近くに駐車しないでほしいとコロンバに言われたが、アルベルティもまさにそうするべきだと考えていた。そうしたことに配慮しているようには見えない同僚たちとは違って、彼はパトロールカーや制服が民間人を不安にさせることを意識していた。カフェでトイレを借りるだけで、そのことに嫌でも気づく。「おれたちは世間の人にまったく好かれていない」かつてベテランの警察官にそう言われたことがあった。「彼らは目をつけられているんじゃないかと、つねにびくびくしている。正直な者ほどそうだ。おれたちは彼らを威嚇しているんだ」それは悲しいことですね、とアルベルティは答えた。するとほかの新人と同じように、おまえもちっともわかっていないと言われた。「脅威を与えなければ、おまえが死ぬぞ。ばかやろう」ベテランの警察官は言った。「おれたち警官は、一万匹の臆病な羊どもに対してひとりの割合でしかいないんだ」羊というのは民間人のことで、そのベテランの警察官にとっては敬意に値する存在ではないようだった。

アルベルティはみずからの心に問いかけた。このまま何年か勤務して、もっぱら制服を着た人間たちと付きあい、ひょっとして同僚と結婚することになれば、いずれ自分も彼のようになるのだろうか。そうはなりたくなかった。アルベルティにはほかに夢があった。そのために、非番の日はコンピュータに接続したMIDIキーボードの前に夜遅くまで座っている。〝ミュージックメイカー〟という音楽ソフトで制作し、〝ルーキー・ブルー〟という別名でフェイスブックに投稿した曲は、〝いいね！〟の数が一万近くに達していた。現時点では収入に結びついていないものの、それも時間の問題だった。

アルベルティが何度目だかわからないあくびをしたとき、『タイム』というタイトルの曲で携帯が鳴り出した。コロンバだ。表向きは休暇を取っているため、無線機は使えない。

「何なりとご命令を」彼は言った。

「車を置いて、ティブルティーナ・アンティーカ通りの角まで来てほしいの」

「何か問題でも？」

「いまのところは大丈夫。だけど、目立たないように注意して。電話は切らないでおくわ」

アルベルティは指定された場所へ行った。「着きました」目の前の通りでは、母親たちが列をなすように小学校に向かっていた。

「前方に植木鉢が見える？」コロンバが尋ねる。

「はい」植木鉢は、外に小さなテーブルがふたつ出ている角のバールに置かれていた。

「煙草を吸っている男がいるわ。赤い革ジャンパーの」

「見つけました」年齢は五十前後、がっちりとした体格で、アルベルティのいる場所とは逆のほうに目を向けている。「どうしますか？」

「わたしが行くまで目を離さないで。階段を下りているあいだに見失いたくないの。いい？」

「ちなみに、あの男は何をしでかしたんですか？」

「よけいなことは訊かないで」コロンバはぴしゃりと言って、電話を切った。

それほどよけいな質問ではないはずだと思いながらも、アルベルティは革ジャンパーの男から数メートル離れたところに立っていた。いったい何が起きるのか？　そのとき、男がふと振り向いて、自分が見られていることに気づいた。男は動揺を隠そうともせず、足早に歩きはじめた。すぐ先は十字路だ。

アルベルティは後を追った。「すみません」大声で叫ぶ。「ちょっと」

革ジャンパーの男は聞こえないふりをした。

アルベルティは足を速め、男の肩に手を置いた。「あなたに言っているんです」

男は振りかえると同時に彼の顔面にパンチを食らわせた。

アルベルティは目の前が真っ暗になり、膝が崩れるのを感じた。尻もちをついて、血が飛び散る鼻を押さえる。口の中も血まみれだった。ふたたび目を開けると、目の前にコロンバの防水靴が見えた。

「生きてる？」

「はい」

アルベルティが答えたときには、すでにコロンバは男を追いかけていた。

「センターに連絡します……」声を絞り出しながら、アルベルティは植木鉢をつかんで立ちあがろうとした。

「いいわ」コロンバは叫んだ。「もう何もしないで」そして角の向こうに消えた。

革ジャンパーの男はローラースケートをはいているかのように走っていたが、コロンバはすでに彼を通りの突き当たりに追いつめていた。すると男は八百屋の陳列台を飛び越えて、ショッピングカートを引いた老婦人にぶつかった。それでもコロンバは歩行者に突き当たり、立ちはだかる者は押しのけながら足を速めた。通りで追跡するのはいつ以来だろう？　あれはたしか数年前、まだ麻薬取締局の副局長だったときだ。部下たちは、新任で、しかも女性の命令に従わなければならない不快感を隠そうとしなかった。あのころは建物に突入したり、車の中から監視したりする毎日だった。監視は長時間に及んだ。銃撃戦も四回あり、そのうちの一回で片方の脚に銃創が残った。だが、派手な追跡劇を繰り広げたことはなかった。ところがいまは、理由もよくわからないままに男を追って走っている。

自転車の少年を危ういところでよけると、少年は振り向きざまに罵声を浴びせた。アフリカ系の若者のグループは、彼女が制服を着ていないにもかかわらず、警察官のにおいを嗅ぎつけて散り散りになる。その間にコロンバは男に距離をあけられた。

革ジャンパーの男が走っていた通りはT字路だった。男を捕まえるチャンスはただひとつ

——男が逃げた方向に当たりをつけ、路地を抜けて左右どちらかの通りに出るしかない。でっぷり太った女性をよけつつ、コロンバは右に曲がった。その先にはテルミニ駅と地下鉄の駅まで続く高架鉄道がある。もし自分だったら、こちらのほうに逃げるだろう。逆方向は市街地だ。

背後で車がクラクションを鳴らしたが、コロンバは無視して車道の真ん中を走りつづけた。交差点から数メートルのところで、直感が正しかったことがわかった。革ジャンパーの男が急ぎ足でこちらに向かってやってきた。うまく彼女をまいたと思いこんでいる。コロンバに気づいたのは、彼女に肩で押されて建物に身体を打ちつけたときだった。「両手を上げて壁につけて」

「警察よ」コロンバは男の襟首の下に腕を押しつけて動きを封じた。

男が彼女を肘で突く。コロンバは顔への一撃をよけると、男の肘と手首をつかみ、梃子《てこ》の原理で身体を動かそうとしたが、それは筋肉のかたまりで、まるで樫の枝を引っ張っているようだった。男はまたしても、今度は腹部に殴りかかってきた。コロンバは後ろに飛びのくと、男の襟首をつかみ、右膝でみぞおちや股間を何度も蹴りあげた。

男は身体を前に折り曲げながら彼女を振りはらった。「くそっ、何て女だ……」吐き気をこらえてつぶやく。

そのとき、コロンバはミスを犯した。相手は観念したものと思っていたが、革ジャンパーの男にはまだ力が残っていた。男はふいに身を起こして彼女の首をつかんだ。コロンバは喉が締めつけられ、肺がからっぽになるのを感じた。たちまち視界の端に動きまわる影が現われ、いまにも襲いかかってきそうだった。だめ、いまはやめて。自分をコントロールできなくなったらおしまいだ。コロンバは首に感じる苦痛に神経を集中し、自分を闇の外へと導くアリアドネの糸のごとく痛みにしがみついた。おそらく数秒が過ぎた。男は彼女の首を絞める力を弱めずに大声で悪態をついている。コロンバは男の喉仏の上の部分をまっすぐ伸ばした四本の指先で突いた。空手で〝貫手〟と呼ばれる技だ。

男はバランスを崩して膝をついた。今度は彼が息を詰まらせる番だった。コロンバは男を腹這いに押し倒して上に乗った。

「腕を広げて。早く」かすれた声で命じる。

「おれは何もしていない」こちらは息も絶え絶えの声だ。

「いいから腕を広げるのよ」

男は言われたとおりにした。ところが、コロンバが身体検査をしていると、彼はとつぜん激しく泣き出した。「おれはあいつが好きなんだ……あいつが好きなんだ」途切れ途切れに言う。

「黙ってて」何のことだかわからないまま、コロンバは命じた。そのあいだにも、近くの店から出てきた人々が十人ほど集まってくる。コロンバは周囲に向かって身分証を提示した。

「警察です。犯人を逮捕しています」

「何をしたんだ？」クーフィーヤをかぶった若者が尋ねた。

「わたしに暴行を働いたのよ。わかった？」それでも若者がじっと見つめているので、コロンバはブラウスの襟元を広げてみせた。革ジャンパーの男に首を絞められたせいで、皮膚が真っ赤にすりむけている。「見えた？」

若者はうなずいた。「だけど立たせてやれよ。そのままだと窒息するぜ。一分ともたない」

「いい？　わたしは手錠を持っていないの。だから、応援が到着するまでこのままでいるわ」コロンバはポケットに手を入れて携帯電話を探したが、見つからなかった。しまった、心の中で毒づく。「どなたか電話を貸してもらえませんか？」彼女は周囲の人々に頼んだ。

4

コロンバがダンテのアパートメントに戻ったのは、それから三時間後のことだった。アドレナリンの過剰な放出でぐったりと疲れ、地元の警察分署の同僚に事情を説明するのに手間取ったせいで苛立っていた。

ドアを開けたダンテは、黒いジーンズと同色の伸縮性のあるシャツに身を包み、おかげでますます生気がなく、痩せて見えた。肋骨の数が数えられそうなほどだった。

アルベルティは氷の入った袋を額に押し当て、ソファに横たわっていた。

「どうやら不満そうですね」そう言いながら、ダンテは何杯目かわからないコーヒーを淹れるために豆を混ぜあわせた。三種類の袋からスプーンですくい、薬剤師さながらに計量する。

「あの男はアルカイダのメンバーではなかったわ」

「わかっています」

「彼が家族と別居中で、息子に会いたがっていたこともわかっていたんですね？」

「だが、会うことは認められていなかった。でしょう？」

「子どもにも母親にも近づくことは禁じられています」

「おそらく、どちらかに対する虐待のせいにちがいない。ちょっとした処分を下すことができて満足でしょう」ダンテはマシンのスイッチを入れ、コーヒーがカップに注がれるのをじっと見守っていた。そして、三分の一に達したところで抽出を止めた。「このブレンドを味わうには、抽出時間をごく短くする必要があります」彼は説明した。そしてコーヒーの香りを嗅ぐと、味わいながらゆっくりと飲んだ。「暴力的な父親がいなければ、子どもはまともな人生を送れる可能性が大きい」

「母親が父親よりひどい人間だったり、路上で頭を殴られるような相手に出会ったりしなければ」

「神を気取っているわけではありません。ただ、目の前の問題を片づけたかっただけです」

「わたしに路上で殴り合いをさせて」

ダンテは皮肉っぽい笑みを浮かべた。「あなたの同僚にくらべれば、うまく切り抜けたようですね」

「だって、いきなり殴られたんですよ」アルベルティがドナルドダックのような声で言った。

「無理もない」ダンテは悪いほうの手を使って煙草に火をつけた。かろうじて動く二本の指でペンチのように器用にライターをはさんでいる。「こうなった以上、あなたの頼みを断わるわけにはいかないようですね」

コロンバはバッグからファイルを取り出して彼に差し出した。「断わろうなんて思わないでください」

ダンテはテーブルの前に腰を下ろすと、ファイルを開いて書類をめくりはじめた。「もちろんです」だが、書類の分厚さを見てため息をついた。「いまだに紙を使っているんですか？　USBメモリやインターネットがあることをご存じですよね？」

「文句は言わないでください」コロンバは彼の向かいに座りながら言った。

「読み終えるまで、ずっとぼくを見ているつもりですか？」

コロンバは人さし指を唇に当てた。「しーっ。とにかく読んでください」

ダンテは笑みを浮かべ、言われたとおりにした。

およそ二十分のあいだ、聞こえるのはもっぱらアルベルティの耳障りな呼吸と紙をめくる音だけだった。ダンテはざっと目を通しながら、書類をいくつかの束に分けた。

彼が本当に読んでいるのを確かめると、コロンバはすばやく居間を見まわした。いくつか目を引くものがあった。たとえば、テレビの上に山積みになったDVD。どれも七〇年代の映画だった。ジャンルはさまざまだが、B級映画ばかりだ。学費を稼ぐために〈ブロックバスター〉でアルバイトをしていたときに、コロンバはそれらが金を払って見るに値しないことを知った。だが、ダンテはわざわざ探して購入したにちがいない。ケースの開いたDVDに、通信販売を行なっているアメリカの配給会社のラベルが印刷されている。ほかにも宅配便で届いた箱が、やはり半開きのまま部屋の隅に放置され、復活祭の卵形のチョコレートの中に入ったプレゼントのような小さな人形がいくつか見えた。ダンテはがらくたを集めるのが好きなのだろうか、とコロンバは考えた。それとも、何か風変わりな調査に必要なのか。

そのときダンテの声が聞こえ、コロンバははっとした。「衝動的な犯行というわけですか?」

「計画的です。犯人は被害者をひと気のない場所へ連れていきました」

「それは理性的な行為だ。だが、首を切り落としたのは錯乱を示している。それに対して、身体のほうにはいっさい手をつけていないのは理性的だ。汚れた服を脱いで、心配しているふりをするのも理性的。凶器をすぐ近くに捨てるのは浅はか。矛盾している。この点については、あなたも考えたはずだ」

「人間はいつも理性的とは限りません」

「だからといって、断続的に理性を失うことなどない。それから子どもについて、学校から何か入手できなかったんですか? ノートや絵は?」

「いいえ」

「かかりつけの小児科医の名前くらいわかるでしょう?」

「子どもの健康状態が照会されたことはわかっています」

「それで?」

「とくに問題があったかどうかははっきりしません」コロンバは言った。

ダンテは不満げにため息をついた。「本当に? これを見てください」

彼は暴力犯罪分析局《UCV》が複製したマウジェーリの息子の写真の束を取って、テーブルに並べた。一歳くらいから六歳になるまでの、さまざまな顔が写っている。最後の一枚は小学校の前で撮ったもののようだった。

「何も気づきませんか？」ダンテは尋ねた。

うなずきかけたとき、最後の写真に写った子どもの真面目な表情にコロンバははっとした。真面目で落ち着いた表情。写真を年代順に遡って見ながら、彼女はそのことに気づいた。まるで笑いたい欲求を少しずつ失っているかのようだ。腕を伸ばして母親のもとへ駆け寄っている最初の写真から、真面目で落ち着いた最後の一枚までを見ると、その変化は明らかだった。「寂しそうな顔になっているわ」

「それだけではない」ダンテは言った。「態度も見てください。最後から二枚目の写真です。父親は抱きしめたがっているが、それに応じようともしていないように見える」

「そういう家庭なのかもしれません。あるいは、ほかの写真では違うかも」

「いや。どれも共通している。自閉症についてはご存じですよね？」

「もっと小さなうちから症状が現われるということは知っています」

「かならずしもそうとは限らない。ヘラー症候群という障害の場合、四、五歳くらいで初期症状が認められることもある」

「マウジェーリの息子がそれだと？」

「おそらく。父親と話す必要がありそうです」

「それは難しいと思いますが」

ダンテは椅子の背にもたれた。「検討してみてください。いまのところ、ぼくに言えるのはそれだけです。請求書は誰に送ればいいですか?」

「せめて、最初の犯行再現調書には目を通してください。事情聴取の内容がすべて記録されています」

「もう読みました。父親が嘘をついているかもしれないし、そうではないかもしれない」ダンテは肩をすくめた。

コロンバは彼の目をじっと見つめた。彼女の冷ややかな緑の目を向けられると、視線を合わせるのは難しいことにダンテは気づいた。「もう一度、読んでください」彼女が言った。

「ぼくが何も発見できなかったらどうなるんですか?」

「同僚たちは、少なくとも何かの手がかりが得られると思っています」

「だが、あなたは違う。あなたはタオルを投げるだろう。本当はそうしたいんじゃないんですか? すべてから手を引きたいのでは」

「タオルを投げているのはわたしではありません、いまのところは」

ダンテも冷ややかな目で彼女を見つめかえし、その瞬間、ふいに彼の周囲の空気が凍りついたように感じた。コロンバは身を震わせた。「写真を見たかぎりでは、それ以上のことはわからない」ダンテは苛立たしげに言った。「状況を理解するには、実際にこの目で現場を見てみないと」

「問題ありません」コロンバは答えた。

「ぼくのほうに問題があります」ダンテは周囲を見まわした。「もう二カ月もこのアパートメントから出ていない。あなたが辛抱強い人だといいのですが。出かける支度をするのに、しばらくかかるでしょう」

「急いでいませんから」

「心配もしていないようですね」ダンテはにやりとして指摘した。

「何のことを？」

「いいですか、もし父親が無実だとしたら、彼を巻きこみ、子どもを思いどおりにするために、何者かが衝動的犯行を装って芝居を打ったことになる。だが、うまくはいかなかった。なぜだかわかりますか？」

「いいえ」

「なぜなら、あまりにも決然とした手つきだからだ。頭を切り落とすには、何度か切りつけなければならなかったはずですが、首だけを正確に狙っている。女性の顔には引っ掻き傷ひとつない。犯人の手は震えていなかった」ダンテは笑みを浮かべ、コロンバは背筋に震えが走るのを感じた。「何者であれ、人を殺すのに慣れている人物の仕業です」

5

ダンテはコロンバとアルベルティを先に行かせると、外に出ることに対して心の準備をした。彼の閉所恐怖症は持続的なものではなかった。状態のよいときであれば、ほんの短い時間、スーパーマーケットに入るといった難しいこともどうにかできる。ただし店内がガラス張りで、しかもあまり客がいないときに限るが。疲れていたり、感情的になっていたりすると、家から出るのはほとんど不可能だった。

最初にかかった精神科医から、症状を一から十までのレベルに設定してみるようすすめられた。一の状態ならたいていのことはできたが、十まで行くと自制心を失うため心を落ち着ける必要があった。

いまは、コロンバや彼女の役立たずの助手には悟られないように注意していたが、レベル七——臨界閾値《いきち》だった。ふだんとはまったく異なる一日のせいだったが、悲しげな雰囲気を漂わせたあの女性警察官に好印象を与えたかったというのもある。それゆえ、六階分の階段に立ち向かうために持てるだけの意志の力を奮い起こさなければならなかった。窓がなく、鋭い角に低い天井の各階。いつ何どき隣人が現われ、彼の酸素を奪って、すでに狭すぎる空間を占めるかもわからない。

階段にも、閉ざされた建物にも、クローゼットにも、実際に危険がないことはわかっていたが、彼の理性は自身の内部で動きまわる怯えた獣に打ち勝つことはできなかった。ときには、壁の向こう側でエレベーターのケージを引っ張る巻上機の音に集中して冷や汗を抑えることもあった。

レインコートに、泥道も歩ける登山靴をはき、iPhoneのイヤホンをつけてオンドマルトノの交響曲をセレクトする。それに合わせて呼吸を整えてから、ダンテは後ろ手にドアを閉めて階段を下りはじめた。

最初の二階分は順調だった。手すりにつかまり、耳も頭の中も音の海で満たされたまま急ぎ足で下りた。だが、三つ目の階に差しかかったときに、目を上げるという過ちを犯した。頭上の階段の裏側が、押し迫ってくるほど間近に見えた。たっぷり一分間、その場に釘づけになってから、吹き抜けのほうに顔を上げて最上階を見た。天窓から三日月形の空が見える。ダンテはそちらに顔を向けたまま、手すりを頼りに階段を下りた。五つ目の階で誰かにぶつかり、心臓が喉元までせりあがるのを感じた。すばやく目をやると、隣人のひとりが口を動かして何かを言っていたが、ダンテには理解できなかった。とっさに引きかえして、家に逃げこみたくなった。だが、またしてもコロンバのことを考えて前に足を進めた。隣人に向かってこわばった笑みを浮かべ、階段を下りつづける。あと一階というところで携帯電話が鳴り出して、音楽を遮った。ダンテは手すりをしっかりつかんで電話に出た。

「どうですか、トッレさん？」コロンバだった。

「大丈夫です。いま向かっています。何分くらい経っていますか？」何でもない口調を装って尋ねる。

「四十分です」

ダンテにはせいぜい五分にしか感じられなかった。あるいは五年。「もうじき着きます」そう言って彼は電話を切った。

まだあと一階。一階だけ。水中に潜るかのように息を吸いこむと、彼は思いきって最後の段を下りた。そして玄関に気づきもせずに通り過ぎる。

やっと外に出た。胸いっぱいに息を吸いながら、ダンテは喜びのあまり歩道を跳ねまわった。

コロンバは腕組みをしてパトロールカーのボンネットにもたれながら、その様子を眺めていた。「大変でしたか？」

「少しだけ。でも、外に出るのがこれほど愉快だとは……」ダンテはまだ跳ねながら言った。まるでバネでもついているようだ。

「治療を受けようと考えたことはないんですか？」コロンバは尋ねた。

「あなたは？」ダンテは問いかえす。

コロンバは答えなかったが、その目がまたしても翳《かげ》った。彼女は車のドアを開けた。「どうぞ」そっけなく言う。

「ぼくは前に乗ります。たとえ規則で禁じられていたとしても、ぼくの知ったことではない。シートベルトもしないし、雨が降っていても窓は開けたままにする。いいですか？」

「ご自分の車はないんですか？」コロンバは尋ねた。「そのほうが快適だと思いますが」

「夏しか乗りません。屋根がないので」

長いドライブだった。スピードはダンテの神経をかき乱すため、彼が降りられるように、アルベルティは十回ほど車を停めるはめになった。そのたびにダンテは身体を曲げたり飛び跳ねたりしてから、これでもう大丈夫だと言ってふたたび車に乗ったが、数分もすると、またしても顔色が悪くなって動揺しはじめた。

それでも、やっとのことで乗馬センターにたどり着いた。捜索本部が撤収されて道路をふさいでいた車の列が消え、二頭の乗馬用の馬がトラックで訓練をしているばかりだった。まるで別の場所のような静けさのなか、アルベルティが前回と同様、捜査用にディフェンダーを調達し、三人は犯行現場へと向かった。

ちょっとした小旅行に興奮したダンテは、聖なる道《ヴィア・サクラ》をひとりで進もうとした。アルベルティは車を見張るために残り、コロンバは十メートルほど遅れてダンテのあとを追った。彼は力がみなぎり、見るものすべてに魅了されているようだった。葉や石を手に取り、しばしば道から逸れては下方を眺める。歩きながら、コロンバはローヴェレに電話をかけて報告した。

「簡単にはいかないと警告したはずだ」

「完全に頭がおかしい人だとは言いませんでした。彼の家を見てみるべきです」

「彼の考えも、頭のおかしい人間のものなのか？」

コロンバは答えなかった。まだそうとはっきり決まったわけではない。「子どもの件で、何かわかりましたか？」

「いや。親戚や友人に当たってみたが、手がかりはなかった。だが、科学捜査班の検証の結果、デ・アンジェリスの説が証明された。トランクの血痕は子どものもので、鎌はたしかにマウジェーリの家から持ち出されている。本人によると、庭の木を剪定《せんてい》するために先月購入したが、一度も使っていないそうだ」

「あとは自供だけですね」

「それはまだだが、逮捕の正当性が認められた」

「このままでは反証に欠けます。時間がありません。すべてがマウジェーリに不利です。新たな証拠を発見しないと、水をあけられてしまいます――」〝サンティーニに〟と言いかけて、コロンバは口ごもった。合法的であるか否かにかかわらず、誰に聞かれているかわからない。「言わなくてもおわかりでしょう」

「トッレは何と言っている？」

「すでに何者かが仕組んだことだと考えています」

「だろう？」

ダンテが展望台に着いた。一瞬、下を見てよろめく。欄干を握りしめていなかったら転落していただろう。

コロンバは慌てて電話を切ると、彼に駆け寄った。「めまいを起こしましたか？」

ダンテは欄干の下にしゃがみこんだまま笑みを浮かべた。「そんなにあからさまでしたか？」

「もしかしたらと思っただけです」

「もう大丈夫です」ダンテはしばらく呼吸をしてから身を起こした。「こんなに高いとは思わなかった。驚きました。あなたの上司は何と？」

「凶器は夫が買ったものだそうです」

「彼の指紋が検出されたんですか？」

「いいえ」

ダンテは欄干をしっかりつかんで立ちあがった。「それなら、犯人が彼の家から持ち出したんだ」

「少し無謀ですね。そう思いませんか？」

ダンテは肩をすくめた。「言ったはずです」彼は恐る恐る断崖の縁の向こうに目を向けた。「彼はちょっとやそっとで怖じ気づくような人物ではない。靴はどこにあったんですか？」

コロンバはその場所を示した。いまは茂みの上に番号が記された札が置かれている。

ダンテは欄干を握ったまま目を向けた。「まるで舞台セットのようだ」そして、ふいに向きを変えて歩き出した。「行きましょう、明るいうちに」

コロンバは遅れまいと後に続いた。ダンテは石のあいだを大股で歩いていく。「冷酷で頭脳明晰な犯人が、なぜマウジェーリを陥れたんですか？」彼女は大声で尋ねた。

「ああ、その点についてはまだわかりません」

ダンテは遺体発見現場を封鎖しているテープの前で立ち止まった。二台のパトロールカーが監視しており、警察官が煙草を投げ捨てて近づいてきた。コロンバが身分証を出すあいだに、ダンテは待ちきれずに空き地に足を踏み入れた。

警察官が敬礼をすると、コロンバは数年前に彼とどこかで会ったことを思い出した。「誰ですか？　ヴォルデモート卿？」警察官はダンテを指さして尋ねた。ダンテは黒い革のレインコートの裾をはためかせ、鑑識官の残した目印を踏まないよう注意しながら岩のあいだを歩きまわっていた。

「アドバイザーよ」コロンバは曖昧に答えた。

「よかった。同僚だったらどうしようかと思いましたよ」

コロンバは木に登っているダンテのもとに近づいた。「子どもにかえったみたいですね」そう言ってから、彼女はすぐに後悔した。「すみません」

「いや。これでも幸せなときもあったんです。たとえば、ぼくにその資格があると考えたときには、父親《パードレ》は温かい食べ物をくれた」

「パードレ？」

「そう呼ばされていました。いずれにしても正体はわからなかったから……」ダンテは腕の力で身体を持ちあげると、地上から二メートルの高さの枝に腰かけた。その姿は、まるで獲物を待っている大きな黒い鳥のようだった。

「そこから何かおもしろいものが見えますか？」コロンバは尋ねた。

「ただのストーンヘンジです。儀式殺人にはもってこいの場所だ」

「あるいはショーの演出には」コロンバはつけ加えた。

「先に言われましたね。靴についてですが、犯人は母親を殺す前に吊り下げたと思いますか？　それとも殺したあとか」

「殺す前は難しいと思います」コロンバは答えた。「そんなことをしたら、母親は何かおかしいと気づいたはずです」

「人を殺してから周囲を飾りつける？　冷酷なのはともかく、それではやりすぎだ」

「あなたの言う、その決然とした手つきの殺人犯だとしたら、彼もショーに参加していると思います。あるいは、子どもが途中で落として、誰かが持ち主にわかるように吊り下げておいたか」

「足跡は？」

「雨が降りつづいて道は泥だらけで、おまけに発見前に一帯が踏み荒らされています。殺人犯か子どもが現場から遠ざかる足跡が残っていたとしても、もう見分けがつきません」

「つまり、どちらの方向へ行ったかはわからない」

「もしマウジェーリが犯人だとしたら、ピクニックをしていた場所に戻って、妻と息子を捜すふりをしています」

「彼はすでに容疑者から外したんじゃないですか？」

「あなたが外したんです。わたしは外していません。現時点では何とも言えません」

ダンテはしばらく考えてから言った。「犯人はぼくたちが来た方向へ逃げたとは思えない。人の往来が多すぎる。なるべく姿を見られたくないはずだ」

「ということは、靴を吊るしてから引きかえしたんですか？」

ダンテはうなずいた。「おそらく。そう考えるとますます重要な行為に思えてくる。でも、理由はわからない」彼はあたりを見まわすと、さらに続く道を指し示して、身軽に地面に飛び降りた。「行きましょう」そして、返事を待たずに歩き出す。

コロンバはまたしても彼の体力に驚きながら後を追った。家にいるときには、誰かに支えてもらわなければ散歩もできないように見えたのだ。

道を先に進むと、かごを持ってキノコ狩りをしている人たちに出会った。ダンテは手を上げて挨拶をした。「何か見つかりましたか？」

「少しだけ」ふたりのうちの一方が答える。

「キノコを探すのは雨上がりと決まっている。そして、昨日は雨だった」彼らから離れると、ダンテは指摘した。「ひょっとしたら、犯人を見かけた人がいるかもしれない」

「目撃者は現われていません」

「それは、彼が人目を引かなかったからだ。それに、あなたの同僚が目撃者捜しに奔走しているようにも思えない」

「マウジェーリが逮捕されてからは」コロンバは認めた。「でも、行方不明の子どものことはすでに知れ渡っていて、写真も公開されています。子どもが誰かと一緒に歩いているのを見た人がいれば、通報があるはずです」

「歩いていたとは限らない」ダンテは下のほうに見える行楽客を指さした。うとうとして首にしがみついている子どもを抱きかかえている。「あの子の顔が見えますか？」

「いいえ」コロンバは答えた。

「六歳だと、抱きかかえるには少し大きいが、誰も気にはしないでしょう」

「その謎の誘拐犯が実際にいたとしたら」

「ひょっとしたら、翼の生えたミニポニーに乗って飛んでいったのかもしれない」ダンテは足を速めて木々のあいだを抜け、コロンバは駆け足で追いつかなければならなかった。おかげで、数時間前に見知らぬ男を追いかけて、すでに酷使している縫合したアキレス腱に軽い痛みを感じた。

やがて狭い広場に出た。中央には巨大な岩に囲まれた小さな青い聖母礼拝堂がある。

「あなたの仮説どおりだとすると、誘拐犯はここからそう遠くないところに車を停めていたはずです」コロンバは言った。「そして夕闇にまぎれて走り去れば、誰にも会わなかったかもしれません。行楽客はふつう、夕方には帰りますから」

だが、コロンバはダンテが聞いていないことに気づいた。彼は道路標識のポールからぶらりと垂れ下がっている金属製のものをじっと見つめていた。コロンバは近づいてよく見た。

それは筒形のくすんだ金属のホイッスルで、ほぐした麻紐に結びつけられていた。コロンバが手を伸ばして取ろうとすると、ダンテに手首をつかまれた。彼の冷たくて力強い手は痛みを感じるほどだった。

「触らないで」ダンテは言った。

コロンバはその手を乱暴に振りはらった。「あなたこそ、わたしに触らないでください」だが、彼女はダンテの顔が土色になっていることに気づいた。「どうしたんですか？」心配して尋ねる。

ダンテはしばらく口ごもってから、ほとんどつぶやくような声で答えた。「ぼくは連れ去られたときに……パードレに連れ去られたときに、よく遊んでいた草地で見つけたものを持っていた。それはボーイスカウトのホイッスルだった」彼はコロンバに目を向けた。だが、彼女のことは見ていなかった。はるか昔の、途方もない恐怖を見つめていた。「これです」ダンテはそのホイッスルを指して言った。

6

ダンテは膝を抱えて車道の端に座りこんでいた。もはや何も言わず、身動きひとつしない。コロンバはそんな状態の彼を置いてその場を離れたくはなかったが、ローヴェレに連絡をしなければならず、ダンテには聞かれたくなかった。「気分はどうですか、トッレさん？」彼女は尋ねた。

ダンテはあいかわらず黙ったまま動かず、遠くを見つめている。

「トッレさん、ほんの数分だけ失礼させてください。でも、大丈夫だとおっしゃってくださらないと、あなたをひとりにはできません」それでも返事はなかった。「ダンテ……」名前で呼ばれるのを聞いて、彼ははっとした。「死にやしません」無表情な声だった。

「どうぞぼくには構わずに」

コロンバは少し離れたところで、ふたたびローヴェレに電話をかけた。「ダンテの状態が思わしくありません」彼女は報告した。「といっても、最初からよかったわけではありませんが」

「何があったんだ？」

「ポールに吊るされたホイッスルを見つけて、マウジェーリの息子を連れ去った犯人が置いていったものだと言い出しました。そして、その犯人が自分を誘拐した男と同一人物だと。トッレは真犯人がまだつかまっていないと思いこんでいるんです」

「だとしたら、なぜホイッスルを置いていくんだ？」

意外にも、それについて真剣に考えているような口調だった。「わかりません。おそらくトッレもわかっていないと思います。これから彼を家まで送っていきます」

「彼の言ったことを無視して？」

「それなら教えてください。どうすればいいんですか？」

「ホイッスルの件を捜査責任者に報告するんだ」

コロンバは聞き違いかと思った。「ドクター・ローヴェレ……トッレは錯乱状態なんですよ。わたしたちが彼自身の身に起きたことに酷似した状況に置いたせいで、正気を失ってしまったんです」

「ホイッスルは誘拐および殺人の証拠となるかもしれない」ローヴェレは譲らなかった。

「あなたも正気を失っているようですね」何とかしてサンティーニを出し抜きたいと願うあまり、頭がおかしくなってしまったのだろうか。「デ・アンジェリスにそんなことを言おうものなら、目の前で笑われます」

「責任者は彼だ、われわれではない」

「もう手を引かせてください」コロンバは冷たく言った。

「今夜、解放してやろう。だが、とりあえず誰かが到着するまで待て。わたしがデ・アンジェリスに知らせよう」そう言うと、ローヴェレは挨拶の言葉もなく電話を切った。

くそったれ、コロンバは心の中で毒づいた。だが、苦々しい思いは消えなかった。

一時間後、最初に現われたのはサンティーニだった。その間、ダンテは〝イエス〟と〝ノー〟ぐらいしか言葉を口にせず、家に帰るのを拒んだ。県警中央捜査本部《SIC》の副本部長の車に続いて、ドアにUCVのマークが記されたステーションワゴンも到着する。車に乗っているのは、コロンバが前日に見かけたふたりの鑑識官だった。

「やれやれ、またここか」年配のほうの鑑識官が車を降りながら言う。「もううんざりだ」

サンティーニはまっすぐ彼らに歩み寄って尋ねた。「こんなくだらないことを考えついたのは誰だ?」

コロンバは気まずさを隠してポーカーフェイスで言った。「自分で探し当てたらどう?」

「いいか、ただではすまないぞ」

彼女は背後を示した。「ポールはあそこよ。ケツの穴に突っこむといいわ」

サンティーニは鑑識官に合図をした。「さっそく取りかかれ」

あいにく晴れ舞台のための白い作業服を着ていないふたりの鑑識官は、ホイッスルの写真を撮ると、それを滅菌バッグに入れた。サンティーニはコロンバのそばを離れなかった。

「わたしがもうひとつ吊るすとでも思ってるの?」彼女はばかにしたように尋ねる。

「おまえは復帰しても、せいぜいパスポートにスタンプを押すような閑職に追いやられるのが落ちだ」

「お偉方の足の舐め方をあなたに教わらないとだめね。デ・アンジェリスとはどうなの？　ベッドまでコーヒーを運んでるわけ？」

サンティーニは憎々しげに彼女を見た。「言葉に気をつけろ」

「気をつけてるわ。あなたのほうこそ、人に言えた義理？」

鑑識官がポールに指紋検出用の粉末を振りかけ、指の跡を採取しているあいだ、コロンバはダンテのとなりに腰を下ろした。

「彼が帰ってきた」彼は低い声で言った。「いまになって」

「鑑識の結果を待ちましょう」コロンバは取りなすように言った。

「まだ生きていることは知っていた。この世のどこかで」

そのとき、サンティーニの影がふたりにおおいかぶさった。「現場鑑識は終わった、カセッリ。おまえの友人に、一緒に来て検事と世間話をするように言ってくれ」

「その必要はない」ダンテは彼を見ずに言った。「直接ぼくと話してください。ぼくは耳が不自由でも理解力が欠けているわけでもありません」

「あなたのことは知っている、トッレ」サンティーニは言った。「あなたの〝専門的な助言〟を受けた同僚が何人もいる。だが、誰も喜んではいなかった」

「自分の仕事に役立つかどうかを理解していないからでしょう」

サンティーニは身をかがめて顔を近づけた。「もう一度、言ってもらえるか？」

コロンバは立ちあがって彼に向きあった。「弱い者いじめはやめなさい」

「そこをどけ」

「彼は具合が悪いのがわからないの？」

「おれには関係ない」

「本当に？」コロンバが一歩前に出たので、サンティーニは思わず後ずさりした。「彼は誘拐事件の被害者で深刻なトラウマを抱えているわ。閉所恐怖症で治療を受けている。本人の意思に反して引きずりまわしたら、暴行と職権濫用で召喚されるわよ」

「彼をここに引っ張ってきたのはおまえだろう、カセッリ」サンティーニは激昂して言いかえした。

コロンバは罪悪感に苛まれた。「そのとおりよ。でも、ここから先はあなたの責任だから」

サンティーニはどうにか理性を保とうと努めた。「その言葉を検事に聞かせてやりたいものだ。なら、この男に何と言えばいいんだ？　おれの家に来いとでも？」

「そうすれば？」

「職務規定に反する」

そのとき、鑑識官のひとりがＳＩＣ副本部長の肩に手を置いた。「ここから一キロ離れたドライブインに全面ガラス張りのレストランがあります。そこなら大丈夫ですか、トッレさん?」

コロンバはダンテの前にかがみこんだ。「嫌なら、すぐに家まで送ります」

「行くのがぼくの義務だ」

「義務ではありません」

「ぼくに決めさせてください、お願いします」

「どうする?」サンティーニが促す。「そのドライブインでいいか?」

「けっこうです」ダンテは答えた。

サンティーニがデ・アンジェリスと電話で話しているあいだに、年配の鑑識官がダンテにほほ笑みかけた。「あんな男だが、悪意があるわけではない」彼は言った。「単なるクソ野郎だ」

「あなたたちは知り合いなんですか?」コロンバは尋ねた。

ダンテは首を振った。話に加わる気はなさそうだった。

「面識はないが、噂には聞いている」鑑識官がコロンバに説明する。「プティニャーノの幼稚園の事件を覚えているか?」

「もちろん」あの惨劇の直後のことだった。事件の噂は彼女を包むベッドカバー越しにも伝わってきた。容態はすぐれなかった——明らかに悪かった——ものの、コロンバにはそんな話を信じる者がいること自体が信じられなかった。幼稚園の教員が全員、園児に対して卑猥な妄想を抱いているとして告発された。両親による作り話ではないという裏付けはなかった。

にもかかわらず、多くの人が信じていた。「彼が関わったの？」

「言い伝えによれば」

「言い伝え？」

「要するに、誰も見た者はいないが、被告側弁護士に助言を与えていたというもっぱらの噂だ。彼については、いろいろな話が広まっている……わたしの勘では、全部事実だ」鑑識官はにやりとした。「民間人として、じつに華々しく活躍した」

「何の役にも立っていません」ダンテが陰鬱な声で言った。

「でも、結局は不起訴の決定が下されたわ」コロンバは反論した。

「町を出ていくはめになった。全員が」ダンテは続けた。「両親はいまでも自分たちが正しいと信じている。子どもたちは、いまとなっては現実と他人の病んだ空想の区別はつかない。彼らは屈折して、苦難に満ちたまま成長するだろう」

鑑識官はうなずいた。「たしかに」

サンティーニが電話を終えた。「ドクター・デ・アンジェリスは一時間後にドライブインで合流する」そして、つけ加える。「いずれにしても、大いなる時間の無駄だろうが」

そのあいだに、広場に一台のパトロールカーが停まった。ふたりの捜査官が降りてくると、サンティーニはポールを示して言った。「誰もあれに触ったり、近づいたりしないように見張っているんだ。わかったか？　なぜかと訊かれたら、交通警察の命令だと言え」

「交通警察？」ふたりのうちの一方が困惑して尋ねた。

「何だ？　耳が聞こえないのか？」サンティーニは声を荒らげた。

捜査官は慌てふためく。「いいえ、違います」

「お友だちはおまえが連れてこい、いいな？」サンティーニは車に乗りながらコロンバに言った。「そうすれば、車の中でいじめられたとわれわれを責めることもあるまい」

「せいぜい慎重に運転することね」コロンバは忠告した。

7

コロンバとダンテが、鼻が腫れてますます哀れな姿になったアルベルティとともに到着すると、ドライブインの入口にはすでに警察官が立っていた。客は出入りできるものの、ガラスが張りめぐらされた東屋風の広いレストランの区画は立ち入りが禁止されている。ここへ向かう途中も、コロンバの罪悪感は膨れあがる一方だった。デ・アンジェリスや彼の部下のようなハイエナどもの前で、ダンテは笑い者になるかもしれない。すべては自分が未来の元上司にノーと言えなかったせいだ。だが、ダンテが弁護士に電話するのを聞いて、彼女はほんの少しだけ安心した。はたして弁護士は救世主となってくれるだろうか。

ダンテは絞首刑を宣告された囚人のようにドライブインの入口を見た。心のレベル計は限りなく十に近づき、車の中で服用した抗不安薬《ザナックス》はめまいや吐き気を引き起こすばかりだった。過去の光景が脳裏にフラッシュバックする。パードレ、牢獄、コンクリートのひびから射しこむ光。上部の小窓に張りついた霜。排泄物の悪臭。パードレが口癖のように繰りかえしていた言葉が頭の中でこだまする——ここ以上に安全な場所はない。

当時、ダンテはその言葉を信じていた。いまでもそう思うことがある。

「これさえ済めば終わりです、今日のところは」コロンバが言った。「あなたの力に頼りたいばかりに、巻きこんでしまって申し訳なく思っています。本当に」

「ぼくを巻きこんだのはあなたではない。彼だ」

「パードレ」

「そう」

すばらしいわ、コロンバは心の中でため息をついた。

ツイードのダスターコートを着た長身で痩せた男が大股で歩いてきて、ドライブインの入口でふたりに追いついた。短い髪に日焼けした肌で、どこか数年前のジェレミー・アイアンズを思わせる風貌だ。この男がミヌティッロだと、コロンバにはすぐにわかった。

弁護士はクライアントの肩に手を置いた。「大丈夫か?」

ダンテはその問いかけを無視して言った。「パードレだ、ロベルト」

弁護士は不安そうな面持ちでかぶりを振った。「確かなのか?」

「確かだ」ダンテは答えた。

「だとしたら、逃げるわけにはいかないな」そして、弁護士はコロンバに手を差し出した。「ロベルト・ミヌティッロです。今後、この件でわたしのクライアントに問題が生ずるようなことがあれば、責任を取っていただきたい」

「ちょっとふたりだけでお話ししたいのですが」

ミヌティッロはダンテを見た。「どうぞ」ダンテが言う。

少し離れたところに行くと、コロンバはすぐに言った。「彼をここから連れ出してくださ
い」

「強制することはできない」

「でも、彼の言ったことを聞きましたよね？　彼は自分を誘拐した人物がふたたび現われたと思いこんでいます」

「わたしは彼の考えを尊重するようにしている。たとえ奇妙に思えても」

「これは奇妙どころか、正気の沙汰ではありません」

ミヌティッロは眉を上げた。「本当に？」

「トッレが誘拐されたのは三十五年前ですよ。明確に覚えていない古びたおもちゃだけで誘拐犯の手がかりを見つけるのは不可能です」

ミヌティッロはしばらく彼女を見つめた。そしてわずかに表情を緩める。「あなたの心遣いには感謝する。本当にありがたいと思っている。だが、そろそろ中に入らないといけないだろう」

弁護士は返事を待たずにクライアントのもとに戻ると、親しげにその腕を取った。コロンバはため息をついた。しかたがない。いずれにしても、わたしはもうじき手を引くのだから。レストランの入口にも警察官が立っており、コロンバは先着隊に合流するため身分証を提示しなければならなかった。ダンテはひたすら外に目を向けたまま、窓際のテーブルに座るデ・アンジェリスとサンティーニのもとへ向かった。ふたりのほかに、コロンバの知らない

男性がノートパソコンを広げて座っていた。

コロンバは双方を引きあわせたが、サンティーニは彼女を見ようともせず、デ・アンジェリスは疑わしげな視線を向け、全員が弁護士と握手をした。店内の反対側のカウンターに、前の日に犯行現場で見かけたSICの警部ふたりの姿が見える。彼らはにやにやしながら何やら小声で話していたが、コロンバが見ているのに気づいて話をやめた。

デ・アンジェリスがミヌティッロに向かって言った。「わざわざご足労いただくまでもありませんでしたが」

「われわれはこのほうが好都合なのですが、不服がおありでしたら、デ・アンジェリスさん、あなたの時間を無駄にするのは本意ではありません。また別の機会に、もっとふさわしい形で話し合いの場を設定しましょう」

デ・アンジェリスは首を振った。「その必要はありません。どうぞ、おかけください。みなさんもどうぞ」ノートパソコンの男性は議事録の作成を担当する検察官だと紹介された。彼は全員の身分証明書のデータを控えてから、ICレコーダーのスイッチを入れた。デ・アンジェリスは日付、時刻、出席者を述べ、カラー印刷された紙をダンテに差し出した。UCVのロゴが入ったホイッスルの写真だ。どうやら大急ぎで印刷したらしい。「バレストリ夫人の殺害現場からおよそ五百メートル離れた駐車場内で発見されたホイッスルの写真をトッレさんに見せている」デ・アンジェリスは録音用に状況を説明する。「これが、本日あなたが発見し、わたしの事務所が証拠品として獲得したものと同一であると認めますか？」

「同じように見えます」

「あなたはここにいるドクター・カセッリに対して、このホイッスルがバレストリ夫人の殺害および幼いルカ・マウジェーリの誘拐に関連があると断言しました。そのとおりですか?」

「正確には違います」コロンバは割って入った。

デ・アンジェリスが手を上げる。「ドクター、あなたは質問されたときのみ答えてください。どうかお願いします」

「すみません」お願い? 笑わせないで、とコロンバは思ったが、とりあえず答える。

ダンテは同情するように顔をしかめた。「ぼくはそのとおりに言ったわけではないので、ドクター・カセッリは間違っていません。それに、少しばかり取り乱していたと思います。ぼくが言いたかったのは、このホイッスルは、ぼくが誘拐されたときに持っていたものにそっくりだということです。その後、ホイッスルは犯人に取りあげられました。ぼくが誘拐されたときの年齢と同じ年の子どもが姿を消した場所のすぐ近くで見つけたので、偶然ではないと考えたわけです」

「くわしく説明していただけますか?」

「ぼくを誘拐した犯人が置いていったのだと思います。だから、ぼくのホイッスルだと。ずっと彼が持っていたんです」

デ・アンジェリスとサンティーニはちらりと目を見あわせた。

「あなたを誘拐した男は死んでいます、トッレさん」デ・アンジェリスは頭の悪い相手に言い聞かせるように一語ずつ区切って言った。「名前はボディーニ。警察が到着する前に、農場でみずから命を絶った」

「彼ではありません。ボディーニは単にスケープゴートとして利用されただけです」

デ・アンジェリスは鼻の頭をペンで叩きながら言った。「そう、あなたは最初からずっとそう主張していた……ホイッスルは、あなたの両親が作成した所有品のリストに入っていましたか？」

「いいえ」

「そのことは解放されたあとに警察に話しましたか？」

「いいえ。でも、いまになってでっちあげたわけではありません。もしそうほのめかしているのであれば」

デ・アンジェリスは咎めるような目で彼を見た。「トッレさん、ほのめかすのはわたしの仕事ではない。わたしは質問をして、あなたはそれに答える義務がある証人です。たとえこの場が……非公式なものだとしても」

「科学捜査班からの報告書は？」ミヌティッロが尋ねた。

「時間がなかったので、予備的な報告のみです」サンティーニが答えた。「電話で概略を聞きました。指紋も生体組織の痕跡も検出されませんでした。酸化の程度から、どのくらいの時間、放置されていたかを判断するのは難しいとのことです。何しろそれ以前の状態がわかりませんから。いずれにしても、それほど長い時間ではないでしょう。保存状態はかなり良好です」

「製造年はわたしのクライアントの話と一致していますか？」ミヌティッロはふたたび質問した。

「大まかなところは。あれは一九六〇年から七七年のあいだにイタリアで製造されたモデルです。その間のどれであってもおかしくありません」

デ・アンジェリスはダンテに笑いかけたが、その笑みに人間らしい共感はちっとも感じられなかった。「トッレさん、ホイッスルはあなたのものと同一だということにしておきましょう」彼は異論を制するかのように手を上げた。「しかし、確率の計算について考えてみてください。あのホイッスルが本当にあなたのもので、神出鬼没の手によってあの場所に置かれた可能性はどれくらいだと思いますか？　行楽客や、ひょっとしたら親からあれをプレゼントされた子どもが落としたものではなくて。そして、誰かが親切にも持ち主にわかるよう吊るしておいたのではないと。よく手袋や鍵をそうするように」

「確率を計算する必要はない。たしかにそうだとわかるんです」ダンテは言った。

「ですが、われわれにはわかりません。残念ながら、あなたの主張を裏づける証拠はない」

「あなたは間違っている」ダンテは反論した。

デ・アンジェリスの笑みが氷のごとく冷ややかになる。「ほう、わたしのどこが間違っていると？」

「指紋は検出されなかった。つまり、あなたの説では、落とし主の子どもは一度もホイッスルに触れていないということになりますよね？」

「拾った人物が泥を拭きとったのかもしれない」

「あらゆる痕跡を消して？　あらゆる生体組織の残留物も？　たとえば唾液とか。誰も息を吹きこんだことがないというんですか？　ホイッスルというのは、ふつう吹くものでしょう」

コロンバは内心、舌を巻いた。ダンテがつらい思いをするのではないかという心配は杞憂だった。

「雨で洗い流されたんでしょう、トッレさん」デ・アンジェリスは取りあわない。サンティーニがテーブルに肘をついて身を乗り出した。「あの場所に置いた人物が、身元を知られたくないと考えたのでないかぎり」彼は言った。「われわれが真っ先にDNA鑑定を行なうとわかっていて」

「わたしのクライアントを非難しているんですか？」ミヌティッロが問いただした。デ・アンジェリスの笑みが氷のようだとしたら、彼の視線は灼熱の炎だった。

「話しあっているだけです」デ・アンジェリスは答えた。

「ちょっと失礼して」サンティーニがコロンバに目を向けた。「発見現場にいるあいだ、一瞬たりともホイッスルから目を離さなかったと断言できるのか？」

「あなたに言うべきことは何もないわ、サンティーニ」

「彼女の言うとおりです、ドクター・デ・アンジェリス」ミヌティッロがふたたび遮った。「わたしのクライアントに対する事情聴取がこのような形で続けられるのであれば、われわれはただちに退席します」

「わかった、わかった。みんな、落ち着こうじゃないか」デ・アンジェリスはその場を取りなした。「だが、わたしはこの場にいる女性にも同じ質問をする義務がある」

「いったい誰の供述を取っているんですか？　わたしのクライアントか、それとも彼女か」ミヌティッロは迫った。

「もちろん、あなたのクライアントです。だが、できれば時間を節約したい。あなたに同意していただければ」

「とんでもない」

「弁護士さん、さっさと終わらせましょう。わたしは供述を拒否します」コロンバは口をはさんだ。

「これで満足ですか？」ダンテが尋ねた。「それとも、彼女も嘘をついているとでも？」

「トッレさん、おわかりですか？　どう考えても、その偶然が疑わしいことは」

「偶然なんかではありません」ダンテは反論した。「彼が故意に置いたんです」

「あなたを誘拐した犯人が？」

「そうです」

「どんな動機で？　メッセージを送るため？　挑戦？　署名代わり？」

ダンテはためらった。コロンバには、彼が何かを隠しているように思えてならなかった。

「彼が何を考えているのかはわかりません。三十年前も、いまも」

「捨て置くことはできなかった？　あなたのホイッスルを？　錆びるまで放っておけなかった？　ゴミとして処分できなかった？」

「ぼくは彼の意図を判断するのにふさわしくはない。ぼくは……言ってみれば影響を受けています。囚われているあいだ、ずっと彼を神だと考えるように教えこまれてきたんです。神の考えを理解するのは、そう簡単なことではない」

デ・アンジェリスとサンティーニはまたしても目を見あわせた。「わかりました、トッレさん……ご協力感謝します。以上で終了します」デ・アンジェリスは言った。

そのときまで、ダンテはほとんど身じろぎもせずに低い声で話していた。その彼がいきなり身を乗り出したせいで、デ・アンジェリスはのけぞるように椅子の背にもたれた。「あの子どもにどんな運命が待ち受けているか、わかりますか？」ダンテは問いかけた。「一生とは言わないまでも、何年も囚われの身となるんです。精神的暴力、肉体的暴力。言われたとおりにできなかったり、逆らったりしたら、いつ殺されるかわからない」

デ・アンジェリスは探るような目で彼を見つめた。「あなたと同じように、ですね？」

「そうです。ぼくと同じように」

「それなら、この件において、あなたの証人としての立場が弱い理由はおわかりですね？」

「証言の信頼性が低いために？」

「残念ながら」

ダンテはゆっくりとうなずいた。「それでも証言せざるをえなかったんです。では、失礼してもいいですか?」

「ええ、もう終わりましたから」デ・アンジェリスはきっぱりと言った。「あなたの供述を文章に起こしたら、調書に署名をお願いします」

「連絡をくだされば、おうかがいします」ダンテとともに席を立ちながら、ミヌティッロが言った。

コロンバも立ちあがった。

「きみは少し待ってもらえないか?」デ・アンジェリスが声をかける。

「構いませんが」

ミヌティッロとダンテは出ていった。デ・アンジェリスはあごをこすってから、サンティーニと検察官を同時に見た。「わたしは彼女と少し話がある」

検察官はノートパソコンを閉じて立ちあがった。サンティーニはデ・アンジェリスに手を差し出した。「ほかに何もなければ、わたしは県警本部に寄ってから帰ります」

「ああ、ご苦労だった。明日、連絡する」

サンティーニは出口へ向かい、検察官は開いた窓のところへ行って煙草に火をつけた。

「わたしが訊きたいことはわかっているだろう?」ふたりきりになると、デ・アンジェリスが切り出した。

「いいえ、教えてください」

「わざわざ回りくどくしたいのか……きみは自分と関係のない捜査の現場で何をしていたんだ？」

「トッレさんにあの場所を見てもらいたかったんです」コロンバは平然と答えた。

「何のために？」

「彼は行方不明者捜索専門のコンサルタントです」

「水をかきまわして小銭を拾い集める法律事務所から金をもらっている精神不安定者でもある」

「それはあなたの意見です。わたしはそうは思いません」

「マウジェーリはトッレのクライアントなのか？」

「いいえ」

デ・アンジェリスは指先をすぼめて考えながら言った。「たとえそうだとしても、きみは知らないだろう。そしてあのホイッスルの話は、自己弁護の布石かもしれない」

「あれを見つけたのはわたしです。いまのところ、トッレは誰の依頼も受けていません」

「いったい、きみに何の権利があるんだ？　いまは休職中だろう？」

「一市民としての義務です。たまたま捜査に関わることになって、少しでも貢献しようとしただけです……」

デ・アンジェリスは彼女の目を見つめたまま椅子の背にもたれた。コロンバはその視線を受け止めた。

「きみは宣誓を行なっていないが、わたしの立場上、真実を述べることを要求する。きみは嘘をついている。きみを送りこんだのはローヴェレだ。彼は除け者にされたことが不満で、わたしが彼を関わらせないように画策したと、ことあるごとに触れまわっている」

こうなった以上、ローヴェレの名を出すべきだというのはコロンバにもわかっていた。そもそも自分がここにいるのは彼の命令なのだから。だが、コロンバは反旗をひるがえすようなタイプではなかった。「それは違います」彼女は否定した。「わたしがこの件に関わっていることを、彼は知りません」

「そうは思えないが。きみたちふたりは近しい関係にある。そうだろう?」

「〝近しい〟とはどういう意味ですか?」

デ・アンジェリスは両腕を広げた。「悪い意味などない。彼は長年、きみの上司だったと言いたいだけだ。それに、きみが回復するまでそばを離れなかった。彼はきみのためにできるかぎりのことをした。あの一件のあと、ほとんどの人間がきみを見捨てたが、彼は見捨てなかった」

コロンバは手のひらに爪を食いこませた。「そのことについて話す必要がありますか?」

「きみを信用できない理由を説明したまでだ。きみにはローヴェレの裏をかくことはできまい。わたしやサンティーニは騙そうとしても。彼の計画をわたしにばらして、信頼を裏切るようなことはしないだろう」

「わかっているのなら、なぜこんなふうに尋問を?」

「チャンスを与えたかった。きみが自分でそれをふいにしたのは残念だ」

「もう失礼してもよろしいですか?」

デ・アンジェリスは目の前の書類に視線を落とした。「それでは、ごきげんよう、ドクター」


その間、ダンテは煙草を口実に、電話をかけたいというミヌティッロを先に駐車場へ行かせ、外でコロンバを待っていた。別れの挨拶をしたかったのだ。明日以降、あの緑の目の女性警察官に会うことは二度とないだろう。そう思うとダンテは寂しさを覚えた。彼女が美しく型破りな女性だということもあったが——美しい女性に接するのはじつに久しぶりだった——これからは否が応にもひとりで過去の亡霊に立ち向かうことになる。そのとき、サンティーニがズボンで手を拭きながらトイレから出てきた。ダンテがひとりでいるのを見て、一瞬、その表情が獰猛になる。サンティーニはつかつかと歩み寄ってダンテの腕をつかんだ。

「何をするんですか?」ダンテは煙草の箱を落とした。サンティーニは手で彼の口をふさぐと、トイレの個室に押しこんだ。中は狭く、窓がない。排泄物のにおいがこびりついている。サンティーニが後ろ手にドアを閉めた。とたんに闇に包まれる。見えるのは灰色の背景に浮かびあがった相手の輪郭と、光っているような目だけだった。闇が意識を圧迫し、徐々にダンテを押しつぶす。サンティーニは口から手を放したが、ダンテはわめきたてなかった。

声が出なかった。壁に囲いこまれているような気がして、膝が崩れそうだった。サンティーニがレインコートの襟をつかんでいなければ倒れていただろう。

「閉じこめられると怖いんだろう？　暗闇も怖いにちがいない。夜はランプをつけっぱなしにしておくのか？　アヒルの形のランプを？」

ダンテは答えず、意識を保つことに集中した。いまや過去が稲妻のごとく閃光を放ち、鳴り響いている。サンティーニの声は、コンクリートの壁の向こうからかすかに聞こえてくるようだった。

サ、イ、ロ、の壁の。

もう一度〝放せ〟と言おうとしたが、声が出ない。

「だが、おまえが怖がるべきなのは、このおれだ。今後、例のホイッスルのたわ言やら何やらで捜査を邪魔しに来たら、暗闇に閉じこめてやる。地面の穴の中に。呼吸用のチューブをつけて。わかったか？」

ダンテにはわからなかった。パードレの声があらゆる音をかき消した。天から降ってきて、〝掟〟を命じた。おまえはまたしても教えた手順を間違えた、だから罰を受けなければならない。棒を取って、悪いほうの手を打ちつけろ。わたしの数えるとおりに。

ダンテは棒をつかんだつもりになって、それを振りあげようとしたが、サンティーニに腕をつかまれた。「動くな。わかったとだけ言うんだ。早く言え」

サイロの暗闇のなかで、ダンテは現在へ続く窓を見つけ、ふたたび悪臭を放つ便所に舞い戻って警察官と向きあった。なかばわれに返り、かろうじて唇を動かして〝わかった〟と言う。何のことだか理解できなかったが。あるいは理解しても忘れてしまったか。ダンテは身体が軽くなったような気がした。いまにも消えてしまいそうだった。

サンティーニは彼を解放すると、ドアを開け放って出ていった。射しこんできた光が電流のごとく襲いかかる。ダンテはトイレのタイルに膝をつくと、四つん這いになって、汚物まみれの床を這いながら出口へ向かった。

外では、サンティーニが車に乗りこみ、砂利を撥ね飛ばしながら走り去る様子をコロンバが見つめていた。何があったのかしら、そう思ったとき、トイレから這い出てくるダンテの姿に気づいた。

コロンバがひざまずいて彼の顔を上げようとしたとき、ミヌティッロが電話を中断し、みずからの軽率さを罵りながらふたりのほうへ駆けてきた。

「大丈夫ですか？　何があったんですか？」コロンバは尋ねた。

「何でもない。構わないでください」ダンテはつぶやくように言った。

「聞こえただろう、彼に構わないでくれ」コロンバの背後でミヌティッロの声がした。弁護士はやや乱暴に彼女を押しのけると、ダンテの前にかがみこんだ。「立てるか？」

「手を貸してくれ」

ミヌティッロは彼を抱えるようにして引っ張りあげた。ダンテはズボンもレインコートも濡れ、ひどく汚れていた。ミヌティッロはダスターコートを脱いで彼を包みこんだ。「家まで送ろう」

「トッレさん」コロンバは声をかけた。「ちょっと待ってください」

ダンテは彼女に目を向けた。

「サンティーニが走り去るのを見ました。彼に何かされたんですか？」

ダンテは首を振った。「たいしたことではありません」

「わたしには大事なことなんです」

「立会人なしで少し話をしただけです」そう言って、ダンテはレストランのほうを指した。ちょうどデ・アンジェリスが彼らには気づかないふりをして出てくるところだった。「今日の彼らの反応を見て、ぼくの言葉を信じている人間がいると思いますか？」

「わたしは信じています」

「でも、肝心なことについては、そうは見えません」

ダンテは弁護士に促されるまま立ち去った。コロンバは小石を蹴ったが、悪い考えを追いはらうことはできなかった。それどころか、むしろどんどん膨らむ一方で、彼女はその行き場のない考えを持て余したまま車に乗りこんだ。アルベルティがはっと目を覚ます。

「どこへ行きますか？」

「県警本部まで。サイレンを鳴らして」

アルベルティはパトロールカーを飛ばし、交差点で減速するたびにコロンバに急き立てられた。

サン・ヴィターレ通りに到着すると、ちょうどサンティーニの車が警察署のゲートバーをくぐったところだった。

コロンバは車を飛び出し、警備の警察官に身分証をすばやく提示した。サンティーニがドアを開けて車を降りると、目の前に彼女が立っていた。

「カセッリか。何の用だ？」

コロンバは彼の顔を蹴りあげた。防水靴の爪先が下あごをとらえ、サンティーニは文字どおり星を見ながら運転席に倒れこんだ。

「今度トッレに近づいたら、ただじゃおかないから」

「気でも狂ったのか？」サンティーニは声を絞り出しながら、ドアフレームをつかんで起きあがろうとした。だが、その手はノックアウトされたボクサーのごとくぴくぴく動くばかりだった。

「わかったわね？」

制服を着た警察官ふたりが駆けつけたが、すべては一瞬の出来事で、ふたりとも状況をよく把握していなかった。コロンバはすでにゲートに向かって歩いていた。背後からサンティーニの怒声が聞こえてきたが、わざわざ足を止めて耳を貸しはしなかった。

8

ミヌティッロはダンテを家まで送ると、彼と一緒に階段を上った。自分がいればダンテの恐怖がやわらぐと知っていたからだ。延々と階段を上るあいだは軽い話題に終始し、できるだけ森やサイロのことには触れないようにした。ダンテはトイレの中での出来事について語ろうとせず、ミヌティッロには尋ねても無駄だとわかっていた。

一歩ずつ上っていくうちに、ダンテの気分は少しずつよくなり、アパートメントに着いたときにはいつもの元気を取り戻しているように見えた。ミヌティッロはアパートメントの混乱状態に目を見張った。といっても、機能的な混乱だ。床に積みあげられたもののあいだには通り道が作られ、掃除もじゅうぶん行き届いている。それでも、ダンテが長いあいだ引きこもって生活している証拠であることに違いはなかった。弁護士は、もっと頻繁に友人の状態を確認しなければならないと心にメモした。電話口ではどれだけ元気そうに、あるいはリラックスしているように思えても。「そろそろ片づけたらどうだ？」

「まだ危険水位は超えていない。ほら、コンロのところまでは到達していないだろう」ダンテはバスルームに入り、服を脱いでシャワーを浴びた。そして、そのままドア越しに会話を続ける。

「コーヒーを飲みたかったら淹れてくれ」ダンテは声をかけた。

「五時以降は飲まないことにしている。掃除サービスの女性はどうなったんだ？」

「愛想を尽かされた。性格が几帳面すぎたんだ」

「言ってくれれば代わりを探したのに」

「サービス会社に対して印象を悪くしてしまって申し訳ない」ダンテは身体をこすった。尿のにおいがこびりついていたが、ひょっとしたら気のせいかもしれない。彼は蛇口を閉めた。

「これがはじめてではないからな」

「きみが変わり者だということは伝えてある」

「それなら、イタリア語がわからない人を見つけてくれ。そうすれば書類を隠さずに済む」

「あの彼女は？　名前は何と言ったっけ……」すでに答えを知りつつも弁護士は訊いてみた。

「やっぱり愛想を尽かされたよ。さすがにガールフレンドの代わりはサービス会社では探せないだろう？」

「残念だが。どうしたんだ？」

「性格が几帳面すぎたんだ」

「その言い訳はさっきも聞いた」

「そうだっけ？」ダンテは薄墨色のバスローブ姿でドアを開け、汚れた服を下着でいっぱいのかごに放りこんだ。「燃やしたほうがいいかもしれない」そう言うと、彼はソファにどさりと倒れこみ、肘掛けに両足をのせた。だが、つい数時間前にアルベルティが同じ姿勢で寝ていたことを思い出して、きちんと座り直した。アルベルティは、真似をするにはやや運が悪すぎるような気がしたからだ。

ミヌティッロは立ったまま言った。「きみが心配だ。外出もしなければ、誰にも会わない。そこへもってきて今度の件だ……」

「どの件だ？」

「とぼけないでくれ」

「ロベルト……パードレがいまも生きているのは確かだ。証拠もある。ぼくの置かれた状況はそれほど変わっていない」

「そんなことはない。大きく変わった」

「ぼくはいままで生き延びてきたし、これからも生きつづける。折に触れて、ぼくと同じ目に遭っているあの子どものことを考えるだろう。彼がぼくよりも幸運だといいんだが」

「旅行にでも行ったらどうだ？　列車の旅もなかなかいいものだぞ。車のほうがよければ運転手を探そう」

ダンテは軽く笑った。「この家の外に武装した見張り番をふたり置くのは？」

ミヌティッロは瞬きひとつしなかった。「手配することも可能だ」

「ぼくはもう子どもではない。彼の餌食となる対象ではないんだ」

「彼の餌食となる対象がどんなものか、われわれにはわからない」

「彼が誘拐したのはぼくひとりで、彼は死んだと誰もが信じている」

「きみは違う。だから、わたしも信じていない」

ダンテは手を振った。「もう帰ってくれ。いまは向精神薬とアルコールを一緒に飲みたい気分なんだ。きみに見られていてはできない」

「きみに暴力を振るった警察官は？」

「お咎めなしだろう。お巡りが出すぎた真似をしても、たいていの場合はそうだ」

「告訴されないかぎりは」

「いずれこの借りは返してやる。まだ方法は考えていないが。ぼくは根に持つタイプなんだ。知ってるだろう？」

ミヌティッロは床に置いてあったダスターコートをダンテから受け取ってたたんだ。「箱がたくさん転がっていたが……新たに加わったコレクションか？」

「コレクションじゃない。昔の時代に対する敬意だ」

「生き埋めにならないように注意しろよ」

やがて、ダンテはエレベーターが下降するおぞましい音を聞いて平静を失った。彼はぱっと立ちあがって電気を消した。光り輝く窓ガラスが床にアラベスク模様を描く。街灯の薄明かりの先に、向かいの建物の影が浮かびあがっていた。暗がりに目が慣れるのを待ってから、カーテンを閉め、隙間からそっと外をのぞく。ガラスに映った自分の顔の向こうには、切り取った街並みが見えるばかりだった。

パードレはすぐそこにいる。どこか近くに。
牢獄が世界全体に広がっただけで、ダンテはあいかわらず囚われたままだった。

9

ダンテが明かりを消して、怪物も自分を見ていると考えているあいだに、コロンバは母の家の下でようやく任務から解放された。警察署から帰る途中、母に電話してみると、この二日間、まったく連絡しなかったことで明らかに悲しんでいる声だった。そこで、週に一度の夕食の予定を早めることにしたのだ。

助手席のドアを開けながら、アルベルティはコロンバに棒切れで叩かれた犬のような目を向けた。「明日は傷病休暇を取ります。もう本当にぼろぼろです」

「上司に言って」

「ぼくの上司はあなたです」

「パトロールカーからひと足外に出たら違うわ」その足で同僚の顔を蹴ったことは別にして、とコロンバは心の中でつけ足した。「ドクター・ローヴェレによろしく伝えて」

「では、また近いうちにお会いしましょう」アルベルティは言った。

コロンバは笑みを浮かべ、その美しさにアルベルティは思わず見とれる。「いい子にすることね」彼女は言った。「でないと、わたしみたいになるから」

コロンバの母は、旧市街の中心地にあるオロロージョ広場裏の十八世紀の建物に住んでいた。そのアパートメントは十年前に他界した夫の遺産だったが、夫はもともと父親から相続した。その父親というのは貴族の血を引く家系の数少ない生き残りで、時代とともになけなしの財産もほぼすべて浪費されていた。

コロンバの母は六十歳、娘と同じ色の目の際に、青色のアイシャドウを濃く入れている。ジーンズと白いポロシャツ姿でドアを開けた母は、コロンバがクリスマスにプレゼントしたピアスをつけていた。挨拶のキスをしてから、母はピアスを指して言った。「これ、つけてるのよ」

「気づいたわ。ありがとう」

「それにしても、泥だらけじゃない。キャンプにでも行ってきたの？」

コロンバは泥で汚れた防水靴を濡れた靴下もろとも脱いだ。そして、母が差し出したスリッパは受け取らずに、素足のまま大理石の床を歩く。子どものころから好きだったことのひとつだ。「まあね」

母の顔が輝いた。「仕事に復帰したの？」

「ううん、まだ休職中」

母はがっかりして顔をしかめ、玄関に掛けられた彼女の就任式の写真にこれ見よがしに目を向けた。「このときのあなたは、とても立派だったわね」

「若くて何もわかってなかったわ」

「そんな言い方しないで」母は不満顔で言うと、娘をキッチンへと促した。テーブルにはひとり分の食事しか用意されていなかった。

コロンバは腰を下ろした。「でも……せっかくだから一緒に食べない？」「わたしはもう済ませたから」

「今日は一日じゅうばたばたしてたから、食欲がないの」そう言うと、母はコロンバの前にグラスを置き、前の週に彼女のために栓を抜いたワインを注いだ。「そこの突き当たりにできたばかりのデリで買ってきたの。とってもおいしいのよ。びっくりするほど高いけど、おいしいの」

「ありがとう」

母はアルミの容器から仔牛のツナソースがけを取り分けた。水っぽいソースにケイパーがひと粒だけ入っている。コロンバは黙って食べ、その様子を母は立ったまま見守っていた。

「心配してたけど、元気そうね。すっかり回復したみたいだけど。もう足も引きずってないし」

「まだときどき膝が痛むけど」コロンバは言った。

「でも、元気に見えるわ」

コロンバはフォークをテーブルに置いた。叩きつけたわけではないが、大きな音がした。

「それで？」

「同僚に会ったら、きっと英雄扱いよ」

「ずいぶん能天気ね。映画じゃないのよ、ママ。あんな事件、逃れられるものなら、同僚たちは逃れてる」

「みんな？」

「みんなじゃないけど。これは仕事なの。天命じゃなくて」コロンバはふたたび食べはじめた。それに、と心の中でつけ加える。たとえ天命だとしても、もう失ってしまった。「おまけに、ほとんどはうんざりすることばかり」

「あなたのしていることは退屈じゃないわ」

「おもしろい仕事の代償が病院送りになることだったら、退屈な人生を選ぶわ」

「どっちにしても、その気になればいつでも任務に戻れるんでしょう？」あたかも推理小説の台詞のように〝任務〟という言葉を口にする。「元気になったと報告すればいいのよ」

「そんなに単純なものじゃない」

「でも、できるんでしょ？」

コロンバはため息をついた。「できるけど、しない」

「なら、いつ任務に復帰するつもり？」

「二度としない。やめるの」

このことは、本当はもう少し慎重に話そうと考えていたが、思わず口をついて出てしまった。母は火の消えたコンロの上に置いたデリの油紙の袋のほうに向き直った。「そう」

何でもないふりをしたほうがいいのはわかっていたが、コロンバはこらえきれずに食ってかかった。

「〝そう〟って何なのよ、ママ?」

母は振り向いた。肝心なときに当てが外れた際に見せる顔をしていた。たとえば、コロンバが十四歳で水泳大会にはもう出ないと、十六歳でピアノをやめたいと告げたとき。あるいは二十二歳で、博士課程へ進まずに警察分署長の採用試験を受けたいと言ったとき。「自分で決めることよ」母は言った。「これまで築いたものを全部投げ捨てたいなら、わたしに止めることはできないわ。だけど、わたしもお父さんも、あなたに勉強させるためにあんなに苦労したのに」

「だからちゃんと卒業したでしょ。それに採用試験を受けるのだって反対だったじゃない。〝罰金払ってもらうからね〟って言ったくせに」

「でも、そのあとであなたが仕事を気に入っているのがわかったわ。充実しているように見えたもの」

「新聞を通してでしょ。ママは興奮してたわね」

「それの何がいけないの?」

「この仕事のせいで、わたしは危うく死にかけたのよ。本当に心配じゃないの?」

母の目から涙がこぼれた。「よくもそんなことが言えるわね」

コロンバは動揺し、皿を食器洗い機に、素足を防水靴に突っこむと、ドアを叩きつけるようにして外に出た。胃が締めつけられるのを感じながら、下衆な男にでも絡まれれば八つ当たりもできると考えて家まで歩く。わざと街灯の少ない路地を選び、男性とすれ違うたび、期待して歩を緩めるが、彼女の漂わせるただならぬ雰囲気のせいで誰も近づいてこなかった。帰り着いたときにはいっそう不満がつのり、以前干してあった洗濯物から落ちたタンガを届けにきた隣人のドアを叩きたい衝動にかられた。その男はX線のような視線でコロンバをじろじろ眺め、「きっと似合うだろうな」と言った。そのときは彼の手からタンガを引ったくって追いかえすことしかできなかったが、いまは彼に出くわしてもいいような気分だった。彼と、ウインクして笑みを浮かべたあの顔に。

ところが、階段のいちばん上の段に座っていたのはローヴェレだった。

10

無視してそのまま通り過ぎようか、足首をつかんで階段から引きずり下ろそうか、それとも面と向かって怒鳴りつけてやろうか、コロンバは立て続けに考えた。だが、結局は四番目のオプションを選び、彼のとなりに腰を下ろした。

「サンティーニがあごに青痣をつくって、真っ赤になって怒っていたぞ」ローヴェレは言った。

「わたしにやられたと？」

「そんなことを言ったら面目丸つぶれだ。女性にやられたなんて。大騒ぎしないのが得策だろう」ローヴェレは煙草に火をつけた。「その首の跡は彼の仕業か？」

コロンバは、すっかり忘れていたというように首をこすった。「いいえ。トッレの窓の下を通りかかった男です」

「どうやらトッレに関心を持ったようだな」

それには答えずに、コロンバは言った。「吸い殻はあとで持ち帰ってください。管理人にわたしのせいにされたら困りますから」

「家の中で話さないか？」ローヴェレは尋ねた。

「お断わりします」

「しかたがない」彼は下の段に置いたアタッシュケースを開けると、ベルトに装着するホルスターと、フルサイズの銃を小ぶりにしたレプリカのようなベレッタを取り出した。Px4コンパクト。通常の弾倉に十五発、薬室に一発、装弾できる。隠し持つにはもってこいだ。

「冗談はやめてください」コロンバは言った。

ローヴェレは銃、九ミリの弾薬二箱、弾倉をふたりのあいだに置き、その上に真新しい銃砲携帯許可証をのせた。写真は五年前のコロンバで、身分証の更新で使用したのと同じものだった。「自衛用の許可証だ」ローヴェレが説明する。「銃はきみの名前で登録してある。わかっているだろうが、休職中は正規のものをきみに返すことはできない」

「それも明日までです。明日、辞表を持っていきます」

「尻尾を巻いて逃げるつもりか」

コロンバが手のひらで欄干を叩くと、その音はゴングのごとく階段の吹き抜けに響いた。

「わたしたちに捜査に加わるチャンスがあったとしても、すでに失っています。トッレの話は正気の沙汰とは思えません」

「だが、彼の言うとおりだとしたら？」

コロンバは立ちあがった。「サンティーニを出し抜くために、あなたは誰彼かまわずしがみつこうとしている。でも、あいにくわたしは無理です。ここにいてください。いま辞表を持ってきますから」

ローヴェレは彼女の腕をつかんだ。「ホイッスルについては、トッレは事実を述べている」

「どうしてわかるんですか？」

ローヴェレはふたたびアタッシュケースを開けると、クリアファイルに入った書類を取り出した。「今日トッレに対して、彼がホイッスルについて供述した事実はないと異議が申し立てられて、トッレ自身もそのことを認めた。ところが、彼は取調官には話さなかったが、記者には話していたんだ。読んでみてくれ。彼の最初で唯一のインタビューだ」

ローヴェレは彼女にクリアファイルを渡した。中には週刊誌『オッジ』の記事のカラーコピーが入っていた。見出しの日付は九一年八月。ダンテが解放されてから二年後だ。記事とともに彼の写真が三枚掲載されていた。公園のベンチに座った姿で、いまよりもずっと若く、少しばかり太っている。あごひげがところどころ生えており、無傷のほうの手をあごの下に当て、悪いほうの手はポケットに突っこんで、いかにも考えこむようなポーズは、さながら大人を気取った少年に見えた。そして、いまではすっかり流行遅れのコーデュロイのズボンをはいていた。

インタビューは監禁についてはほとんど触れておらず、もっぱらダンテが取り戻した生活に関してだった。父親との関係、長い年月を経て家に帰ったこと……記者の説明によると、できるかぎり開かれた空間にいたいという理由で、ダンテはインタビューの場所にクレモナ市民の憩いの場であるローマ広場を希望したということだった。「あまりにも長いあいだ閉じこめられていたんです」と彼は言っている。すでに閉所恐怖症に苦しんでいたのか、それとも症状が出はじめたのはもっとあとのことで、このときはやらせだったのかはわからない。すべてが脚色され、事実とは異なった。私立学校の試験を受けて、大学に入学したい、ポー川の土手を自転車で走って自由を感じたいと語るダンテ。「大学を卒業したら警察の採用試験を受けたいと思っています。誰かがぼくと同じ目に遭うのを防ぐために」という言葉でインタビューは締めくくられていた。タイトルも〝十一年間サイロに閉じこめられていた青年は、いま警察官を目指している〟。サイロの写真も載せられていた。コロンバははじめてそれを目にした。コンクリート製で高さ六メートル、直径四メートル。ボディーニは自殺する前に農場に火を放ち、その火事の煙で黒く煤けている。しばしのあいだ、コロンバは自分がこの中に閉じこめられているところを想像した。

ダンテの受け答えのなかの一文に、ローヴェレが黄色い蛍光ペンで線を引いていた。コロンバが唯一、自分の知っているダンテらしいと感じる部分だった。「学校のものはほとんど警察が見つけてくれましたが、金属製のホイッスルは無くしてしまいました。お守り代わりに持ち歩いていたものです。でも、どこを探してもありませんでした」

ローヴェレはその部分を指した。「ひょっとしたらトッレは、のちに何かの役に立つと考えてこの発言をしたのかもしれない。実際には二十年以上も経っているが」

「過去のことで嘘をついていなかったからといって、現在の証言が正しいとは限りません。

それに、彼を誘拐した犯人は、すでに死んで土の中です」

「だが、当時の捜査が誤っていたとしたら？　トッレが最初から真実を叫んでいたのに、誰も信じなかったとしたら？」

「だとしたら、理由があるはずでは？」そんなものはないと信じているふりをしつつ、コロンバは言った。

「ホイッスルを置いたのが彼でないのは確かか？」

「はい」

ローヴェレは火を消した吸い殻で示した。「その記事に添付したものを見てくれ」

コロンバはクリップからそれを抜き取った。環状道路わきの狭い広場の写真だった。

「UCVの連中はあいかわらず働き者だ」ローヴェレは言った。「犯行現場から離れた道まで徹底的に調べた。やつらはとにかく写真を撮るのが好きだから、今朝もきみたちがホイッスルを発見したポールを撮っていた」

「これで一気に解決です。ホイッスルを吊るしたのは逃亡中の殺人犯ではなかった」コロンバは指摘した。

「たしかに、現われたのはそのあとだ。だが、生体組織の痕跡を消し去ったのは雨ではない。なぜなら、今日は雨が降っていないからだ」

コロンバは疑わしげに彼を見た。「今日、デ・アンジェリスが言ったことをほとんどご存じなんですね。彼やサンティーニから聞いたとは思えません。議事録を作成した検察官ですか？」

「彼は古い友人だ」ローヴェレは、やや決まり悪そうに言った。「いずれにしても、犯人はUCVが引きあげたあとに戻ってきて、ホイッスルを吊るした」

「誰かに見られる危険を冒してまで」

「それだけの理由があったにちがいない」

「署名を残した？」

「ああ。しかも、その意味を理解できる唯一の人物が通りかかる直前に」

「ばかばかしい」身体の中を駆けめぐる寒気を感じながら、コロンバはささやくように言った。「そんなのばかげています」

「もちろん、偶然の一致の可能性もある。トッレは明らかに正気を失っているのかもしれない。あるいは……」

「あるいは誘拐犯はいまも近くにいる」コロンバはつぶやいた。「そしてトッレを見つけた」

「どちらを信じるかは、きみ次第だ」

コロンバは銃をつかんで駆け出した。

11

ダンテは観察するのにうってつけの場所を選んだ。彼は床に座り、玄関のドアにもたれていた。そこから、居間のなかば開いたカーテンの向こうに外が見えた。首を動かすだけで、周囲の建物をほぼ百八十度見わたすことができる。暗がりとテーブルの陰に隠れる位置のおかげで、外から誰かに見られることもない。バスローブ姿のままで、床に触れた尻は冷えきっていたが、ぐったり疲れて服を着る気にもなれなかった。立ちあがって、見られないよう気をつけながら何かをすると考えただけで、心のレベル計がぐんと跳ねあがった。

二度、自分がどこにいるのかがわからなくなった。最初は、まだサイロの中にいると錯覚し、次はロドヴィカと知りあったクリニックだと思った。

彼女ははじめてできたガールフレンドだった。自由の身になってから二年半後のことだ。ロドヴィカはアンフェタミン依存症から立ち直るために、ダンテは人ごみで自制心を失うようになってから父親の弁護士のすすめで、それぞれそのクリニックに入院していた。彼にとってクリニックは退屈で、スイスという国はぞっとするような場所だった。その後四年間、家にも帰れず、もっとよい場所を選ぶこともできずにずっとそこで過ごすことになるとは、ダンテは知る由もなかった。

実年齢はロドヴィカが二歳下だったが、世の中に関する知識は彼女のほうが桁違いに豊富で深かった。サイロから脱出してからしばらく、ダンテは現在のことについて自分でできるかぎり調べたが、彼には抽象的なものにすぎない情報が、彼女にとっては血肉となっていた。外交官の娘だったロドヴィカは、中学校を卒業するまでに少なくとも十回は住む都市や国が変わり、そのたびに最初から友だちをつくって環境に慣れなければならなかった。十四歳で、不良少女のほうがパーティに呼んでもらいやすいと気づいて、ときどき年上の友人にもらうコカインを吸いはじめ、毎晩のように酔っぱらうようになった。十五歳で同学年の大使の息子を相手にヴァージンを失い、その彼から、マニキュアの除光液にコカインを混ぜて〝ベース〟を作り、それをフリーザーで凍らせることを教えてもらった。十六歳のとき、メタドンの過剰摂取で入院させられ、それを機にあちこちの病院で入退院を繰りかえすようになった。そのクリニックは四軒目だった。

はじめて愛を交わしたのは、彼女が鍵を手に入れたレクリエーション室だった。終わってから、ロドヴィカは彼の悪いほうの手を愛撫し、パードレに性的虐待は受けなかったかどうかを尋ねた。ダンテは言葉も出ないほど憤慨した。自分とパードレのあいだに、そうしたことはいっさいなかった。だが、ふたりの関係を彼女に説明しようとしても、あんな目に遭ったにもかかわらずパードレに愛情を感じていたとは口に出せず、ダンテは泣き出した。ロドヴィカは彼の頭を脚にのせたまま、夜が明けるまで彼を慰めた。

三カ月のあいだ、ふたりはずっと一緒にいた。ロドヴィカは退院後も毎日彼に会いにきて、ときには彼のベッドにもぐりこんでクリニックに泊まった。看護師が通りかかると、シーツを頭からすっぽりかぶって狂ったように笑っていた。やがて、彼女の父親が転勤となり――アフリカのどこかの国に異動が決まった――ロドヴィカは一緒に行ってしまった。出発の日、ダンテはひどい発作に襲われて部屋から出られなくなり、見送りには行かなかった。精神科医からは、見捨てられたことに対する拒否反応だと説明された。

ダンテはあらためて考えた。ロドヴィカは自傷行為を繰りかえした挙句に死んでしまったのだろうか。それとも、どこかの外交官の息子と結婚したのか。かすかに胸が痛むとはいえ、後者であることを願わずにはいられなかった。

そのときドアのところで物音がして、ダンテの思考は中断され、それきりになった。ふたたび玄関のブザーが鳴り、今度はコロンバの声も聞こえた。「トッレさん。カセッリです。お願いです、開けてください」

ダンテは動かなかった。コロンバはもう一度ブザーを鳴らした。

「トッレさん。もし何も問題がなくて、わたしの声が聞こえたら、何か言ってください」

ダンテは手を伸ばすと、糖蜜をかき分けるように身体を動かしながら錠を外した。風でドアが半開きになる。

コロンバはゆっくりとドアを押した。「トッレさん？」ドア枠の向こう側には何も見えない。

じっと前を見つめたまま、コロンバは機械的にベルトから新しい銃を引き抜くと、その軽さに違和感を覚えつつ両手で構えた。右手の人さし指で安全装置を外してから、暴発を防ぐために銃身に指を当てる。そして足でドアを押し開けた。だが、何かにぶつかって途中で止まった。

すでに極度に緊張していたコロンバには、それが限界だった。ふいに暗闇に影が動き出し、彼女にしか聞こえない叫び声や鋭い音が耳をつんざいた。身体が激しく震えはじめ、肺がこぶしを握るように締めつけられると同時に、頭の中ではひとつの言葉が繰り返しこだました——逃げるのよ。だが、コロンバはよろめく足で中に入ると、ドアがつかえている床の物体に向けて銃を向けた。そして、そのときになってようやくそれがバスローブ姿でうずくまっているダンテだと気づいた。

コロンバは焼けつくような息苦しさを覚え、脚の力が抜けるのを感じた。傷ついた指の関節で壁を叩くと、いつもと同じく電流のような衝撃が走って緊張が解けた。背後からの光で部屋に映し出された、銃を構えたみずからの巨大な影を見つめながら、息を吸って咳払いをする。「大丈夫ですか、トッレさん？」喉につかえた声で尋ねた。

「はい」彼は身じろぎひとつせずに答えた。

「ひとりですか？」

「ええ、でも、陰に隠れてください」ダンテは窓を指した。「彼はあそこにいる……」

コロンバは拳銃をホルスターに戻すと、壁に触れてハロゲンライトのスイッチを探した。

降り注ぐ光が幻覚を追いやると、ダンテは目を瞬いた。

コロンバは彼を助け起こした。明かりに照らされた部屋で、ダンテの意識は混濁しているようだった。コロンバは彼の鼻先で指をぱちんと鳴らした。「わたしです。わかりますか？」

「ああ、はい」ダンテはソファに倒れこんだ。心のレベル計が通常の値まで下がっていく。「しばらく放心状態でした」

「よくあるんですか？」

「最近はあまり」

コロンバはグラスに水を注いで彼に渡した。そして、キッチンから椅子を引っ張ってくると、彼の目の前にまたがって座り、あごを手にのせた。「パードレに見張られていると思っているんですね」

「あのホイッスルはぼくに宛てたメッセージだ。ぼくがこの事件に関わっていることを知っているという」

「そう考えているなら、なぜ言わなかったんですか？」

「誰に？　ぼくから事情聴取した、あの人当たりのいいふたりに？」

「わたしにです」

ダンテは青白い顔に例の皮肉っぽい笑みを浮かべようとした。「それは考えつかなかった」

「せめて弁護士には話したんですか?」

「これ以上、心配はかけたくない」ダンテは水を飲み干すと、旅行雑誌の山の上にグラスを置いた。「あなたはなぜ疑問に思ったんですか?」

「UCVの報告書を見たんです。わたしたちが通りかかる数時間前まで、ホイッスルはあの場所にありませんでした」

「そして、偶然だとは思わなかった」

「あなたを誘拐した犯人が戻ってきたとは思いません、トッレさん。それどころか、いまこの瞬間もマウジェーリの有罪を疑っていません」

「それなら、なぜここに?」

「自分が間違っているのではないかという根拠のない不安にとらわれたからです。そして、もし間違っていれば、あなたの身に危険が迫っています」

ダンテは笑みを浮かべた。ようやくいつもの皮肉な笑みに戻ったようだった。「助けに来てくれて感謝します。あなたに負担をかけてしまった」

「車のガソリン代だけです」

「ほかにもあるでしょう」

コロンバは怪訝な目を向けた。「何のことですか?」

「あなたは何かに苦しんでいる。あなたの仕事を考えると、おそらく心的外傷後ストレス障害だろう。パニック発作、感覚麻痺……。あなたが入ってきたときは、撃たれるのではないかと思いましたよ。これで、あなたが休職中であることも説明がつく」

「あなたは気が確かではなかった。わたしは何の問題もありません」

「鼻を掻いている。嘘をついている証拠だ」

「やめてください」

「なぜ？　鼻といえば、おもしろいことがあります。その人の親指の長さが鼻と同じだと知っていましたか？」

コロンバは確かめてみたい誘惑に抗った。「とにかく、わたしの不安を具体的な疑いに変えることを教えてもらえますか？　司法官に提出できる証拠を」

「あのホイッスルで、パードレが何を言おうとしたのかわかりますか？」

「彼は死んでいます。もう何年も前に」

「こう言いたかったんです。〝わたしの縄張りに近づくな〟と。ぼくはそのとおりにするつもりです」

「非現実的であるのを承知で、仮にパードレだとしたら……常識的に判断するのは無理だわ。もう一度訊きます。誰にもわからないパードレのメッセージについて、あなたはいま何と言いましたか？」

「ほかにどんな意味があるというんです？」ダンテは問いかえした。

コロンバはためらった。このままでは、意に反してますます深入りすることになるだろう。もっとも、すでに巻きこまれているが。それはわかっていた。「調査をお手伝いしても構いません。そうすれば、あなたの事件に関する書類を入手できます。マウジェーリの件も」彼女は言った。

「それで、どうしろと？」

「あなたの言葉を証明するんです。子どもは父親に殺されたのではない、あなたの誘拐事件と接点があるということを。わたしがお膳立てをします。うまくいけば、子どもが無事に戻ってくるかもしれない。あなたの身も安全になるでしょう」

「失敗したら？」

「子どもはマウジェーリに殺され、あなたを見張っている人物などどこにもいないということになります。そして、わたしもあなたも、それぞれの生活に戻るだけです」

ダンテはソファの背にもたれた。「あなたの身には何が起きたんです？」

「はい？」

「ぼくと、あの子どものことをそれほど心配しているのはなぜですか？　あなたにとってぼくたちはまったく無関係だ。なのに助けようとしている。あらゆる道理に反して」

「無為に過ごすことに飽きたのかもしれません」

ダンテは眉をひそめ、一瞬、その目に獰猛な表情を浮かべた。捕食者の表情を。「あるいは、償うべき罪があるか。そのせいで夜も眠れず、息もできなくなるような」

今度は、コロンバはぴくりとも身動きしなかった。「夜はぐっすり眠ります」

「ぼくの協力を求めながら、自分のことについては嘘をつきとおす。それが礼儀正しいことだと？」

コロンバは心ならずも目をそらした。恥じているのだ、とダンテは気づいた。以前は自分もそうだった。

「本当にぼくを助けたいと思っているのであれば、ぼくはあなたを信用する必要がある」ダンテは続ける。「そして、真実を知る必要も。あなたの。教えてもらえないのなら、インターネットで調べます」

コロンバはふいに身を起こした。彼女はこのまま立ち去って、二度と姿を見せることはないだろう、そう思うとダンテは残念だった。ところが、コロンバは座り直しただけだった。彼女は防水靴を脱ぐと、冷えきった足をマッサージした。靴下はどうしたのだろう、ダンテはふと思った。服はその日の午後から着替えていない。

「インターネットで検索しても見つからないでしょう。わたしの名前は一度も表に出たことはありません。警察官の個人情報は保護されています」コロンバは彼に視線を戻した。「こうしましょう、トッレさん。あなたと一緒にいてリラックスできるようになったら――かならずしもそうなるとは限りませんが――いつか、とりわけ上機嫌の日か、あるいはとりわけ落ちこんだ日にすべてをお話しします。とりあえずいまは、わたしが自分の精神状態に注意を払えるということだけを知っておいてください」

「向精神薬は服用せずに」

「薬は嫌いなんです。でも、わたしの状態がどうであろうと、本当に必要なとき以外は銃は使わないし、あなたを危険な目に遭わせることもしません」

「これまでに何人撃ちましたか、CC?」

「CCなんてばかげた呼び名だわ。それに、そのことについてあなたに話すつもりはありませんそれは理解してもらわないと」

ダンテは、いまやハシバミ色に近い彼女の瞳を見つめた。彼に決断をさせたのは、その瞳だった。きわめて理性的な男が——少なくとも、そう見なされることに喜びを感じる男が——女性の視線にたぶらかされたのだ。ダンテは立ちあがった。「外は寒い。帰る前にコーヒーを淹れましょう」

コロンバも立ちあがった。「帰るつもりはありません。でも、コーヒーはいただきます。やるべきことがあるので。あなたの家を捜索します」

12

ダンテは目を瞬いた。「まだ耳鳴りがするようです。〝捜索〟と聞こえましたが」

コロンバはすでに周囲を見まわしはじめていた。「誰かがあなたを監視しているとしたら、双眼鏡を使っているわけではありません。あるいは、双眼鏡だけを。マイクとマイクロカメラを探します」

ダンテは向かい側の建物の明かりを苛立たしげに見やった。「本当にぼくのものを引っかきまわすつもりですか？」

コロンバは眉を上げた。「見られたくないものがあれば隠してください」

「え？　いや……それは誤解だ。この家に違法なものはない。インターネットで買った何種類かの薬を除けば。ただ、記録保管所をめちゃくちゃにされたくないだけです」ダンテはバスローブのベルトを結び直すと、客室へ行ってドアを開けた。「さあ、見てください」

コロンバは入口で足を止めた。

三メートル四方のその部屋には、大きな箱が天井まで積みあげられていた。中央に狭い通り道が残され、中庭に面した窓まで続いている。通り道の真ん中に小さな裸電球が垂れ下がり、かろうじて部屋を照らしていた。

「失われた時代の記録保管所です」ダンテは説明した。

「何ですって？」

「一九八四年といえば、何を思い出しますか？」

「そんなにとつぜん言われても、何も」

「〈アルファヴィル〉が『フォーエバー・ヤング』でヒットチャートにランクインした年です」彼はさびの部分を口ずさんだ。なかなかの音程だ。

「ああ、その曲」

「それから、ジョン・ミリアス監督の『若き勇者たち』が公開されました。すばらしい映画です。それにくらべてリメイクは、とても観られたものではないが」

コロンバはおぼろげに覚えているだけだった。「それで？」

「現在の自分を作っているのが何なのか、ぼくにはわからない、CC」

「〝CC〟と呼ぶのはやめてもらえますか……」

「……でも、そのなかに記憶が含まれているのは確かです。たとえ取るに足らないものだとしても」ダンテはドアの横の箱を開け、中から小さな青い人形を取り出した。「たとえば、これとか」

コロンバにはすぐにわかった。「〝審判スマーフ〟」

「キンダーサプライズ（中にカプセル入りの玩具が入った卵形のチョコレート）の中に入っていた。正確には八九年のものです。あなたも親に買ってもらったでしょう？」

「ええ。同じものが出たら学校で交換したわ」

「パードレに監禁されているあいだ、ぼくはお菓子を与えられなかった。食べ物は彼が健康的だと思ったものだけ。音楽も聴かせてもらえず、映画も見せてもらえなかった。〝審判スマーフ〟の存在は〈イーベイ〉で知りました。四十ユーロ払いましたよ」ダンテはにやりとした。「コレクターによると、いい取引をしたらしい」

「サイロの中で失ったものを取り戻そうとしているんですね」コロンバはしみじみと言った。気の毒に。どんなに厳しい刑務所でも、これほど外の世界から隔絶されてはいない。そこから立ち直るのは——完全ではないにしても——彼にとってはなおさら奇跡のようなことだろう。

ダンテはうなずいた。「同世代の人の話についていけないことがあると気づいたのがきっかけでした。彼らは映画の話をしたり、ある曲に感動したりしていた。それは彼らにとっては大きな意味があっても、ぼくにとってはまったく意味がないものだった」

「それで、ありとあらゆるものを集めているんですか？」

「いや、西洋のポップカルチャーだけです。歴史的な事実は本で読んで勉強することができます。でも、テレビ番組を理解するには、実際に見る必要がある。おもちゃは触れてみる必要がある。そして音楽は、聴かなければどうすることもできない。もっとも、〝スポティファイ〟（世界最大手の音楽のストリーミング配信サービス）が登場してからはCDを買うのをやめましたが」

「あなたが見つけたものの半分は、もう誰も覚えていません」

「覚えていないと思っているだけです。あなたは学校で交換したスマーフのことを、もうどれくらい考えていませんでしたか?」

「ずいぶん長いあいだ」

「でも、すぐに思い出した。行動する、話す、おもしろい台詞に笑うといったことや、何かを決断することというのは、その人の経験から影響を受けるものです。こうした〝時間の箱〟がなければ、ぼくはいまの仕事をすることができなかった。去年、家出をした双極性障害の少女を見つけたのも、〝お姉ちゃんはスクービー・ドゥー(一九六九年製作のアメリカのアニメ番組およびその主人公の犬の名前)に乗って出ていった〟という妹の言葉の意味を理解したからです」

「どういう意味だったんですか?」

「フォルクスワーゲンT2のバンでした。ミステリー社の四人は、この車のボディに花をデザインした〝ミステリー・マシン〟に乗っている。なぜなら、彼らはヒッピーだから。実際には、スクービーは四人の幻覚だという説があるのを知っていますか? 彼らがLSDをやっているせいで」

「どんなものにも、そうした説はあります」コロンバはあまり関心を示さずに部屋を指さした。「入ってもいいですか?」

「どうぞ」

用心深く入口に留まるダンテを残して、彼女は部屋に入ると、目についた箱を開けた。中身はビデオテープだった。最初の一本はテレビを録画したものだ。「『ノンストップ』?」コロンバはタイトルを読みあげた。

「一九七七年から七九年まで放映されたバラエティ・ショーです。映画ならたまにテレビでやることもありますが、テレビ番組は放送局やコレクターから手に入れなければなりません」

「くだらないものばかりだわ」

「その番組は、水兵の服を着てカップを丸ごと口に入れる男が登場する」

コロンバはどこかで聞いたことがあるような気がした。「ジャック・ラ・カイエン。わたしはまだ生まれていない。なのに、どうして知っているのかしら?」

「集合意識に入りこんでいるからです。あるいは、夏休みの再放送で見たのかもしれない。そちらの可能性のほうが高い。そのどちらかでしょう」

コロンバは納得のいかない表情で箱を閉じた。「これがあなたの全コレクションなんですね」

「いや、ここにあるのはまだ見ていないものだけです。ほかのコレクションはレンタルボックスに預けていて、月に一度、有料で埃を払ってもらっています。ぼくが死んだら、自分の名前をつけた財団に寄付するつもりです」

燃やされるのが落ちだわ、とコロンバは思った。「では、異存がなければここから始めます。いちばん厄介な場所に見えるので。けっして散らかしたりしないとお約束します」

ダンテはうなずいた。「ただ、どうしてもぼくのものを引っかきまわすというなら、お互いに敬語を使うのはやめたらどうだろう？　そのほうが気づまりを感じないで済む」

コロンバはうなずいた。「それもそうね」

ダンテは無傷のほうの手を差し出した。「ダンテだ」

彼女はその手を握る。「コロンバよ」

「CC」

「今度言ったら承知しないから」

ダンテはにやりとした。「おいしいコーヒーを淹れよう」

それから朝まで、コロンバは箱や引き出しを開け、家具を動かし、タイルを叩き、コンセントや照明器具を解体した。ダンテの手で床や壁には防音が施されていたものの、隣人を起こさないように、なるべく音を立てずに作業を続ける。何度かうとうとしかけたが、徹夜は慣れているうえに、ダンテのものをあれこれ物色するのは、盗聴用のヘッドホンを耳に当てて警察のバンで監視をするよりも興味深かった。

ダンテの記録保管所は、彼女にとって幸せだったころを思い出させるものの宝庫で、高校時代につけていたパチュリの香水の小瓶まで見つけた。その香りを嗅いでみると、自分の好みがすっかり変わってしまったことに驚いた。

最初の数時間は、ダンテもそばにいて、次から次へと自慢したり説明したりしていたが——

―すべての物に対してエピソードが際限なく湧き出すようだった――だんだんとろれつが回らなくなってきて、ふと見ると、テラスのベッドにうつ伏せになっていた。コロンバは胸を撫で下ろした。ここ数日で、ダンテはこの半年間に接したよりも多くの人間と話したため、静穏が必要だった。

朝七時、ダンテが目を覚ますと、濡れた髪をうなじのところでゴムで束ねたコロンバが、スープカップを手にバスルームから出てきた。Tシャツが湿った肌に張りついている。作業を終えてシャワーを浴びたのだ。「起こしてしまったかしら」彼女は言った。

ダンテは裸にシーツを巻きつけてベッドの端に腰かけた。彼女が誰だったかを忘れ、一瞬、昔のガールフレンドかと錯覚する。「そのカップの中身は?」

「カフェラテよ」

ダンテは身震いをした。「どのコーヒーを使った?」

「さあ、そこらへんにあったふつうのを」

「この家にふつうのコーヒーなんてない」ダンテは文句を言った。

「しゃべっている暇があったらシャワーでも浴びたら?」コロンバは言いかえした。

「仰せのとおりに」ダンテは這うようにバスルームへ向かい、三十分後、身体からわずかに滴《しずく》をしたたらせながら、黒いシャツと同じ色のネクタイという真っ黒な姿で出てきた。

コロンバはキッチンのテーブルで硬くなったパンをちぎって食べながら待っていた。「いつでも墓掘り人みたいな服装なのね」くぐもった声で言う。

「せめてジョニー・キャッシュと言ってくれ」

「誰？」

「その話はまたにしよう。それで？」

「何も見つからなかった。テレビまで分解したのに。あなたの偏執病《パラノイア》は、たぶん単なる偏執病ね」

「レーザーでガラスの振動を測定して盗聴しているのかもしれない」ダンテは言った。

「くだらない本を読みすぎよ。いずれにしても、もうここを出たほうがいい」

カップを持ったダンテの手が宙で止まった。「冗談だろう？」

「おもてには、あなたを監視したり、あなたを憎んでいる男はおそらくいない。でも、あのホイッスルを吊るしたのが本当にあなたを誘拐した犯人だとしたら、あなたは標的にされている。ここには管理人もいないし、あなたは外で眠っているも同然だもの。近くの窓から丸見えよ……」

「下にパトロールカーを呼んで監視させるだけじゃだめなのか？」心のレベル計が上がるのを感じながらダンテは言った。

「わたしにそこまでの権限はないわ」

「ぼくは証人じゃないのか？」

「ダンテ……捜査関係者は全員、暴力的な夫が犯人だと考えている。率直に言って、わたしもその可能性が高いと思う」

「だが、そうであってほしいわけではない」

「本当に連続誘拐犯だと思っているの？」

「マウジェーリが犯人だとしたら、すでに息子を殺しているだろう。だが、パードレなら生かしておいて、間違いなく世話をする」

どちらの可能性がより悲惨なのか、コロンバには判断がつきかねた。「今朝、ローヴェレに連絡したわ。今回の捜査で必要なものも含めて、すべて調達してくれるそうよ」

「キャリアを危うくしてまで、何の得があるというんだ？　司法官に対して印象を悪くすること以外に」

コロンバはためらってから、かぶりを振った。「とくに不都合はないと思うわ。それで、どこに引っ越す？」

「一緒に、という意味か？」

「あなたは銃を持っていない。わたしは持っている。すべてがあなたの偏執病だと確信が持てるまで、あなたのケツを追いまわすわ。大丈夫、わたしもその手の趣味はないから」

「心当たりの場所がある」ダンテはにやりとして言った。「二、三、電話をかけさせてくれ」

「どこなの？」

「それはあとのお楽しみだ」

「昔から待てない性分なの」

「だろうと思った」

ダンテが電話をかけ、コロンバが少し仮眠をとろうと横になっているあいだ、通りではひとりの男がテラスの下に隠れるように立っていた。レインコートのボタンを喉元まで留め、六歳の子ども用の変化に富んだ一週間分の食事に必要なものが入ったビニール袋を持っている。食べようとせず、両親に会いたいと大声で泣き叫ぶ子ども。だが、従順になるのも時間の問題だとレインコートの男は知っていた。そういうものだと。誰かが割りこんできて、すべてを台無しにしなければ。レインコートの男は六階へ目を向けた。目下、ダンテの部屋の窓の向こうで起きていることは、まったく意に染まなかった。

どうにかしなければならない。

V 以前

チーク材と和紙でできたクローゼットの奥に置かれたインビクタ（イタリアで爆発的人気のバッグブランド）を模した小さなリュックに、圧力鍋が入っていた。中には、シクロトリメチレントリニトロアミン――いわゆるＲＤＸ――とポリイソブチレンを混ぜあわせたものが約二キロ。一般にＣ‐４と呼ばれる、きわめて安定性の高い爆薬だ。粘土のように変形させることができ――くすんだ白色だが、やわらかさはかなり粘土に近い――潰したり、水で濡らしたり、燃やしたりしても暴発の危険はない。だが、圧縮と同時に点火したり、摂氏二百五十度を超える環境に置いたりすれば別だ。その場合は大爆発を起こす。Ｃ‐４は威力のある爆薬で、軍隊で好んで用いられる。ヴェトナム戦争では固形燃料代わりに使われた。あるいは仮病を使うために飲み下した兵士もいた。比較的合成が容易で、製造過程には危険が伴うものの、設備の整っていない実験室でも作ることができる。そのため、テロリストたちも好んで使う。

二十一時三十分、もとはスウェーデン製の給湯器の一部だったデジタルタイマーが、単三電池四本で発生させた電気パルスを小さなスチールの雷管へ送る。それは起爆装置で、中には黒色火薬が二十グラム詰められていた。起爆装置が作動し、導火線の温度を上昇させる。C‐4が爆発し、たちどころに音速を超えるスピードで拡散するガスが発生する。正確には秒速八千五百五十メートル。圧力鍋は破裂して粉々になり、その衝撃で熱風が巻き起こる。かけら、クローゼットの破片、コンクリートの粉、熱風が入口近くのテーブルに座っている年配の夫婦に攻めかかる。最初に襲われるのは夫で、文字どおり空中に舞いあがる。彼は骨盤からテーブルに落下し、一瞬、十字架にかけられたような体勢になったと思いきや、手足の関節が外れて身体からもぎとられ、瓦礫や破片や粉におおわれる。

衝撃波は続き、妻にも降りかかる。彼女はまだ物思いに沈んでうなだれていたが、胎児のような姿勢に押しやられる。あたかも後転をしているようだが、ひと回りするごとに身体の一部を失い、ぼろぼろになっていく。彼女の身体の断片、そして夫、テーブル、グラス、中身が揮発したシャルドネのボトルのかけらが破片の雲をどんどん拡大する。そして、年配の夫婦の後ろに座っていた新婚夫婦の上に落下する。

最初に襲われるのは妻のほうだ。隣席の年配の紳士が使っていたデザート用のスプーンが左の眼窩に突き刺さると同時に、身体がテーブルを飛び越えて夫におおいかぶさる。すると夫は、火のついたメニューを手に、椅子に座ったまま後方へと滑っていく。だが、衝撃波と破片のポンチが超小型構成部品の会社の社長と彼の読んでいる小説に降りかかったときには、まだ炎は燃えあがっていなかった。年配の女性の前腕と上腕の骨が、槍のごとく頭蓋骨と胸を貫く。社長は後ろに倒れ、はね飛ばされた首の一部が店内を滑りつづけている新婚の夫の足をかすめる。

やがて衝撃波は日本人のグループと給仕長のところに達する。運動エネルギーは同じではなく、障害物や空気抵抗による圧力と方向の変化が生じる。そのため、五人は舞いあがると同時に、馬にくくりつけられ四つ裂きの刑にされる囚人のごとく、さまざまな角度に引っ張られる。日本人三人は腕を失う。四人目の背中は肩甲骨から尾骨まで裂け、脊柱があらわになる。給仕長は、部分的に四人の日本人に守られるものの、彼らより背が高いために、石鹼のような大きなコンクリートの破片が首に激突する。破片は骨ややわらかな組織を突き破って口から外に出る。給仕長は前のめりに倒れ、そのあいだにも衝撃波、破片、瓦礫は窓に到達してガラスを砕く。爆発のエネルギーの一部は外に分散するが、完全に収まるほどではない。瓦礫、破片、灼熱の粉塵はまだ店内を駆けめぐる。

続いて、ＤＪがジョークを言うのを待ち受けていたウエイターに機関銃のごとく降り注ぐ。そして彼の背中に穴を開け、心臓、肺、肝臓、腸をぐちゃぐちゃにしながら突き抜け、あいかわらず思い出せない映画の題名を考えているエージェントの顔をハチの巣状にし、ＤＪと彼の愛人に襲いかかり、ふたりを支柱に激しく叩きつける。ＤＪの左手と愛人の右手がつながれたままねじり取られ、アルバニア人の四人のモデルとマネージャーのところまで飛んでいき、直後にコンクリートの粉の雨が降る。長さ五十センチほどの引火したクローゼットの破片が、モデルのひとりの脊柱——キスをしている二匹の蝶のタトゥーのすぐ上——に突き刺さり、へそから外に出る。衝撃波はそのまま彼らをボウリングのピンのごとくなぎ倒し、五人は摩擦熱で火傷を負いながら店の床を滑っていく。マネージャーの胸骨が体内で砕け、心筋を押しつぶす。

ＤＪの頭が頸椎を粉砕しながら後ろに曲がったとき、新婚の若い夫が残った窓ガラスを突き破る。夫が通りに投げ出されると同時に、またコカインを吸うために席を立とうとしていたモデルが別の支柱に叩きつけられ、骨盤が粉々に砕ける。そのあいだに、彼女やほかのモデルたちが座っていたテーブルの表板が舞いあがり、重さ三十キロのフリスビーさながらに飛んでいく。

衝撃波は広がりつづける。店内を破壊しつつ、階段の吹き抜けになだれこむ。高圧の空気が、ますます熱を帯びながら、トンネル内の列車のごとく汽笛を鳴らす。手すりを引きちぎり、壁の漆喰を引き剝がし、下の階に雨を降らす。バリスタは吹き飛ばされ、震度四の地震にも匹敵する壁の振動が棚やボトルを倒し、デザートの並んだガラスケースを砕き、バリスタの上にコーヒーマシンを投げ落として肋骨六本と脊柱を折る。衝撃波はデパートのほうへ向かう。化粧室の吊り天井が照明の電気コードを引っ張りながら崩れ落ち、下の階を停電させる。マネキンや整理箱が倒れる。バールとデパートのショーウィンドウが爆発し、その破片で停まっている車をおおう。そのうちの一台、駐車禁止の場所にハザードランプを点灯させて停まっているメルセデスの〝スマート〟――持ち主は近くで食前酒を飲んでいる――が新婚の夫の長旅を終わらせる。夫の上半身が車の屋根を突き破る。衝突時には、彼の顔に鼻、昼、まぶたはほとんど残っていない。

フリスビーと化したテーブルの表板も飛行を終える。その重量のせいで、表板はわずか数メートルで最初の勢いを失った。柱に軽く衝突するか、あるいは新たな熱風を巻き起こし、別の方向に逸れて凶器とならずに済めばよかった。だがその日、奇跡は起こらない。フリスビーは遮られることなく軌道を描きつづける。鋭い視線の女性は実際に見たわけではないが、あとから、少なくとも視界の端でちらちら揺れる火球の影に気づいていたと確信する。表板は平らな面を下に女性に襲いかかり、彼女を床に投げ倒して光と息を奪う。

爆発から三秒が経過した。轟音は建物の壁に反響して広場にまで到達し、鳩を驚かす。

そして悲鳴があがりはじめる。

Ⅵ　それぞれの家庭

1

〈ホテル・インペロ〉は、どこか日本風の近代的なデザインと、回廊に小さな滝をつくり、十五階の屋上を庭園にするなどの自然共生建築を融合させたホテルだ。十九世紀初めの役所だった建物を使用しており、ローマ市民のショッピングの中心地であるコルソ通りの小さな交差点に位置する。平和の祭壇《アラ・パキス》からもほど近い。中庭に面したベランダは外が見えるバーになっており、ここも禅寺のように白い砂利を敷いた小道が日本的な雰囲気をかもし出していた。

リュックを背負ったジーンズ姿のコロンバは、明らかに場違いな空気を感じつつ大理石のロビーを横切った。警察の仕事では身分証をマスターキー代わりに使っていたが、民間人になって、周囲との関係にある種の困惑を感じずにはいられなかった。いまにして思えば、ことあるごとに若い女性として恥ずかしくない振る舞い方を説いていた母の話に、もっと真剣に耳をかたむけるべきだった。

「トッレさんの名前で部屋を予約しているはずですが」フロントのコンシェルジュに告げるコロンバの横を、兜《バーブート》をかぶったふたりの護衛に守られたチャドル姿のイスラム女性が通り過ぎていく。

コンシェルジュはコンピュータに入力して調べ、満面の笑みを浮かべて答えた。「たしかに承っております。ただいま支配人が参りますので、スイートまでご案内いたします」

コロンバは平静を装ったが、内心では驚いた。スイート？ 彼女は財布から身分証を取り出したが、相手は手で制した。

「その必要はございません。おかけになってお待ちいただければ……」

「庭にいます」

「かしこまりました。お飲み物をお持ちしましょうか？」

「けっこうです。どうぞお構いなく」

ややうんざりしながら外に出ると、小さな椰子と西洋夾竹桃のあいだに点々と置かれたテーブルのひとつにダンテが座っているのが見えた。彼は煙草を吸いながら、となりのテーブルにいる金髪の整形女性を観察していた。引っ越しのストレスを乗り越えるために抗不安薬《ザナックス》を服用した彼は、まだ目つきがぼんやりとしている。「ちょっと、あなたいったいどれだけ金持ちなの？」コロンバは尋ねた。

「ぼくの足を持って振っても、コイン一枚出てこないぞ」

「嘘つき。ブラックカードがなければ、ここではゴミ箱をあさることもできないでしょ」

「スクービー・ドゥーのバンに乗って家出をした少女の話を覚えているか？」

「老年性認知症にはまだ早いわ」

「あれはこのホテルのオーナーの娘で、ぼくは現物で報酬を受け取ったんだ。おかげで、いまでは電話一本でスイートに泊まれる。オーバーブッキングでもね。無料《ただ》で」

「家に閉じこもったままだったらどうするの？」

「女の子に自慢する」

「後ろのブロンドみたいな？　ああいうタイプにはブラックカードが必要よ」

「夢見るくらい自由だろう」

そのとき支配人がやってきて、彼らの前でお辞儀をした。そのあいだに二名のポーターがダンテのスーツケースとコロンバのリュックサックをカートに載せ、昇降機のほうへ向かった。一方ふたりは、ロビーの中央から上昇するクリスタルのエレベーターで最上階に案内された。エレベーターは全面ガラス張りでゆっくり動くので、ダンテはわずかな不快感を隠せなかったものの、乗ることに同意した。「エレベーターに乗るのは十年ぶりだ」彼は楽しそうに言った。

コロンバはその間に眼下のセキュリティ体制をチェックする。ロビーには警備担当者が少なくとも四人、上下黒っぽい服にイヤホンをつけ、元軍人のように広い肩をいからしている。裕福な客層を考えると、有能で、異変を察知することに慣れた人物が選ばれているにちがいない。ホテルに足を踏み入れたときに、いっせいに視線を向けられたのも偶然ではない。銃をケースに入れていなければ——その日はジャケットを着るには暑すぎた——間違いなく気づかれていただろう。

エレベーターはスイートルームのドアの前で止まった。支配人がドアを開け、入口で立ち止まって言った。「トッレ氏は当ホテルをよくご存じなので、ご案内は省略させていただきます。何かございましたら、いつでも遠慮なくお知らせください」

コロンバは身分証を差し出そうとしたが、支配人は気づかないふりをして、笑みを浮かべたまま、ふたたびエレベーターに乗った。

またしても戸惑いを覚えながら、彼女は身分証をしまった。「どうして見ようとしないのかしら？」ダンテに尋ねる。

「ぼくがすでに登録されているから、ぼくの客はプライバシーを守る権利がある。付加的な恩恵というわけだ」

「法律違反だわ」

「ずいぶんうるさいんだな」

「今度彼に会ったら、わたしはあなたの愛人のひとりではないと、ちゃんと言っておいて」

スイートはふたつの寝室と——どちらにも贅を尽くしたバスルームがついている——暖炉のある広々としたリビングから成っていた。五分後にスタッフがふたりやってきて、暖炉の横に業務用のエスプレッソマシンと電動コーヒーミルを設置した。

「当てさせて」コロンバは言った。「これも付加的な恩恵ね」

「正解」

「ほかに、かゆいところに手が届くようなサービスはあるの？」

ダンテは例のごとく皮肉っぽく笑った。「こっちから頼んだときだけだ」

そして彼は、コロンバに小さいほうの部屋を使うように言った。小さいとはいっても、彼女のアパートメントの半分ほどの広さはある。ダンテは大きい部屋を選んだが、それは単に窓が多く、ジャグジーとサウナを備えたテラスがあるからだと説明した。「ぼくはそこで眠る」

「部屋の円形ベッドは使わないの？」コロンバは思わず尋ねた。そうしたベッドは映画でしか見たことがなかったのだ。

「あれは眠るためのものじゃない……」ダンテはウインクする。「どういう意味かわかるだろう？」

コロンバはため息をついた。「いいえ」そして、テラスからの眺めを確かめる。そこは中庭に面しており、近くに建物はなかった。もちろん、これで百パーセント安全だというわけではないが、ダンテの状態を考えると、ここか、そうでなければ何もない田舎に引っ越さざるをえないだろう。「眠るときはカーテンを引いてね。いい？」コロンバは言った。「それから部屋の電気を消して。でないと、シルエットが外から見えるから」

「狙撃されると考えているのか？」ダンテは冗談かどうかを判断しかねて尋ねた。

「わたしは何も考えないわ。考えるのはあなたよ」

「わかったよ、ママ」

コロンバは荷物を取り出しにかかった。ベッドは通常の長方形だったが、トリプルサイズで、白いふわふわの羽毛布団におおわれている。一方の壁際にはLEDテレビ、もう一方には光沢のある金属製の棚と本棚。その日、何度となく脳裏をよぎっている疑問がふたたびよみがえる。危険が迫っているかもしれないという漠然とした名目で、精神的に不安定な引きこもりを移動させることに、はたして意味はあるのだろうか。下手をしたら、偏執病に悪い影響を与えることにならないか。できることなら、さらにややこしい状態に入りこんでしまう前に、すぐさま彼のことを理解したかった。コロンバは着替えの服を引き出しにしまい、靴をバスルームに置いてからリビングに戻った。

ダンテは彼女がふたたびベルトにホルスターを装着しているのに気づいたが、何も言わなかった。彼はスーツケースからコーヒー豆の袋を取り出し、エスプレッソマシンの後ろにある移動式バーカウンターの上にアルファベット順に並べているところだった。ブルーマウン《Blue Moun》テン《tain》、メリダ《Mérida》、ビンテージ《Vintage》・コロンビア《Colombian》……。焙煎の香りが部屋に広がる。「この上にすばらしい温水プールがある。しかも、天井がガラス張りなんだ。少し泳いで、食前酒でも飲むのはどうだい？」ダンテは言った。

「もっといいアイデアがあるわ。仕事を始めましょう」

ダンテはため息をついた。「きみは人生を楽しむのが好きじゃないようだな」

見張りを命じられていたアルベルティは、三十分も経たないうちに、ロビーに大きな書類の箱をふたつ運びこんだ。コロンバは受け取るために下に降りた。アルベルティは私服だった。

「自分の車で運んだの？」

「じつは、ぼくは車を持っていないんです。友だちのを借りました」

「どっちでもいいわ」

鼻の腫れはほとんど引いていたが、すっかり以前のとおりになることはないだろう。でも、それも悪くない、とコロンバは思った。そのほうが少しは大人びて見える。アルベルティは最上階まで箱を運ぶのを手伝い、スイートのドアを興味津々に見た。「本当にここで暮らすんですか？」

「ほんの数日だけよ。それに、自分で払うわけじゃないし」そう答えると、コロンバはやや意地悪く彼の目の前でドアを閉めた。

「サンタクロースのお出ましだ」箱を見てダンテは叫んだ。「それにしても、なぜデジタル化して保管しないんだ？」

「マウジェーリの関係資料はほぼすべてデジタルよ」コロンバは箱を開けながら言った。「でも、あなたのは大部分が紙のまま。古いものをデジタル化するのはお金がかかるから」

「ぼくは〝古いもの〟じゃない」ダンテはむっとして言いかえした。

コロンバはバインダーを二冊取り出した。「ローヴェレがこれを手に入れたことに感謝するのね」

「どこから始めるんだい？」ダンテは一冊をぱらぱらめくりながら尋ねた。それは彼の捜索を担当した捜査官の報告書だった。

「あなたの事件からよ。わたしはくわしく知らないから」

「コーヒーを淹れよう」

コロンバとダンテは、コーヒーを何杯も飲みながら書類に目を通し、ほぼ二十四時間ぶっ通しで話しあった。部屋で食事をとり、眠るときだけ中断し、その間、ボーイをいっさい立ち入り禁止にしたダンテの部屋は床一面、紙や写真の層におおわれた。移動する際には、コロンバは積み重なった空のカップのあいだをスキーの大回転のごとくよけて通らなければならなかったが、ほとんどはル・コルビジェの長椅子に座ったまま、ダンテの話に対して質問をしていた。そしてダンテは、自由の身になってからはじめて細かい点まで語って聞かせた。

ダンテが閉じこめられていたのは、アントニオ・ボディーニの農場の作業場にあるサイロだった。ボディーニは年金生活を送っていた元陸軍伍長で、農場は亡き両親から相続したものだ。問題のサイロは、ボディーニの父親が小麦を貯蔵するのに使っていた二棟のうちの一方だったが、父親は死ぬ前に土地の大部分を手放し――いまは近隣の農場が管理している――それ以降は使用されていなかった。少なくとも表向きは。ダンテが監禁されていた十一年のあいだ、ボディーニは菜園を耕したり、雌鶏や食用鶏に餌をやったり、郵便局から年金を引き出したりと、まったく以前と変わらぬ生活を送っていた。村の人々は皆、彼のことを内気で無口、家族を持つには非社交的すぎる男だったと口をそろえた。実際、買い物に出かければいくらか言葉を交わすものの、バールではいつもひとりで飲んでいた。夏の夜には、擦り切れた靴下とタンクトップという格好で家の前のテーブルに座っている姿がしばしば目にされた。本当はどんな男で、何をしたかということがわかると、村人たちは驚いて、それ以来、彼は〝変人〟と呼ばれた。彼の墓は二度荒らされたのちに掘り起こされ、遺体は火葬にされて、村の納骨所に納められた。彼の犯行については、捜査官も専門家も、家族を持ちたいという挫折した欲求が狂気となったことが動機だという見解で一致した。

「問題は、パードレが彼ではないことだ」ダンテは言った。

コロンバは書類をめくる。「検出されたのは彼の指紋だけ、農場は彼のもので、彼が誰かと一緒にいるところを見た人はいないわ」

「ぼくのアクセントは？」ダンテは尋ねた。

「アクセント？」コロンバは考えながら答える。「何となく北部っぽいわね。ただし、ローマの表現を使うときを除いて。どっちにしても、ほとんどわからないわ」

「サイロから逃げ出したときもそうだった。ローマの表現は別にして」

「それで？」

「ボディーニは小学校しか出ていない。実際には、いつもクレモナ方言で話していた。だから、ぼくに教育を施したのは彼ではない」

ダンテを監禁しているあいだ、誘拐犯は古い学校の教科書を使って彼に読み書きと計算を教えていた。警察が何冊か発見し、いずれも六〇年代初めのものだと判明した。おそらく中古本の露店で購入されたと思われる。パードレの教育はやや風変わりだった。

「本から切り抜いた長い一節を暗記するように命じられることもあった。どれも見たことのないものばかりだった」ダンテは振りかえった。「ぼくのところにページを持ってきて、ひと晩、時間を与えられる。翌日、正確に暗唱できないと、食事も水も与えられないか、あるいは……」彼は悪いほうの手を上げた。パードレは彼に木の棒やナイフで手を叩かせた。罰を与えられるのは、決まってその手だった。ダンテは十九世紀に至るまでのイタリアの主要な詩人や作家の作品の一節を覚え、いまでも一字一句正確に暗唱できた。なかには全文を読んだことのない作品もある。パードレはクレモナに対する執着も見せた。ダンテは小さな地図に記された通りをすべて覚えさせられ、記念碑や建物の写真の一部を見て、それが何かを当てる記憶ゲームもやらされた。解放後にダンテの状態を調べた専門家たちは、そうした教育の目的は彼を支配することにほかならないと結論づけた。

「ボディーニはおそらく独学で学んで、世間に対して教養を隠していたのね」

「当時、きみの同僚たちもそう言っていた。でも、ぼくにはそうは思えない」

「でも、本から検出されたのは彼の指紋とDNAだけだった」コロンバは書類を読みながら言った。「ここに、九〇年代の終わりにサンプル検査が行なわれたとあるわ。あなたが依頼したの？」

「そうだ。ぼくが逃げ出した当時は、捜査にDNA鑑定は採用されていなかったからね。自分で費用を負担しなければならなかったのに、結局は無駄に終わった」

「でも、あなたはパードレとボディーニが同一人物ではないと確信している」

「ボディーニは、言ってみれば彼に遊び場を貸しただけ。それは確かだ。しかも、ぼくはパードレの顔を見たことがある。ボディーニではなかった」

コロンバは長椅子の上での生活にも馴染んできた。調べはじめて二日目の夜になる。ダンテの主張を裏づける証拠は見つかっていないが、彼の話に明らかな穴も発見できなかった。その話しぶりは明快で、自分の身に起きたことについて、ダンテは鉄のごとき強固な記憶力を示した。それだけではない。彼の記憶力はあらゆるものに対してほぼ完璧だった。

「聞きたいわ」コロンバは言った。

「全部書いてある」

「全部じゃない。わかってるでしょう」

ダンテは無関心を装って肩をすくめた。「きみがそう言うなら。サイロのコンクリートにはひび割れがあった。ぼくが眠っていた屋根裏に、わからないくらい小さなものが。そこから、ぜったいにパードレに気づかれないときにこっそり外を見ていたんだ。それでも……」

ダンテはかぶりを振った。「彼はいつもぼくを見ていたにちがいない」

「そこから何が見えたの？」コロンバは尋ねた。

「畑の一部と、もう一棟のサイロだ。ぼくが閉じこめられていたサイロと同じだったが、中には誰もいなかったと思う」

「でも、そうではなかった。あなたの供述書によると」

「検証はされなかった、残念ながら。二棟のサイロは、それぞれ反対側に入口があった。その配置自体は変わったことではないようだが、パードレもしくはボディーニは、それを防音扉に改造していた。少なくとも、ぼくのほうはそうだった。いくら激しく叩いても外からは聞こえないようになっていたから。だから、最初の一週間でぼくは叩くのをやめた」

「ということは、あなたも外の物音は聞こえなかったのね」

「ほとんど。せいぜい県道を通り過ぎるトラックの振動、救急車のサイレン、嵐くらいだ……たまに鳥の鳴き声が聞こえることもあったが。一方で、内部の音は増幅された。まるで屋根まで上ってから、頭の上に落ちてくるようだった」ダンテは身震いをした。「どうしても信じられないことがひとつある。何だかわかるか？」

声が出るとは思えずに、コロンバは黙って首を振った。

「ぼくが生き残ったことさ。自分でも信じられない。人間というのは、どんな状況にも適応するんだ」

ダンテは煙草を吸うためにバルコニーに出た。床は吸い殻で埋もれている。十分後、彼は部屋に戻ってきた。どうやら落ち着きを取り戻したようだ。

「おそらくパードレは、ぼくのほうからは見えない側の小さな扉からもう一棟のサイロに出入りしていたんだ。少なくとも、ぼくがひび割れから外をのぞくようになってからは。しかも、たぶん闇にまぎれて。というのも、ぼくは彼がそちらからやってくるのに一度も気づかなかったからだ。ところが最後の日に、彼はやってきた。ぼくと同い年くらいの少年の手を引いて」

それについてはコロンバも知っていた。解放直後のダンテの供述で最も疑わしい部分だった。読んだときには信じられなかったが、こうしてダンテの生の声で聞くと印象はまったく逆だった。

「彼の顔を見たのもそのときだったのね」

「年齢は三十から四十のあいだ、髪は短くて、目の色はとても明るい青。頬はこけていた。似顔絵も描いてみたけれど、あまりにも不明瞭だった。あのときは暗かったし、ぼくも興奮していたんだ」

コロンバはその似顔絵を見た。ダンテが目撃した男の顔は簡単なデッサンに近いものだった。鋭い目を除いて。「神の顔……あなたの言葉を借りれば」

「あのときまで、彼は毛糸の目出し帽の上にミリタリー風のベレー帽を縫いつけてかぶっていて、おまけに黒いサングラスをかけていた」ダンテによれば、監禁されているあいだに、そのいでたちは五回変わったが、いつでも同じようだったという。「それにくらべて少年は……彼のほうがさらによく見えなかったが……何というか……星の光を背に惑星を見ているようだった……中肉中背のパードレよりも、背が高くて痩せていたように見えた。年はぼくと同年代。髪もぼくと同じように肩にかかるほど長かった。でも、ひとつだけ確かなことがある。その少年は笑っていたか、泣いていた。あるいはその両方か。それほど落ち着きのない奇妙な動き方だった」

コロンバは少年の似顔絵にも目を向けた。やはりとらえどころのない顔だ。当時のダンテと同年齢の、どこにでもいる少年に見える。「たまたまそこを訪れた親子連れではなかったの？　ピクニックをしている父親と息子では？」

ダンテは首を振った。「いや、違う」

「で、それからどうなったの？」

「パードレは少年を連れて畑沿いに歩いていった。ぼくがいたサイロの横を通って。ぼくは壁に目を押しつけたが、視野は限られていた。何しろひび割れはほんの一センチだったんだ……そして、彼らが視界から消えそうになったとき、パードレの反対側の手が見えた。背後に隠していたほうの手が。彼はナイフを持っていた。いま思うと、あれは肉切り包丁だったような気がする」

「あなたは、その少年は殺されたにちがいないと供述している。何らかの形で現場を目撃したの？　悲鳴を聞いたの？」

「いや。遺体も血痕も見つかっていないのは知っている。それでも、パードレが彼を殺したことはまず間違いない」

「あなたにとっては、さぞショックだったでしょうね」

「ショックから確信は生まれない。十一年間ではじめて、ぼくはパードレの顔と、ほかの人間を見た。それから数分後、もう一度パードレを見た。彼はひとりで、ぼくのサイロのほうへやってきた」

「ナイフは持っていたの？」コロンバは尋ねた。

「ああ。扉が開く音が聞こえた。彼はぼくの反応を予想していなかった。そのころには、もう何年も抵抗していなかったから。ところが、ぼくは排泄物のバケツで彼を殴りつけて逃げ出した。どうしていいかわからなかったんだ」

「そのとき抵抗したのはなぜ？　怖かったから？」

ダンテは悲しげな笑みを浮かべた。いつもの冷笑とは違う。「いや」彼は小声で答えた。

「逃げたのは、裏切られたからだ。ぼくは自分ひとりだとばかり思っていた」

2

煙草を吸いに外に出たダンテを見て、コロンバは自分も吸いたくなった。もっとも、大学一年のとき以来吸っていなかったが。あたかも、ダンテの最も繊細で奥深い部分に登山靴で踏みこんでいるような気分だった。彼が長い年月をかけて世間から隠すことを覚えた部分に。これまでの仕事で、数えきれないほどの被害者、容疑者、犯人に対して尋問や事情聴取を行なってきたが、こんなふうにショックから立ち直れないことはめったになかった。ダンテの話がほかとはまったく異なるからかもしれない。彼に親しみを感じはじめたからかもしれない。

ダンテは平静を装って戻ってくると、話の続きを始めた。「彼がどうなっているのか、振りかえったりはしなかった。ただひたすら逃げた。梯子を下りるときには、もう少しで首の骨を折るところだった。どうしたらいいのかわからなかった。頭の中で考えていた方法を除いて。サイロの中では、ほとんどのことができないから」

「たとえば自転車に乗るとか」コロンバはその場の空気をやわらげようとして言った。

「たとえば自転車に乗るとか」彼はほほ笑んだ。「あるいは、ただ走るとか」

だが、彼は裸足のまま何とか逃げきることができた。県道まで出て、そこで通りかかった車に発見されたのだ。さいわいにも運転手は彼を抱きかかえ、救急車を待たずに病院へ運んだ。病院で、ダンテはみずからの境遇を話し、どうにか信じてもらった。

警察がサイロに到着したときには、ボディーニは農場やサイロに灯油をまいてすべてに火を放ったのちに、しまいこんでいた軍用の銃を口に突っこんで発砲していたために、告訴されることはなかった。壁に囲まれたサイロは燃えずに持ちこたえたものの、科学捜査班が遺留品を掘り出すのは困難だった。そして母屋は土台まで燃え尽きた。ダンテが証言したもうひとりの男の痕跡はいっさい発見されなかった。もちろん少年についても。血痕も、遺体も、衣服も、所持品も。その結果、一種の自己投影のようにダンテが夢に見ただけだろうというのが有力な説となり、彼がいくら反論しても捜査官の意見は変わらなかった。

「彼が実在したとしたら、なぜもう一棟のサイロにいたと言いきれるの?」コロンバは尋ねた。「母屋にいた可能性もあるわ」

「理由はふたつある。第一に、彼がそのサイロにも火を放ったことだ。牢獄として使っていなかったのなら、どんな理由があったというのか?」

「ほかの目的で使っていたのかもしれないわ。倉庫代わりとか、よくわからないけど。あるいは、単に理性を失っていただけかも」

「ひょっとしたら。だが、ボディーニがそんなことをするとは思えない。やっぱりパードレだ。彼が共犯者を殺し、痕跡を消して逃げたんだ」

「もうひとりの少年の遺体が残っていなかったのはなぜ？」

「何らかの方法でパードレが運んだんだと思う……彼の顔は覚えていないけれど、動き方は思い出せる。小さな歩幅で、周囲のものに驚いてびくびくしている様子だった。外に出ることに慣れていないかのように。ぼく自身、脱出してからしばらくは、そんなふうに動いていた」

「逃げるときを別にすれば」

「覚えているのは、ぼくを照らした車のヘッドライトだけだ」

コロンバはしばし考えをめぐらせた。「だから、その少年もあなたと同じくらい長く監禁されていた」

「何十枚と写真を見せられたけれど、結局、彼を特定することはできなかった。当時は行方不明者を公表するインターネットもなければ、検事局のあいだで共有するデータベースもなかったからね。たぶん忘れ去られた届出も数えきれないほどあっただろう。しばらくはぼくも彼のことを気にかけていたけれど、そのうちにあきらめてしまった」

「それはあなたのせいじゃない。わたしたち警察に非があるわ」コロンバは認めると、時計に目を向けた。十時。そろそろおなかがすいてきた。

「これで、きみが知っておくべきことはすべてだ」ダンテは言った。

「いいえ。まだあなたの話を聞いただけ。ほかにも警察や判事が行なった捜査や尋問の記録がある。少しは読んだけど、隅から隅まで目を通してみないと」

「ぼくは全部読んだ。どうなったか知りたいかい？」ダンテは立ちあがると、壁に掛けたプラスチックのボードのところへ行った。そして、ボード一面に張りつくされたポストイットを一枚剝がして、消せるマーカーで〝ゼロ〟と書いた。「明らかにされた事実はすべて同じ方向を指していた。単独誘拐犯、すなわちボディーニ。それ以外の男も、もうひとりの少年もいない」

「あなたが監禁されているあいだに、どこかの機関による点検はなかったの？　自治体警察とか、保健所とか……」

「何度かあった。でも、つねにボディーニが立ち会っていた。ぼくが誘拐されたと考えていたとしても、サイロまで捜索することは誰も思いつかなかった。唯一、ほかと異なる証言をしたのは、ボディーニのところから一キロ離れた農家に住んでいる男だった。彼は、ボディーニの農場のすぐ近くに停まっている車のヘッドライトを何度も見かけたと言っている。だが、どうせ若いカップルだろうと考えた」

「実際にそうだったのかもしれないわ」

「そう思うなら、ぼくたちは時間を無駄にしているだけだ」

「ダンテ、言ったはずよ。わたしは証拠を探しているの。たとえひとつでも、あなたとマウジェーリの息子の接点を示す証拠を」

「ホイッスルがある」

「それ以外に。そのことはすでに話したでしょう」コロンバは前夜に読みながら眠ってしまったファイルを開いた。ダンテが逃げ出したあとに尋問された人物、もしくは何らかの形で疑いのかけられた人物のリストで、一部には指紋も添付されていた。「検事局は共犯者の存在の可能性を模索して、三十名に対して尋問を行なっている」

「警察は何人かの性犯罪者や通常の犯罪者にも目星をつけたが、何ひとつ証拠は見つけられなかった」

「それについてはどう思う？」

「彼らは全員、無関係だ。パードレはぼくを十一年間ずっと監禁しつづけて、少なくとも三日に一度はぼくの前に姿を現わしていた。その間、彼らは刑務所や病院で一定の期間を過ごしている。したがって、これほど長期にわたる犯行は不可能だ」

「パードレとボディーニが途中で入れ替わった可能性は？」

「最初からそれはありえないと考えていた。もちろん、いまでも断言できる。容疑者の姿も見せられたが、いずれも体格が異なった。声は低く話したりして変えることはできても、体型はどうしようもない。きみはぼくのことが少しはわかってきただろう……その男と少年がぼくの想像上の人物だと思うかい？」

「あなたには嘘をつきたくないから正直に言うけど、わからないわ」

ダンテはソファに身を投げ出した。「やさしさと正直のどちらかを選ばなければならないとしたら、ぼくに対してはつねに後者を選んでくれ。とりわけ同情は無用だ」

「大丈夫。わたしは同情できない人間だとよく言われるから。ほかに思いつく接点があれば教えて」

「マウジェーリの息子の年齢だ」

「そうね」

「それに、ぼくの父も、まさしくマウジェーリと同じように犯人だと疑われた」

「でも、あなたのお父さんはお母さんを殺した罪で訴えられたわけではない。お母さんはみずから命を絶ったんですもの」

「凶器は刃物だ。もう一棟のサイロの少年もナイフで殺されている」

「家庭内での殺人の大半は刃物が使われるか、打撲のどちらかよ。イタリアではすべての家に銃があるわけではないから」

「子どもに関する手がかりがない。ひとつも」ダンテは指摘した。

「マウジェーリの車のトランクの血痕を除いて」

「あれはパードレが残したんだ」

「つまり、パードレには何らかの目的があるというわけね。みずからに対する注意をそらして、狙った人物に罪を着せ、自分はまんまと逃れる……」

「そのとおり」

「だとしたら、ミスを犯さない限り、とても太刀打ちできないわ」

「ひとつだけミスを犯した。ぼくはうまく逃げ出すことができた」ダンテはあくびをして手足を伸ばした。「腹が減ったし、そろそろ飽きてきた。どうだい、一度きちんとした食事をしてみないか？」

「イブニングドレスを着て？」

「持ってるのかい？」

「本当に答えてほしいの？」


結局、ふたりはホテルのバーへ行き――レストランはダンテには閉鎖的すぎた――仕切りの奥のテーブルについた。コロンバは白い手袋をはめた給仕に戸惑った。安い食堂にばかり行っているからではなく、ウエイターが背後に張りついているのに慣れていなかったからだ。おかげで、自分で注ぐと頑なに言い張って、二度もワインを手にこぼされた。

「少しは人生を楽しんだらどうだい、ＣＣ」ダンテは言った。彼はここぞとばかりにジョルジオ・アルマーニの黒いスーツにグレーのネクタイを締めている。

「ここは落ち着かないわ」

「バカンスだと思えばいいいさ」

コロンバはにやりとした。「だったら、あなたと一緒にこんなところにはいないわね」

「それはどうも。いずれにしても、警察の食堂のほうがよさそうだな」

「わたしの仕事はほとんど外回りだったから、いつも通りがかりの店に入っていた。食べる時間があれば」ダンテの皿には野菜しかのっていない。「ベジタリアンなの？」

彼は笑みを浮かべた。「あまりにも長いあいだ檻の中にいたせいで、飼育場には恐怖を感じずにはいられない」

「人間は大昔から肉を食べてきたから、わたしは別に気にしないけど」そう言いながら、コロンバは牛ヒレ肉のロッシーニ風にフォークを突き立てる。

「だからなのか、人間はつねに隣人を打ち負かしてきた。さいわいにも、知性のおかげでぼくたちは選ぶことができる。ぼくは結腸癌にはなりたくない」

「でも、肺癌は防げないわ。そんなに煙草を吸っていたら」

「誰でも、いつかは何らかの原因で死ぬさ」

「ところで、ずいぶん贅沢に慣れているみたいだけど？」

「少し前から金には困っていない」ダンテは答えた。「ぼくを殺していないことが証明されると、父は国を相手に訴訟を起こした。結果は全面勝訴で、それに加えて、不当な勾留と刑務所内での出来事に対して、国家から賠償金も支払われたんだ」

「病気を患ったの？」

「暴行を受けて、ナイフで刺された」

コロンバはふいに食欲が失せた。「何てひどい」

「それが、子どもに性的虐待を加えた者に対する仕打ちだ。父は保護房にいたが、面会に出向いたときに手違いが生じた……父は自分を憎んでいる捜査官が仕組んだことだと考えている。それを証明することはできなかったが。だが、どうにか助かった」

「おいくつなの？」

「今年、六十歳になる。ほとんど連絡はとっていない。ぼくが戻ってからは、どうもぎくしゃくしてね。他人どうしのように。いまでもそうさ。互いに相手を思いやろうとはしていても。たぶん、ぼくのせいで人生がめちゃくちゃになったと思っているんだろう。父にしてみれば当然だけど」ダンテが皿を押しやると、ウエイターが来て、さっさと下げてしまった。彼はほとんど食べていなかった。「ぼくが成人すると、父は少しばかりの金をくれた。言ってみれば、厄介払いのようなものだろう。おかげで、しばらくは働く必要がなかった。ぶらぶらしていたよ。病院にいないときは楽しく過ごしたかったんだ」

「ここみたいな五つ星で？」

「もっと高級なところで。それに、豪華客船の広々とした客室でも。何しろ、飛行機に乗ると考えただけで死にそうになるんだ」ダンテはにやりとした。「とにかく湯水のように金を使った。そして、ついに底をつくと、仕事を考え出さなければならなくなった」

「ずいぶん難しい仕事を選んだのね」

「ぼくは大学を出ていないし、狭いところにもいられない。この仕事か、さもなければライフガードしかなかった」

ウエイターにコーヒーをすすめられたが、ダンテはコロンバの分も断わると、ふたりで煙草の吸える庭に出た。木々は間接照明でライトアップされ、スピーカーからは静かに音楽が流れている。テーブルはすべて常連客で占められていた。そのほとんどが、コロンバの目には外国人に映った。ふたりは、なかば茂みのあいだに隠れた肘掛け椅子を二脚見つけて腰を下ろした。ダンテはモスコミュールを二杯注文した。ウォッカ、ジンジャーエール、ライムを混ぜてキュウリのスライスを添えた、彼のお気に入りのカクテルだ。クラッシュドアイスをたっぷり詰めた銅製のグラスに、ストローが二本入って運ばれてくる。コロンバがひと口飲んでみると、少し酸っぱく感じたが、冷たくて喉に心地よかった。

「それで、CC?」ダンテは尋ねた。「お手上げかい?」

「いいえ。でも、過去の話はそれくらいにして、マウジェーリの誘拐事件に目を向けましょう。足跡はまだ新しいわ。昔のあなたの事件とは違って」

「ほかにも、ぼくの事件との接点を探すために」

「中断はもうたくさんよ、ダンテ。わたしには、マウジェーリが妻を殺したとは思えない。現時点では……あなたの誘拐犯か、あるいは彼を真似た人物か、いずれにしてもまったくの見当違いでないことはじきにわかるわ。もちろん、そのあいだに子どもが見つかれば、すべて解決するけれど」

「そう簡単にはいくまい、CC」ダンテはグラスの中身を飲み干すと、コロンバのグラスにストローをさした。「手伝ってあげよう……」

「マウジェーリに関して何かわかれば、ローヴェレがすぐに知らせてくれる。そうしたら、すでに判明していることと比較しましょう」

「それで、彼はキャリアを危険にさらしてまで、何の得があるというんだ? デ・アンジェリスに恥をかかせること以外に」

「見当もつかないわ」

ダンテはその日、すでに何本目かわからない煙草に火をつけた。「最初の供述の記録を読んだけど、ぼくたちにとって役に立つ情報は何もなかった」彼は言った。「親戚や友人は、マウジェーリが彼らに本心を打ち明けていたかどうか、そして子どもの居場所に心当たりはないかどうかを訊かれただけだ」

「パードレか、彼の模倣犯ではないと仮定してみて。通常の誘拐だと……」

ダンテは眉を吊りあげた。「通常の？」

「あなたがこれまで解決に協力したような。だとしたら、あなたはどう行動する？」

「プラトーニを歩いてまわって以来、脳裏から離れない疑問に対する答えを見つける」

「どんな疑問？」

「マウジェーリの妻はなぜ子どもを連れてカーヴォ山に登ったのか？　彼女はみずからの意志でそうした。誰かに無理やり連れていかれたわけではない。誘拐犯が場所を指定して、彼女はそこに赴いた。携帯電話を置いて、夫が眠りこむのを待ってから。なぜだ？　何が動機だったのか？」

「恐喝？　暴力による脅し？」

「あるいは、愛人が暴力的な夫から逃げ出すようにすすめたのかもしれない。それとも、泣きつくことのできる友人がいるか。いずれにしても、彼女は誰かに信頼を寄せていたにちがいない。多少なりとも」

「証人のリストは見たでしょう。最もその可能性が高いのは誰かしら？」

ダンテは煙草を消すと、ウエイターに合図をしてカクテルをもう一杯注文した。「姉妹はつねに何でも知っているものだ」

3

翌日の朝食時に、コロンバはローヴェレの許可を得てからジュリア・バレストリに電話をかけた。デ・アンジェリスに攻撃のきっかけを与えないように、くわしいことは言わずに正式な捜査を装う。「お姉さんの件を調べていますが、いくつかお尋ねしたいことがあります」と切り出した。

「何かわかったんですか?」

「残念ながら何も。いつお会いできますか?」

「昼食前にいらしてください。ご都合が悪くなければ」

「ありがとうございます」

相手の女性に対する心苦しさを覚えつつ、コロンバは電話を切った。声の様子では、もっぱら悪い知らせを予想しているようだった。

ドアのところに新聞の束が置いてあった。ラジオを聴きながら半分ほど読んだところで、石炭色のナイトガウンをはおったダンテが死人のような顔で部屋から出てきた。「もう騒ぎは終わったのかい? まだ明け方じゃないか」彼は言った。

「もう十時よ。急いで」

ダンテは彼女のカフェラテのカップに咎めるような目を向けた。「コーヒーに牛乳を入れると、消化の悪いカゼインが生成されることを知ってるか?」

「まさにその言葉が聞きたかったのよ……ところで、バレストリに連絡したわ」

「誰だ?」

「死亡した被害者の妹」

「ああ」

「わたしたちを待ってる」

ダンテは這うようにエスプレッソマシンの前まで行ってから答えた。「きみを待っているんだろう。ぼくには警察の仕事はできない。侵害せずには」

「わたしがやろうとしているのは、侵害にほかならない。あなたはそばで見ていて、気の利いたアドバイスをしてくれればいいわ」

ダンテは二杯のエスプレッソを同時に淹れた。「CC……それはぼくの役目じゃない。ぼくは人が苦手なんだ」

「観察するのは得意でしょう」

「遠くからなら。感情表現を見ていると落ち着かないんだ」

「かわいそうに」

「無理強いはやめてくれ」

コロンバはほほ笑んだだけで、何も言わなかった。ダンテは着替えに行った。

一時間後、ジュリア・バレストリがドアを開けると、コロンバは名乗った。「先ほどお電話した機動隊副隊長のカセッリです」

バレストリはうなずいた。三十六歳、ふっくらした体つきで、ラスタカラーのエクステをつけている。スウェットの上下にスリッパというラフな格好だ。「どうぞ、お入りください」

「下まで下りてきていただき、会ってほしい人がいるんです。トッレさんといいます」

「上がってもらうわけにはいかないんですか？」

「複雑な事情がありまして。申し訳ないのですが」

「わかりました」バレストリは靴をはいた。

その隙に、コロンバはひと通りの家具が備えられたアパートメントに目を走らせた。男の子のおもちゃがあちこちに散らかっている。バスルームの前には、男物のトロピカル柄のビーチサンダルが置いてあった。幸せな家庭という印象だった。

「あまり時間がないんです。一時間後には学校に子どもを迎えに行かないといけないので」

バレストリはコロンバの心の中を読んだかのように言うと、レモン色のショート丈のセーターを頭からかぶって着た。

「息子さんはおいくつなんですか？」尋ねてから、コロンバはすぐに後悔した。自分には関係のないことだ。

「七歳半です。ルカよりひとつ上です」彼女の顔が心配で曇る。「本当に新しい手がかりはないんですか？」

「ええ、残念ですが」

相手はコロンバの表情を読み取ろうとしたが、だめだった。「死んだんですね？」

「バレストリさん……本当にまだわからないんです。ですから、希望を捨てないでください」

「でも、まだ生きてるなんて信じられないわ。食べるものもないというのに……」

「誰かが世話をしているかもしれません」

「あのロクでもない義兄の友だちとか？」

コロンバは答えなかった。建物の入口でダンテがふたりを待っていた。鋭い目つきで、壁にもたれて煙草を吸っている。

彼が煙草を口にくわえているのを見て、ジュリアも無性に吸いたくなった。妊娠を機に禁煙したが、いまでも夜ごと夢に見るほどだった。

「こちらがトッレさんです」コロンバは紹介した。

「このたびは……」ダンテはジュリアの顔を見てつぶやいた。

彼女はダンテが左手に厚い黒の手袋をはめているのに気づいた。「どんなことを訊きたいんですか？　知っていることはすべてお話ししましたけど」

「細かいこと、個人的なことをお訊きしたいんです」

「姉について？　たとえば？」

「たとえば、愛人がいたかどうかとか」ダンテはまたしてもつぶやいた。

ジュリアは怒りがこみあげるのを感じた。「何の権利があって？」

「ダンテ、やめて」コロンバは鋭く咎めた。

「一緒に来いといったのはきみだ」

コロンバは思わず天を仰いだ。「同僚の失礼をお詫びします。ですが……お答えいただけると助かります」

ジュリアは腕を組んだ。「姉は夫以外の男性とは付きあったことがなかった。どうしてかはわからないけれど。あの男が彼女に手を上げていたのを知っていますか？」

「ええ」コロンバは答えた。「それで考えたんです。ひょっとしたら……」

「それは考え違いです」

「なぜ別れなかったんですか？」

「彼を愛していたから。あの頭の狂った男を。いつも言ってたわ。子どもを傷つけるようなことがあったら、すぐに逃げ出すつもりだと。だけど、それももう叶わない……叶わなかった」ジュリアは言い直した。

「子どもが元気ないことに気づいていましたか？」ダンテが尋ねた。

今度はジュリアは腹を立てなかった。「どうしてそれを？」

「写真を見ました」

「そのとおりです。だんだんと悲しそうな様子になって、口もきかなくなりました。うちで預かったときには、いつもまるで別の星にいるようだったわ」

「とくに、この一年は。そうですね？」ダンテは尋ねた。

これほど風変わりな警察官は見たことがないと思いながら、ジュリアは彼をしげしげと見つめた。「はい」

「お姉さんも気づいていたんですか？」コロンバは尋ねた。

「ええ、姉のほうは」ジュリアは嫌悪感もあらわにかぶりを振った。「でも、夫は異変には何ひとつ気づかなかった。話を聞こうともしませんでした」

「専門家に診てもらわなかったんですか？」

「ええ。ステファノが嫌がっていたので……」

だが、その口調はどこか曖昧だった。ダンテは聞き逃さなかった。「こっそり受診したんですか？」

「いいえ、それはないと思います。でも、医者は診察したがっていました」

「かかりつけの小児科医が？」そう尋ねるダンテの目つきはガラスのように鋭かった。あまりの集中力に、コロンバには彼の周囲の空気が火花を散らしているように見えた。

「いいえ。新しい先生です。姉に電話をかけて、予約を取るように言ったそうです」

「それはいつのことですか？」

「二週間前くらいです」

「その医師とは、どこで知りあったんですか？」

「地域保健局の診察で。学校の健康診断です」

ダンテがコロンバを見ると、彼女が代わりに質問する。「ふたりが会ったかどうか、ご存じですか？」

「いいえ、知りません」ささやくような声だった。「訊くのを忘れていました」彼女の右の目から涙がひと粒こぼれた。それを袖で拭う。「世界をめぐるための時間はたっぷりあるといつも思ってしまう。あの歌の歌詞みたいに……」口が震え、またしても涙がこぼれ落ちた。

「ごめんなさい」ジュリアは顔をそむけて後ろに下がった。

「泣いている」ダンテは小声でコロンバに言った。

「姉を殺されたんですもの……無理もないわ」

「だから、いつもは弁護士に任せているんだ」

ジュリアは大きな音を立てて鼻をかむと、赤い目でふたりに向き直った。

「その医者の名前は覚えていますか？　あるいは、お姉さんが電話番号をメモしていませんでしたか？」コロンバは尋ねた。

「携帯に電話があったことしか知りません。昼休み、わたしの家にコーヒーを飲みに来る途中で。彼が何か関係あるんですか？」

「そうと決まったわけではありません」コロンバはすぐに答えた。

「義兄に共犯者がいるんですか？　それとも、あの男が犯人ではないと？」

「あらゆる可能性を調べる必要があるんです。その医者のほかに、最近、お姉さんは誰かに会いませんでしたか？　新しい知り合いとか、あなたの甥御さんの新しい友だちとか」コロンバはさらに尋ねた。

「とくに心当たりは……それに、前にも警察に話しましたが、姉が誰かに脅迫されていたり、家のまわりを怪しい人物がうろついていたりといったこともありませんでした。もちろん、わたしも」ジュリアはふたたびコロンバを見つめた。「唯一の危険は家の中にあったんです」

「ご協力ありがとうございました」

ジュリアは一歩前に出て、怒りに燃えた目でコロンバに向きあった。「それ相応の罰を受けるべきだわ、あの野郎は。わかってますよね？」

「甥御さんのことを考えてください。彼を捜すことが先決です」コロンバは目をそらさずに言った。

「あの子は死んだわ」ジュリアは言った。そしてくるりと背を向けると、早足で建物の中に姿を消した。

コロンバはため息をつくと、ダンテに向き直った。

「いつもこんなに大変なのか？」彼は尋ねた。

「まだましなほうよ。それで、どう思う？」

「次回は首に縄をつけられてもごめんだ」

「それ以外に」

「彼女は、手遅れにならないうちに姉を義兄から守れなかったことで自分を責めている。万が一、別の犯人が現われたら大喜びだろう。そうすれば罪の意識から解放されるから。でも、そんなことはありえないと考えている」

コロンバは顔をしかめた。「作り話ではなさそうね」

「ああ。最初のほころびだ、CC」

「かといって、協力的というわけでもない」

「それなら、何も聞かなかったことにするか？」

「そうできたらどんなにいいか。さあ、行きましょう」


コロンバは天窓がついたスペースワゴンを借りた。そのほうがダンテにとって快適で、時速二キロで走らされることもないだろうと考えたからだ。あいにく当ては外れた。その代わり、車には最新のハンズフリーシステムが搭載され、ハンドルから手を離さなくても電話をすることができた。

それを使って、コロンバはマウジェーリの息子が通う学校の校長に電話をかけた。校長は、とつぜんの電話にも驚いた様子はなかった。ここ数日は何度となく呼び出されているからだろう。口実を考える必要もなく、身分を告げるだけでじゅうぶんだった。

校長は児童の健康診断のことを覚えていた。それは地元の地域保健局の病気予防プログラムの一環だった。「体重、身長、胸部レントゲン……一般的な健診です」

「その後も医者は家族と連絡を取っていますか？」コロンバは尋ねた。

「さあ、わかりませんが」

「子どもたちの心理鑑定も行なわれたんですか？」ダンテはバックミラーに取りつけられたマイクに顔を近づけて質問した。

「まさか。世間では、精神科医はいまだに頭のおかしい人の医者と思われていますから」

「地域保健局の連絡先を教えていただけますか？」コロンバは頼んだ。

「ちょっと待ってください。いま探しますから」

校長は番号を見つけたが、結果的に役には立たなかった。患者のプライバシーの権利という名目で、保健局の医長はどんな質問に対しても答えることを拒んだ。

コロンバは直接、保健局に赴いて圧力をかけることも考えたが、令状の提示を求められる恐れもある。あるいは、相手が検事局に抗議でもすれば、厄介な事態になるだろう。そこで白羽の矢が立てられたのがティレッリだった。彼ならローマの同業者に顔も広く、電話の一、二本もかければ探している人物に行き当たるはずだ。

ティレッリは十八時にホテルのバーに現われた。

「ずいぶん羽振りがいいな」そう言いながら、彼は腰を下ろした。小さなテーブルにはコロンバのための銀のティーポットと、ダンテが注文したモスコミュールがのっている。

コロンバはダンテを示した。「彼の支払いよ。ダンテ・トッレ」

「わたしより稼いでいるわけか」ティレッリは彼の手を握りながら言った。

「ぼくはただの客です。ここの所有者のひとりとは古い友人なんです」ダンテは説明した。

コロンバは三段のトレーからビスコッティを取ってかじった。「その友人の頭がおかしい娘を見つけてあげたのよ」

「頭がおかしかったわけじゃない」ダンテは苛立たしげに言った。「それに、その表現はあまり礼儀正しいとは言えない」

「ソーキョクセイショウガイ」コロンバはからかうように言った。

「それはすばらしい」どこか妙な空気のせいか、ティレッリはふだんよりもったいぶった様子で、しゃちこばって座っていた。「どこで見つけたのか、訊いてもいいですか？」

「たちの悪い友人の家にいました。疥癬《かいせん》になりかけて、家に帰りたがっていたんです」

「そうでなければ、連れ帰らなかった？」

ダンテは肩をすくめた。部外者に仕事の話をするのは嫌いだった。「ぼくは他人の自由を大いに尊重したいと思っています。双極性障害であろうとなかろうと。理由はおわかりでしょう。なぜそんなに関心があるんですか？」

ティレッリが、甘草のせいで黄色くなった歯を見せてにやりとした。「あなたの噂を耳にしているからです、トッレさん。それに、このばかばかしい一件になぜコロンバを巻きこんだのかも知りたい」

「わたしのほうが彼を巻きこんだのよ」コロンバは白状した。

「いかにも」ダンテは言った。

「何でまた、そんなことを？　マウジェーリの件は、検事局の半分の人間が捜査に当たっている。しかも、きみは休職中だ。彼らがまるで見当違いだと考えているのか？　子どもはまだ生きていると？」

「いまのところ、わたしの考えはないわ。だから調べているというわけ」

「ローヴェレは知っているのか？」

「規則違反を心配しているの？」

「きみが心配なんだ。それに、きみのキャリアが。何しろあんな目に遭ったんだから……」

ティレッリは言葉を濁した。

「わたしがどんな目に遭おうと、それはもっぱらわたしの問題よ。ごめんなさい、生意気言って」

「だが、きみはわたしも巻きこんでいる。協力すれば、わたしの責任も問われかねない」

「断わっても構わない。だけど、説教をするのはやめて」

そのときウエイターが注文を取りにやってきた。ティレッリが無発泡の白ワインを頼むと、ほどなく大きな皿にのったさまざまな色の塩味の菓子《サラティーニ》とともに運ばれてくる。ティレッリは何も言わずにワインをひと口飲んだ。

「それで？」コロンバは答えを促した。「協力するの？　しないの？」

「協力しよう……ただし、納得のいく理由を説明してもらわなければ、これが最後だ」

「理由があれば、とっくに話してる。それで？」

「保健総局の同僚に訊いてみた。集団健診を担当した医師は、その後、家庭に連絡することはいっさい禁じられている」ティレッリは説明した。「実際、彼らは個人情報に関するデータにはアクセスしなかった。もっとも、それは理論上の話だが。健診中に直接訊けばわかるからだ。誰かがマウジェーリに連絡を取ったのか？」

「わたしに対する質問はなしよ」コロンバは言った。「マウジェーリの息子を診察した医師は誰だかわかった？」

またしても彼女をじっと見つめてから、ティレッリは四つ折りにしたメモを差し出した。

「頼むから、わたしに心配をかけないでくれ。わかったな？」席を立ちながら念を押す。そしてダンテを見た。「あなたは、彼女にあまりばかげたことをさせないでほしい」

答える代わりに、ダンテは音を立ててカクテルをすすった。

ティレッリが行ってしまうと、ダンテはメモを手にした。「ほころびが広がりつつある」

コロンバは立ちあがった。「なるべく早く食い止めるに限るわ」

4

メモに記されていた医師の名はマルコ・デ・ミケーレで、グロッタロッサ地区のカッシア通りにあるサンタンドレア病院の救急科に勤務する内科医だった。

遠くから見ただけで、ダンテは彼がパードレではないとわかった。若すぎる。どう見ても四十歳くらいだ。だが、ひょっとしたら共犯者かもしれない。

一緒に煙草を吸いに外に出た際に、ダンテは彼の一挙一動を観察した。せわしなさ、疲労、退屈。罪の意識や不安はいっさい感じられない。わずかに動揺しているのは、警察官を目の前にしているからだろう。

デ・ミケーレが言うには、集団健診で診察した児童はひとりも覚えていないということだった。「もっとも、あのひどい靴工胸の子どもは別ですが」

「靴直し職人の胸のことだ」ダンテは説明した。「靴で前胸部を圧迫する仕事をする人に多いことから、そう呼ばれる」

コロンバは称賛のため息をもらした。ときどきダンテが歩く〝ウィキペディア〟に思える。

「お訊きしたいのは、ルカ・マウジェーリのことなんですが」彼女は話を先に進めた。

「どこかで聞いたような名前だ……」デ・ミケーレはふいに目を見開いた。「例の父親に殺された子どもですか？」

ダンテには、その驚き方は不自然には感じられなかった。コロンバをちらりと見やると、彼女はうなずいた。どうやら同じ意見らしい。

「いいえ、ただの同姓同名です」コロンバは嘘をついた。「児童ひとりに対して複数の医師がいたんですか？」

「三人です。といっても、それぞれが同時に別の児童を診ていました。番号で選別したんです。郵便物のように」

「順番を待つ子どもには、かかりつけの医者や小児科医が付き添っていましたか？」今度はダンテが尋ねた。

「いいえ。ときどき看護師がドアを開けて、人数を制限していました」デ・ミケーレは困惑したように頭に触れた。「その子に何かあったんですか？ 性的虐待を受けたとか……」

「母親のところに、何度か卑猥な電話がかかってきたんです」ダンテは急いで言いつくろった。

デ・ミケーレはにやりとした。「ぼくはゲイです。といっても、その子の父親にも電話をかけたりはしていませんが。訊かれる前に言っておくと」

ローマ環状線《GRA》の夥しい車の流れのなかで、コロンバは収穫がゼロだったことを嘆いた。

「行き止まりだわ」

「彼は電話をかけていない。だが、何者かがかけた。その人物は健診のことを知っている」

「そんな人は数えきれないほどいるでしょ」

「何もしないつもりか？」

「まさか。ルチア・バレストリの通話記録を調べて、その人物の身元が特定できるかどうか見てみる」通話記録は、ローヴェレがその他の資料とともに入手してくれた。「前科者でないのは確かよ。それに、とくにしつこかったわけでもない。そうだったら警察が気づいているから」

「誰かが代わりに調べてくれたらいいんだが」

「たいした手間はかからないわ。でなければ、予審で判事がひどく苦労したはずだもの」警察車両ではないことを忘れて、コロンバはアクセルを思いきり踏みこみ、制限速度を大幅に超えて追い越しにかかった。

ダンテは両手で座席にしっかりつかまった。「判事はデ・アンジェリスではないのか？」

「彼は検察官よ。あなたほど博識の人が、訴訟手続きをまったく知らないのはどうして？」

「退屈だし、そういったことは弁護士に任せているんだ。ところで、制限速度を超えているぞ」

「罰金を払えというの？」

「いや、ただレンタカーで吐きたくないだけだ。ぼくのクレジットカードで支払ったからね」

コロンバはミラーでトラックをかすめながら追い越す。ダンテは窓を開け、肺いっぱいに空気を吸いこんだ。「これじゃあまるで酔っ払い運転だ」

「文句があるなら、降りてタクシーを拾って」

ダンテはふたたび捜査について考えた。「ぼくたちは正しい方向へ向かっているはずだ、CC」

「あなたがそう思いたいだけでしょう」

「違う。ぼくは間違っていない。理由ははっきりわからないけれど、たしかに胸騒ぎがする」

それ以降、ダンテは車の中でひと言もしゃべらず、夕食もうわの空でほとんど手をつけなかった。エレベーターにも乗ろうとせず、コロンバはしかたなく彼の後に続いて十階分の階段を上った。ダンテは生気のない目つきでのろのろと上ったかと思うと、すぐさま自分の部屋に姿を消した。

コロンバは靴を脱いで後を追い、長椅子に斜めに座った。「あなたが誘拐される前に、医師を名乗る人物からあなたの家に電話があったかどうか覚えてる？」

「きみも、やはりつながりがあると確信しているのか？」

「いいえ。でも言ったでしょう、徹底的に調べるつもりだと。だから、そうしているだけ」

「ぼくが行方不明になる直前に、知らない人物が両親に接触した事実はない。少なくとも、ふたりともそう記憶していた」

「バレストリの通話記録を見せて」コロンバは言った。

ダンテはベッドの下に手を伸ばすと、ホチキスで綴じた紙の束を彼女に放った。コロンバは眉をひそめた。自分にも同じ能力があったらと思わずにはいられなかった。ダンテはどんなものでもすぐに見つけ出す。

ダンテはベッドの真ん中に戻ると、ふたたび苦行僧のポーズで座った。「ぼくが行方不明になる数日前に、わが家の前に見慣れない車が停まっていたという証言もあった。でも、その車は見つからなかった。そもそも、その証言自体がでたらめだった可能性もある」

「かかりつけの家庭医は？」コロンバは視線を上げずに尋ねた。

「死んだ。もっとも、当時は学校指定の診療所で診察してもらうのがふつうだった。くる病や毛じらみが流行っていたからね」

「海賊船で育ったの？」

「ただのど田舎だ。それにしても、警察が番号を調べなかったのはどういうわけなんだ？」

「彼らは殺人が起きた日の通話と、その前の数日間に何度も、あるいは奇妙な時刻に電話がなかったかどうかだけに的を絞ったからよ。すべての通話は調べていない。そのためにどれだけの労力が必要か、わかってる？」

「それだけの価値はないときみが考えていることは」

コロンバは記録に記された、ある番号を丸で囲んだ。「ローマの番号からかかってきている。どうやらはじめての番号みたい。ちょうど彼女の妹が言っていた時期に。金曜日よ」

「時刻は？」

「午後二時半。店の昼休みと一致する」

「その番号がほかにもないかどうか見てくれ」

コロンバはその先に目を通した。スピードを上げるために、最後の数字のみを追っていく。金曜日の番号は九で終わっていたため、九を見つけるたびに目を止めて確かめた。データであれば検索も簡単だが、ローヴェレが入手できたのは印刷されたものだけだった。「もう一度、次の週の月曜日にも話しているわ。そのときは彼女のほうからかけている」

「それで終わりか？」

「ええ」

「ふだんは目ざといきみの同僚たちの目に留まるには、回数が少なすぎる」

「たしかに」

コロンバはノートパソコンを開くと、その番号をインターネット版の電話帳で調べた。

「掲載されていない」

「彼だ」ダンテはきっぱりと言った。

「落ち着いて。近ごろは電話番号を載せていない人がほとんどよ」

ダンテはテラスに出て、煙草に火をつけた。そのあいだにコロンバはローヴェレに連絡し、その番号の主を調べてほしいと頼んだ。

答えは数分後に判明したが、予想以上に厄介だった。コロンバはダンテに合図をした。彼はフレンチドアを半開きにしたまま、籐椅子の上であごを膝にのせてうずくまっていた。

「誰だった?」

「スカイプよ」コロンバは答えた。「登録すると、住んでいる地域ごとに番号が割り当てられて、自由に電話をかけたり受けたりできるようになるの」

「だが、電話をかけてくる相手には、それがスカイプだとはわからない」ダンテはまたも煙草に火をつけた。「パードレは、ルチア・バレストリがルカの自閉症の症状を心配していたことを知っていた。そして彼女に連絡を取って、協力を申し出た。ふたりはどこかで会って、彼はこのことは誰にも言ってはならない、電話も使ってはならないと言い含めた」

「あるいは、電話代を節約したい人物か」

「医師が診療室から電話をかけたとしたら? その可能性は大いにある。考えてみてくれ。何者かが——あえてパードレとは言わないが——マウジェーリの息子を連れ去った。医者のふりをすれば、事は容易に運ぶはずだ」

コロンバはしぶしぶうなずいた。「彼女は暴力的な男と暮らしていた。しかも、その男は息子の病気の話を聞こうとしなかった」考えながら言う。「ひょっとしたら、彼女のほうから誰もいない場所で会いたいと言い出したのかもしれない。だけど、夫に気づかれずに出かけるにはどうすればいいのか」

「夫の薬物検査の結果は？」

「アルコールと向精神薬が検出されたわ。でも、ふだんからストレスで薬を服用していた」

「それとは別に、彼女がビールに入れたのかもしれない」

「けれども、コロンバには納得できなかった。「だとしたら、犯人はマウジェーリの息子の状態をどうやって詳細に知り得たの？」

「ひとたび獲物を見つければ、いくらでも調べることはできる。こっそり見張っていたにちがいない。健診から二カ月もあったんだ」

「いまのところ、手がかりはこの謎の番号だけね。電話をかけてみる？」

ダンテは首を振った。「五分前にかけてみたが、すでに使われていなかった」

「次はちゃんと教えて。それが常識的な行動よ」

「パードレなら、すでに解約しているはずだと思ったんだ」

「彼だと決まったわけじゃないわ」

「ただの偶然だというのか？」

コロンバは肩をすくめた。「捜査を始めるときに、真っ先に教わることは何だと思う？ひとつの仮説に固執しないことよ。思いこみが強すぎると、実在しないものまでが見えるから」

ダンテは短くなった燃えさしで新たな煙草に火をつけた。「サイロから逃げ出したときにも、同じことを言われた」

「そのことを言ったんじゃないのはわかっているでしょう。とにかく、あなたの仮説が正しいとしたら、誘拐犯は診療所で子どもに会ったということ？」

「ぼくとしては、犯人はパードレ以外には考えられないから、答えはノーだ」

「誰が狙われてもおかしくなかった。犯人は親切なおじいさんを装っていたかもしれないし」

「それは違う」ダンテはきっぱり否定した。「ぼくが逃げ出してから二十五年間、彼はじっと息をひそめていた。強迫観念にとらわれるほど慎重でなければ、そんなことはできなかったはずだ。そして、彼は間違いなく強迫観念にとらわれている」

コロンバはかぶりを振った。ダンテがパードレについて自信たっぷりに話すたびに、やるせない気分になった。「いずれにしても、地域保健局の診療所に設置された監視カメラの映像を確認してみるわ」

ダンテは煙草を持つ手を止めて顔を上げた。「いま何て？」

「病院には何らかの監視装置があるはずよ」コロンバは説明した。「テープを入手できるかどうか、ローヴェレに訊いてみる」

ダンテは火を消さずに煙草を投げ捨てると、急ぎ足で部屋に戻ってコロンバの肩をつかんだ。「診療所に入る方法を見つけるんだ」

勢いこんだ口調に驚いて、コロンバは思わず後ずさりをする。「明日の朝、もう一度、医長に話をしてみるから……」

「いや、いますぐだ」ダンテは遮った。「明日の朝では手遅れになるかもしれない」

「でも、この時間はもう閉まっているわ」

「開けさせろ、ＣＣ。一刻を争うんだ」

「とにかく理由を話して」

ダンテの説明を聞くと、コロンバはすぐさま電話を手に取った。

5

マウジェーリの息子が健診を受けた地域保健局の診療所は、ノメンターナ通りの東バイパスの入口に建つ、灰色のコンクリート造りの歪んだ平行六面体の建物内にあった。正面には一見、たまたまできたような気泡や突起がデザインされ、さながらオーブンで焼いたおもちゃのブロックといった雰囲気だ。ダンテとコロンバが深夜に到着すると、入口の前には、すでにアルベルティの運転するパトロールカーが回転灯を点滅させて停まっていた。アルベルティが車から降りてふたりに挨拶すると、続いて、制服がはち切れそうなほど太って汗くさい年配の警察官も降りてきた。握手をする前から、コロンバには彼がどんなタイプの警察官なのかがわかった。彼はにやりとして、さりげなくコロンバの胸に目をやった。

「ドクターは?」コロンバは尋ねた。

アルベルティが手で示す。デ・ミケーレは、ややうんざりした表情で車のわきに立っていた。

コロンバは彼に近づいて手を握った。「お越しいただいてありがとうございます」

「きわめて重要な件だと聞きました。やっぱり、お尋ねの子どもは同姓同名ではなかったんですね？　父親に殺されたんでしょう？」

「まだ死んだと決まったわけではありません」

「それで、ぼくに何の関係があるんですか？」

「あなたには関係ありません」

そのとき夜間警備員がやってきて門を開けた。コロンバは車に戻り、ダンテの側の窓を軽く叩いた。車に残っていた彼は、しぼんだ袋のように座席にもたれていた。

「あとはあなただけよ」コロンバは声をかけた。

「また今度にしよう」

「明日になれば、保健局の責任者の半分がローヴェレに電話をかけて文句を言うわ。そうしたら、わたしたちは向こう一世紀は立ち入り禁止になる」

「ぼくがいなくても大丈夫だろう」

「降りて。でないと、力ずくで降りてもらうわよ」

ダンテはため息をついた。「さっさと済ませよう」ホテルを出る前に錠剤と液剤のカクテルをあおって、本来なら酩酊状態のはずだったが、アドレナリンのおかげで効き目が相殺されていた。心のレベル計はすでに十に達している。あと少しで耳から蒸気が噴出するだろう。コロンバは彼の腕を取ると、入口へと促した。警備員がドアを開けて電気のスイッチを入れると、ロビーの明かりが順々に灯った。

デ・ミケーレはダンテの青ざめた顔を見た。「大丈夫ですか？」

「いいえ。とにかく案内してください」ダンテは絞り出すような声で言った。

「どこを？」

「子どもたちが保護者と一緒に通った通路を」

デ・ミケーレは一瞬、困惑の表情を浮かべてから、一行を連れて中二階のロビーを横切った。突き当たりには受付のカウンターと案内窓口があった。そこは真っ暗で、コロンバは『ウォーキング・デッド』（アメリカのテレビドラマ）でゾンビから逃れた人々が廃ビルに逃げこむ場面を思い出した。仕事で風変わりな場所、ときには危険な場所を訪れることもしばしばあったが、ここにはほかにない妖しげな魅力を感じた。

「ここから入って」デ・ミケーレが説明する。「二階までエレベーターか階段で上ります」

「階段」ダンテはつぶやいた。ロビーは息苦しい灰色の洞窟のようだった。必死に呼吸を整えながら、彼は先陣を切ってほとんど駆け足で階段を上った。「次は？」あえぎながら尋ねる。廊下は狭く、窓はひとつしかなかった。夜の闇がいまにもガラスを押し破りそうだ。

「あなたの同僚は息を切らしていますが」デ・ミケーレはコロンバに念を押した。

「達成感を味わっているからです。それから？」彼女は応じた。

デ・ミケーレは廊下の両側にあるふたつのドアを指さした。壁には子どもや虫、花の絵が描かれている。「ここは児童医療課で、ドアの向こう側が診察室です」彼が一方のドアを開けると、正方形の部屋の中にさらにドアがあり、四方の壁に沿って椅子が並べられていた。

「子どもたちと保護者は、ここで呼ばれるまで待ちます」

「あなたはどの診察室を使いましたか？」ダンテはか細い声で尋ねた。

「ええと……あそこです」大きいほうの診察室だった。

ダンテは急ぎ足で向かった。そしてドアを開け、待合室を突っ切ると、奥の白いドアを開け放って診察室に踏みこんだ。そこは真っ暗な箱だった。ダンテは一瞬、冷や汗をかいて凍りついたが、すぐにほかの三人が追いついて明かりをつけた。部屋の中には金属製のデスクと、向かい合わせに置かれた二脚の椅子、子ども用ベッド、衣服を脱ぐための衝立があった。小さなトイレのドアもある。ダンテは上下式の窓を上げ、湿った空気を肺いっぱいに吸いこんだ。その瞬間、警報装置が響きわたった。

「何なのよ」コロンバは毒づいた。

アルベルティの無線機が鳴り出す。年配の警察官の声が聞こえた。「気をつけてくれ。侵入防止の警報装置が作動している」

コロンバはアルベルティから無線機を奪い取った。「警備員に解除させて」

「ここからでは無理です。センターで制御されているので」

「それならセンターに連絡して。ただちに」

「了解」

サイレンはさらに一分続いた。その間ダンテは、ムンクの『叫び』のごとく耳に手を押し当てていた。そして音が鳴りやむと、ふたたび部屋を調べはじめた。デスクの後ろに回り、患者用の椅子とベッドの両方が見える位置を探す。上はどうだろう。頭上に目を向けると、エアコンの吹き出し口が目に留まった。まさかとは思うが……ダンテは吹き出し口のパネルを指さしてコロンバに言った。「あれを外してくれ」

「本気なの？」

ダンテはそれには答えず、部屋を飛び出すと、後ろ手に勢いよくドアを閉めた。

「いつもあんな感じなんですか？」デ・ミケーレが尋ねる。

「体調がいいときだけです」コロンバは答えた。腕を伸ばしても吹き出し口には届かない。彼女は机を引っ張ってきて、その上に乗った。すると吹き出し口はちょうど顔の高さになったが、そこから中をのぞいても真っ暗だった。パネルは四方をプラスのねじで固定されている。

「手を貸しましょうか？」アルベルティが声をかけた。

「ポケットにドライバーは入ってる？」

「いいえ」

「あります」デ・ミケーレが言った。「ボーイスカウト出身なんです。〝備えよ常に〟」彼は多機能のアーミーナイフを差し出した。「それにしても、そんなところに何があるというんです？」

コロンバは刃先が平らになっているブレードを選んだ。「わたしは何もないと思うけど」

だが、何かがあった。コロンバがそのことに気づいたのは、最初のねじを回したときだった。拍子抜けするほど簡単に回った。つい最近、誰かが開けたのだ。三本目のねじを抜き取り、四本目を軸にしてパネルを回転させる。その瞬間、見えた。

エアコンのダクトの壁面に、ビデオカメラが粘着テープで固定されていた。

6

　ダンテが煙草の箱に残った最後の一本を吸い終えたとき、コロンバがエスプレッソのグラスをふたつ持って出てきた。「一階のコーヒーマシンのスイッチが入っていたの」そう言って、一方を彼に差し出す。

「ぼくを毒殺するつもりか？」

「おおぜいの人が飲んでいるけど、誰も死んでないわ」

「ガンジス川の水もおおぜいが飲んでいる」

「ばかなこと言わないで」コロンバは差し出したほうのグラスにもう一方の中身を注ぎ入れると、一気に飲み干した。「眠気を覚ませれば何でもいいのよ」

　そのとき、郵便・通信警察のディーノ・アンゼルモ警部が姿を現わした。三十歳、黒縁眼鏡をかけ、留年している大学生といった雰囲気を漂わせている。ここに来たのはローヴェレの指示で、強制捜査令状を手にふたりの部下を引き連れていた。

「指紋を検出した」アンゼルモが報告する。「ビデオカメラのほうは消されていたが、テープに残っていたんだ。それから一部が壁にも」彼は手にしていたタブレット端末を掲げてみせた。自動指紋識別システム《AFIS》に接続されている。「おれたちはツイている」

「登録されていたの？」コロンバは尋ねた。

「十五年前に乱闘事件で逮捕された男だ」アンゼルモは答えた。「おまけに、賭博で告訴されたこともある。性犯罪歴はないが、監視に関してはプロ級の腕だろう。カメラにはモーションセンサーが取りつけられていて、部屋に誰もいないときにはスタンバイ状態になる」

「年齢は？」コロンバは尋ねた。

「五十歳」アンゼルモは画面に目をやりながら答え、それからコロンバに端末を渡した。そこにはあごひげを生やした、短く刈りこんだごま塩頭の男の写真が表示されていた。名前はサビーノ・モンタナーリ、ローマ出身・在住。離婚歴があり、子どもはいない。

「ここで働いているんですか？」ダンテが尋ねた。

「用務員です」アンゼルモが答える。「あなたも警察の方ですね？」

「戦時中だけ入隊するんです」

アンゼルモは困惑して目を瞬くと、コロンバに向き直って話を続けた。「司法官に知らせたところ、予防拘禁の措置が下された。それから匿名の通報の件も報告したが、これについては深く追及しないつもりだ」

「ありがとう」コロンバには、通報を隠すことでアンゼルモがリスクを負うことがわかっていた。ダンテは彼女の腕をつかむと、少し離れた場所へ引っ張っていった。

「あなたが愛国主義者だったなんて初耳だわ」コロンバは指摘する。

ダンテは訳がわからずに彼女を見つめた。「愛国主義者？」

「戦時中は入隊するって言ったでしょう」

「それは、戦争では兵士よりも民間人のほうが多く死ぬからだ。知らなかったのか？　とにかく、話を聞く必要がある」

「誰に？」

「モンタナーリだ」

「そのことは忘れて。彼は警察が捕まえて、裁判官が尋問するから」

「パードレは彼の手引きで侵入して、ルカ・マウジェーリに接触したんだ」

「たとえビデオカメラと誘拐事件に関連があったとしても、モンタナーリは単独犯かもしれないわ」

「彼が犯人で、ルカに狙いを定めたのなら、なぜカメラを取り外さなかったんだ？」

「時間がなかったのよ」

「電源は入っていたのか、それとも切ってあったのか？」

「入っていたわ」

「バッテリーは四日ともたない。モンタナーリは誘拐の仲介役に過ぎない。たとえきみがパードレの存在を信じていようといまいと。最終的に司法の手に委ねたら、ぼくたちにはもうなす術がない。彼に話を聞くためには、釈放されるのを待つしかないだろう」

コロンバは天を仰ぐと、アンゼルモのもとへ戻った。「ローヴェレは何て？」

「ここできみに協力するようにとだけ」

「それなら、引き続き協力をお願いするわ。わたしも逮捕に立ち会わせてほしいの」

アンゼルモは首を振った。「きみは休職中だ」その理由も知っている、と彼は頭の中でつけ加えた。

コロンバは食い下がった。「モンタナーリから見れば、わたしは職務質問をするただの警察官よ。わたしがその場にいたことは、たとえ誰かに訊かれなくても、自分からしゃべろうとも思わないはずだわ。そもそも、誰がそんなことを訊くというの？　お願い。これだけ頭を下げてもだめ？」

アンゼルモは、あいかわらず少し離れたところにいるダンテを指さした。「彼は？」

「車で待機してるわ」

「モンタナーリに手錠をかけるまでは、きみにも待っていてもらう。いいな？　万が一、彼が銃を持っていて、きみに発砲したら、おれがきみの死体を隠すはめになるからな」

「わかった」コロンバはうなずいた。その顔は無表情だったが、ダンテのいる場所からでも彼女が嘘をついていることは見て取れた。

7

モンタナーリはサラリア通りに住んでいたが、ブザーを押しても誰も出てこなかった。アルベルティと年配の警察官は小さな破城槌を使って錠を壊すと、わきに寄って、銃を手にしたアンゼルモとコロンバを中に入れた。

玄関に入るなり、アンゼルモは武器を部屋の中央に向けて立ち止まり、大声で叫んだ。

「警察だ。手を上げて出てこい」

この台詞を口にするたびに、アンゼルモは自分がB級映画に出演しているような気分になったが、かといってほかにうまい言い回しは考えつかなかった。さいわいにも、彼の仕事柄、こうした機会はめったになく、銃はもっぱら射撃場で使うのみだった。それに対してコロンバは、自宅ではボトルも銃で開けているかのように見えた。彼女の身に起きたことを聞いていたため、これほど積極的な姿を見て、アンゼルモは驚かずにいられなかった。もっとも、やや積極的すぎたが。建物の前に着くなり、彼女は車を通りの真ん中に乗り捨てて飛び出し、門を開けさせるために他の住人のインターフォンを手当たり次第に鳴らした。

アンゼルモは駆け足で追いついた。「もう約束を忘れたのか?」

コロンバは無視した。そして、インターフォンから女性の声が聞こえると、すぐさま応じた。「締め出されてしまったんです。開けていただけませんか？」

「カセッリ……聞いてるのか？」情けないと思いつつアンゼルモは言った。

門が開き、コロンバは勢いよく飛びこんだかと思うと、ふいに立ち止まって郵便ポストを調べた。その様子を、ふたりの警察官が困惑した様子で見た。「彼女の立ち入りは禁止されています」一方が言った。

「本人を説得してみるか？」アンゼルモは言いかえした。

もう一方の警察官が後ろに下がった。「いいえ」

コロンバに続いて、アンゼルモのふたりの部下、そして最後にアルベルティと彼の相棒がモンタナーリのアパートメントに踏みこんだ。

「いない」コロンバはベルトのホルスターに銃を戻しながら言った。

バスルームまで確かめたアンゼルモも、同じく制式拳銃をしまった。「捜索命令を出そう」

「感づかれたのでしょうか？」警察官のひとりが尋ねた。「いまは夜中の二時です」

「診療所でおれたちの姿を見たのかもしれない」アンゼルモは答えた。

コロンバは周囲を見まわしながらアパートメントを回りはじめた。「荷造りをしたようには見えないわ」そして、扉の閉まったいびつな形の箪笥に目を向けた。「誰か、手袋を持ってる？」

アンゼルモは天を仰いだ。「カセッリ、きみは現場を引っかきまわして、嫌がらせをしているのか」

「手袋を」コロンバは繰りかえした。

アンゼルモの部下のひとりが使い捨ての手袋が入った箱を取り出した。コロンバは手袋をはめると、箪笥を開けて注意深く調べた。服が不自然になくなっている形跡はない。急いで逃げたのなら、そこらじゅうが散らかっているはずだ。ところが箪笥も、部屋のほかの部分もおおかた片づいている。

「ここを見てください」警察官のひとりが言った。食器棚の中に収納式の机があり、そこにノートパソコンが置かれていた。パソコンはミニDVの再生機に接続されている。これを使えば、押収したビデオカメラの映像も見ることができる。

「逃げたとしても、家には立ち寄らなかったようね」コロンバは言った。「寄っていれば、それを持っていったはずだから」彼女は机に歩み寄ると、パソコンを開いて起動させ、ウィンドウズのスタートメニューを表示した。

「時間がない」アンゼルモが言った。「すべて研究所へ持っていく。そのあとで発見されたものを教えてやろう。もし知りたければ」

「現場の一次検証はできないの？」コロンバは食い下がる。「いずれにしても、ここで待つ必要があるわ。モンタナーリが戻ってくるかもしれないもの」

「パトロールカーを一台残しておけばいい」アンゼルモは答えた。そうは言いつつも、彼はハードディスクの中身にすばやく目を通す。「ビデオ編集プログラムがあるが、映像は見当たらない。オンラインに保存しているんだろう。あるいはUSBメモリか。だが、コンピュータからダウンロードしたのなら、履歴が残っているはずだ」

「ここで確かめられる？」コロンバは尋ねた。

「いや。まずは全体のバックアップをとって、この中身をそっくりそのままコピーする必要がある。どのみち、おれは専門家ではない。くわしいことは彼らに任せよう」

コロンバは彼を見つめた。「あなたはハッカーとか、そうした類の技術者ではないの？」

「おれが？」

「郵便・通信警察の人は、ほとんどコンピュータの前に座っているんでしょう」

「そういうきみは殺人課で、しょっちゅう死体と一緒に過ごしている。つまり、病理学者か？」

「みごとな論理だわ」コロンバはパソコンを閉じると、プラグをコンセントから引き抜いた。

「それを持っていこうなどと考えているなら、今度はラジエーターにつなぐぞ」アンゼルモは警告する。

「車の中で見るだけよ」

ふたりはコロンバのスペースワゴンに乗りこんだ。アンゼルモはヘッドレスト越しに後部座席のコロンバとダンテを振りかえった。

ダンテはパソコンに差しこんだマウスを確かめると、さっそくファイルを開いたり閉じたりしはじめた。

「何してるの?」コロンバは途中で彼の動作を追うのをやめて尋ねた。

「プログラムの実行履歴を探しているんだ。そうすれば、最近どんな使われ方をしていたかがわかる」

「それならおれにもできる」画面をのぞきこもうとしながら、アンゼルモが上から反論する。

「では、手が空いたら交代してください」ダンテは相手に譲った。

「ダンテの思うとおりにやらせてあげて」コロンバが制する。

「彼はハッカーなのか?」先ほどのお返しとばかりにアンゼルモは尋ねた。

「いいえ。でも、ビデオカメラを見つけたのは彼よ」

「だが、おれたちは探していない」アンゼルモは開き直った。

ダンテは皮肉っぽく笑った。「それはそうだ……よし、モンタナーリは〝トーア〟を使ってインターネットに接続していた」

「何なの、それ?」コロンバは尋ねた。コンピュータはひととおり使えるものの、技術的な話になると、とたんに理解するのをあきらめる。

「匿名で接続できる通信システムだ」アンゼルモが答えた。

「すばらしい」と、ダンテ。「それに、これを使えば、通常では閲覧できないサイトを見ることもできる」

「闇サイト」コロンバはつぶやいた。

「それはマスコミが使う言葉だ……」

アンゼルモもうなずく。「匿名のサイトにアクセスすると、世界じゅうのほとんどの国で違法とされているものをネットで買うことができる。武器、麻薬……」

「子どもも」コロンバはつけ加えた。

「そのとおり。もっとも、ほとんどの人間はトーアを使って海賊版の映画をダウンロードするだけだ」ダンテは指摘した。「モンタナーリがどのサーバーに接続していたのか、ダウンロードしたものをどこに保管していたのかはわからない。でも……待ってくれ……彼は〝ペイパル〟の口座を持っている。それに、マーカス・ウェルビーというアメリカ人から領収書を受け取っている。ケイマン諸島で仮発行されたクレジットカードで支払われた。一万ユーロ。だけど、それ以外の決済はパスワードがわからないと見られない」

「そのウェルビーとかいうのは、実在の人物かしら？」コロンバは疑問を口にした。

「本名を使うくらいなら、通常のクレジットカードを使っているさ」ダンテは答えた。「彼の顧客の別名だろう」

「彼は撮影したものを売っていたと？」コロンバは彼の考えを確かめた。

「きみは、彼が何を撮っていたと思う？」

「ことによると、本人も見るのが好きだったのかもしれない」アンゼルモが言った。

「自宅に子どもの写真があったんですか？　幼児も？　壁や冷蔵庫に？」ダンテは矢継ぎ早

に尋ねた。

「いいえ」アンゼルモは答えた。

「おもちゃ、子ども服、漫画は?」

コロンバは首を振った。

「それよりも、オンラインカジノのアプリが四種類も入っている。どうやら相当の中毒だ。金を賭けていた」

「ほかには?」コロンバは尋ねた。

「あとはスカイプのプロフィールだけだ。もっとも、この半年間は利用していない。それに、スカイプ番号も契約していない」

「なぜ契約しているかもしれないと考えたんですか?」アンゼルモが質問した。

ダンテとコロンバはちらりと目を見交わし、その問いには答えなかった。「だが、チャットのプログラムを利用している」ダンテは言った。

「彼の発言は見られる?」

「いや、それは削除されている。今日、最後に話した相手は〝ザルドス〟と名乗っている。彼が接続したIPアドレスもわかる」

ダンテは、モンタナーリと接触した人物のサーバーを判別する数字の列をコロンバに見せてから、自分のiPhoneのブラウザーにその数字を入力して発信元を調べた。「トーアのサーバーだ」少しして彼はつぶやいた。とつぜん頭に浮かんだ考えに気をとられているかのような、うわの空の口調だった。

コロンバはアンゼルモを見た。「ザルドスの身元を突きとめる方法はある？」

「無理だ。トーアではアクセスログは削除される」アンゼルモは答えた。「だが、モンタナーリは知っているかもしれない。彼を逮捕して、問いただしてみよう」

「ちょっとふたりだけで話がしたい」ダンテがコロンバに言った。

彼女はアンゼルモを見た。

「帰れというなら、そのパソコンも渡してもらおう」アンゼルモは憤慨して言った。

ダンテは彼の顔も見ずにパソコンを渡す。「どうぞ」

アンゼルモはそれを受け取って、車を降りた。

「どうしたの？」ふたりきりになると、コロンバは尋ねた。

「『未来惑星ザルドス』という映画を見たことがあるか？」

「タイトルも聞き覚えがないわ」

「六〇年代のSF映画だ。ショーン・コネリーが主演の」

「彼はセクシーね」

「もう八十歳を過ぎている……」

「それでもセクシーよ。それで？」

「〝ザルドス〟と呼ばれる偽神に支配される未来の世界の話だ。ザルドスというのは『オズの魔法使い』に由来する名前で、巨大な石の頭の形をしていて、轟音のような声を出すが、じつはそれが宇宙船なんだ」

「それがわたしたちと関係があるの？」

「ああ。ザルドスは従属させている人々に貢物を要求している。穀物だ。映画の冒頭で、奴隷たちは石の頭の宇宙船を穀物で満たしている。石の頭は空を飛ぶサイロなんだ、ＣＣ。ザルドスはパードレだ。そしてモンタナーリは、ぼくたちを彼のもとに導こうとしている」

8

サビーノ・モンタナーリは、バイパスの支柱のわきに停めたメタンガスのフィアット・スティーロの中に座っていた。正面にはティブルティーナ駅の大きな階段が見える。二年前まではメルセデスに乗っていたが、ゲームに負けるたびに少しずつ失った。それは、まだカードのツキがよかったころに買ったアパートメントも同じだった。いまは診察所まで二時間もかかる賃貸のワンルーム暮らしだ。毎朝過ぎていくいまいましい二時間と、夜の帰宅時の一時間。いつもそのことを考えていた。毎日。もう少し金がたまったら、規則的な仕事はやめたいと思っていた。だが、現実はまったく思いどおりにいかなかった。

だから、不快きわまりないビデオ撮影を始めた。婦人科に仕掛けたビデオカメラでは、たしかにおもしろいものを撮れることもあったが、小児科は……。まったく胸くそ悪い。ただし、脚を広げた女性のビデオは、ちっとも金にはならなかった。売りに出しても、せいぜい誰かが自分の映像と交換したいと言ってくるだけだ。だが、子どもは……。

子どもは金のなる木だ。

ほとんどの場合、子どもは服を着たままで、小児科医が扁桃腺を診るだけだった。ときにはTシャツを脱いだり、ごくたまにだが、ズボンを下ろして下半身を調べてもらったりすることもある。そうした映像は一分間につき百ユーロで売りに出す。すると、無料のプレビューを見て購入を申しこむ人間がかならず現われる。ザルドスもそのひとりだった。彼のユーザー名はシステムに割り当てられた番号だったため、モンタナーリは本名を知らなかった。システム上でわかるのは、彼が一年以上サーバーを利用していることと、これまで出品者側とは何のトラブルもなく購入してきたことだけだった。だが、それは重要な情報で、モンタナーリは彼が郵便・通信警察の囮捜査官ではないと判断した。ザルドスは二分間分を購入し、その後、にわかには信じがたいほど好条件の話を持ちかけてきた——全映像を一万ユーロの一括払いで買うというのだ。このサイトを愛用している大金持ちがいることは知っていたが、ほとんどの顧客はひとりの出品者に金を注ぎこむことはせず、いろいろな種類の映像を求めていた。ところがザルドスは、母親が医師に挨拶をしているといった無意味な場面までも欲しがった。そのためモンタナーリは、ペイパルの口座に代金が振りこまれるまで半信半疑だった。

これで死ぬまでマスをかくといい。祝福の言葉を送りながら、モンタナーリはファイルをアップロードした。ところがザルドスはふたたび連絡してきた。そして三たび。結局、モンタナーリは彼から三万ユーロを受け取り、その半分を肉屋の奥の緑色のテーブルでわずかひと月ですった。それだけの理由で、ザルドスから会って話がしたいと言われると、モンタナーリは真剣に考えた。それは、生き残るためのあらゆる法則に反する。インターネットでビジネスをする者なら、誰でもよく知っていることだ。映像を売る際には、世界のどこかにあるサーバーを介して取引を行ない、そのサーバーには保護された接続でアクセスしていた。ひとたび仕組みを理解すれば、きわめて簡単だった。それについては、テキサス・ホールデム・ポーカーで高額を請求された相手に教えてもらった。その男はネットでアンフェタミンを売っていた。おれは客が誰かも知らない、と男は言った。注文を受け、金が振りこまれるのを待ってから、宅配便を使い、実在しない会社の名前で商品を発送する。保護された接続は、オンラインでいつでも安く借りられる。匿名のサーバーを使えばいい。万が一、郵便・通信警察に目をつけられたとしても、追跡できるのはそこまでだ。そこから先は姿が見えなくなる。

それに対して、顧客と直接会うのはルーレットのようなものだった。番号が外れれば、お巡りが待っている。だが、現われたのは金持ちにありがちな要求を持った買い手だった。すべて買い占めたい。売りに出された映像を独占したい。そのために、モンタナーリに金とともにビデオカメラを渡そうというのだ。受け渡しの際、モンタナーリはカメラを指定した場所に置いておくよう頼んだが、拒否された。あまりにも高額で、誰かに見つかったら盗まれる危険があるため、直接会って手渡したいと。最初は断わろうと考えたが、モンタナーリはザルドスが提示した金額――総額でさらに四万ユーロ――に目がくらんだ。もし警察だったとしても……おれは何も持っていない。映像はすべてオンラインで匿名のサーバーディスクに保管している。万が一、逮捕されても、不利な証拠は何ひとつ見つからないだろう。

ザルドスが指定した時刻は夜中の一時だった。まだあと十分ある。モンタナーリは眠くなってきた。あくびをしかけたとき、バックミラーで誰かが車のほうへ歩いてくるのに気づいた。そこからでは顔ははっきりせず、背が高くて、上品なレインコートのボタンを首もとまできっちり留めていることしかわからなかった。男は手袋をはめた手で車の窓を叩いた。ザルドスだ。モンタナーリは窓を開けた。「はい？」曖昧な口調で応じる。みずからの特徴を説明するときも、わざと曖昧な表現を使った。はっきりさせたのは場所だけだ。

「わたしと待ち合わせをしていますね？」レインコートの男は言った。

「たぶん」モンタナーリは答えた。

「ザルドスです。乗せてくだされば、金のことについて話しましょう」

モンタナーリはためらった。ザルドスの口調は冷ややかで礼儀正しかった。てっきり息の荒いオタクが現われるものと思っていたのだ。

ロックを外すと、ザルドスが乗りこんできた。モンタナーリは彼が老人だと気づいた。年寄りで金持ちの倒錯者、というわけか。

老人がモンタナーリに目を向けた。その目が街灯の光を受けて稲妻のごとくきらめく。

「とつぜんの申し出にもかかわらず、お越しいただいて助かります」老人は言った。

「人助けのためじゃない。金だ」

「あなたには、どうやら危険にさらすものが何もないようですね」

「おれをばかにしているのか？」

「まさか、とんでもない」

「ビデオカメラはどこだ？　ポケットに入るくらい小さいのか？」

「じつは、あれはあなたに会うための口実だったんです」老人は言うなり、はっきりと理解できないくらいすばやく手を動かした。モンタナーリはふいに喉に冷たいものを感じた。次の瞬間、冷たさは氷となり、すぐに焼けつくような痛みに変わった。

モンタナーリは口を開いて何かを言おうとしたが、口の中は血だらけで、呼吸もできないことに気づいた。老人は何やら光るものを手にしていた。そして、それをレインコートのポケットにしまった。そのポケットからは、いまや血が滴っている。モンタナーリの血が。

老人は彼におおいかぶさると、ズボンのチャックを下ろして下半身をあらわにした。モンタナーリは老人を押しやろうとしたが、もはや手は言うことをきかなかった。

老人は彼を見た。「心配いりません。レイプするつもりはない。あなたを発見する人物のためにこうしているだけです。わかりますか？」

だが、モンタナーリはもう何も理解できなかった。切り裂かれた喉からあふれる血とともに、考えが流れ出ていくような気がすること以外は。最後に脳裏をよぎったのは、明日はプレーできないであろうポーカーのことだった。はたしてツキのあるハンドだろうか。スペードのストレートフラッシュか。ジョーカーが目の前に迫ってくる。

老人はポケットからビニール袋を出すと、そこから汚れたティッシュペーパーと毛髪を一本取り出して座席に置いた。続いてコンドームの包装を開け、モンタナーリの陰茎にできるだけ根元までかぶせた。そして、すぐさま外して袋にしまった。すべてが終わると、老人は足早に立ち去った。

外からは、モンタナーリは窓にもたれて眠っているように見えた。

9

家宅捜索は終わり、コロンバは少しずつ睡魔が忍び寄るのを感じていた。彼女はアパートメントに入ってアンゼルモを捜した。

「何か見つかった？」

彼は首を振った。「モンタナーリの所在もつかめない。指名手配をしているが、現時点で通報はない」

コロンバはアパートメントの隅々まで目を凝らした。「この暮らしぶりから見て、彼に国外へ逃亡するだけの資金があるとは思えないわ」

「貯金でもしていれば別だが」

「ますますダンテの説が現実味を帯びてきたわね。彼がギャンブル中毒だという」

アンゼルモは困惑した様子で頬をこすった。「訊いてもいいか、カセッリ。いったい、彼は何者なんだ？」

「話せば長いから、勘弁して」

「ずいぶんだな」アンゼルモはむくれた。「どれだけきみの頼みをきいてやったと思うんだ」

コロンバは彼の腕を握った。「ごめんなさい。何もかも片づいたら一杯おごるから」

アンゼルモはにやりとした。「そいつは楽しみだな」

「妙な気は起こさないで」

そのとき、アンゼルモの部下のひとりが駆けこんできた。

「どうした？」彼は尋ねた。

「モンタナーリです。ティブルティーナで遺体で発見されました」

コロンバは壁にこぶしを叩きつけた。「何てこと」

「いったい何が起きているんだ、カセッリ？」アンゼルモは苛立たしげに詰め寄る。

コロンバは彼の顔に指を突きつけた。「わたしもダンテもここにはいなかった。いいわね？」

「言われなくてもわかっている。すでにじゅうぶん厄介ごとに巻きこまれているからな」

コロンバは急ぎ足でダンテのもとに戻ると、彼を車に押しこんでから状況を説明した。

「どうする？」ダンテは胃が締めつけられるのを感じながら尋ねた。

コロンバは車を急発進させる。「現場へ向かうわ」

「見ないとだめなのか、死体を？」

「嫌なら降りて」

「わかった、わかったよ」

そのやりとりを最後にコロンバは押し黙り、ダンテは陰鬱な考えにとらわれるあまり、心のレベル計が一気に上昇するのを感じた。ザナックスを一錠飲むと、目的地に着いたころに効き目が表われはじめた。

バイパスの支柱わきの道路は、すでに一部が閉鎖され、交通警察の警察官ふたりが迂回路への誘導を行なっていた。コロンバはわずかにスピードを落として彼らの鼻先に身分証を突きつけると、テープが張られた区域の手前に車を停め、ダンテを待たずに降りた。ダンテは千鳥足で彼女の後に続いた。こんな時刻にもかかわらず、支柱の周囲には少しばかりの野次馬が集まってテープ越しにのぞいていた。彼らに混じって、通信社のカメラマンがふたり、現場に入る許可が下りるのを待ちながら、しきりにシャッターを切っている。制服姿の警察官は無線機や電話で話し、遺体を運び出すのを待つ救急車のわきでは担当者たちが冗談を言いあっていた。

これが、コロンバの言う〝惨劇〟が起きるまで、彼女が身を置いていた世界なのか――ダンテは驚きを隠しきれなかった。彼女は戻りたいと願っているのだろうか。サーチライトが周囲を同じ色に照らし出し、何もかもが非現実的に見える光景は、まるで奇妙な夢のようだった。円錐形の光はモンタナーリの車にまっすぐ向けられ、車はきらめきを放ちつつ、わずかに蒸気を立ちのぼらせている。十メートルほど離れたところからでも、ダンテは運転席の窓の中に黒っぽいものが見えるのに気づいた。遺体の頭だ。写真以外で人間の死体を見るのは、これがはじめてだった。彼の足取りはますます重くなった。

モンタナーリの車のそばには、科学捜査班の鑑識官がふたりと機動隊第三課のインファンティ警視がいた。インファンティはコロンバの補佐を三年間務め、よき友人でもあったが、ほかの同僚と同じく、彼女が退院してからはほとんど顔を合わせていなかった。コロンバの近況については、ローヴェレからの定期的な報告で耳にするばかりだった。というのも、彼女が出るのはローヴェレからの電話のみで、しかも気が向いたときに限られていたのだ。だから、コロンバが走ってくるのが見えると、インファンティは自分が疲れているせいだと思った。たしかに本人だとわかったのは、彼女が証拠保全の聖域のちょうど一ミリ手前で立ち止まり、車の中を見ようと力ずくで彼を押しのけたときだった。

「状況は？」コロンバはすかさず尋ねる。

インファンティはようやく驚きから立ち直った。「コロンバ……復帰したのか？」

彼女はやっとのことで車から視線を剝がし、その目を彼に向けた。「いいえ」

インファンティは啞然としてかぶりを振った。しかしコロンバを見ると、以前より痩せてはいるが元気そうだ。病院のベッドに打ち捨てられたぼろ布ではなく、いつもどおりの彼女だった。本当なら抱きしめたいところだったが、いまの彼女はロープのごとく張りつめていた。そこでインファンティは適度な距離を保った。「それにしても驚いたな」

「ごめんなさい。それで、どうなってるの？」

「たったいま遺体の搬送許可が下りたところだ。死因は、きわめて鋭利な刃物による頸動脈切断」

「メス？」コロンバはますます張りつめた面持ちで尋ねた。

「その可能性はある。下半身を露出していて、殺精子剤のようなものが付着していた。車の中から、女性の毛髪が一本とコンドームの包装、それに口紅のついたティッシュペーパーが発見された」インファンティは通りを指し示した。「売春婦を連れこんで、ひとしきり奉仕させたあとで、料金をめぐって争いになり、女が彼の喉を掻き切った。あるいは、ことによったら最初からそのつもりだったのかもしれない」

「まったく、何て夜だ……」ようやくダンテがたどり着いた。

インファンティは驚いて彼を見た。「きみの連れか？」コロンバに尋ねる。

「そうよ。コンドームの包装が見つかったと言ったわよね？」彼女は確認した。

「ああ」

「中身は？」

「見当たらなかった。おそらく売春婦が持ち去ったんだろう。DNA検査で特定されないように」

「つまり、汚れたティッシュは残して、コンドームだけ持ち去ったということですか？」ダンテが口をはさんだ。「それは妙な話だ。そう思いませんか？」

「いったい、あなたは誰なんですか？」インファンティが問いただす。

ダンテはコロンバを指した。「彼女の友人です」

そのとき、回転灯を点滅させた一般車両が横付けになり、ローヴェレが降りてきた。

「上司の登場だ」インファンティが言った。

その瞬間、コロンバはとうとう発作に降伏した。ここに来るまでのあいだ、ひたすらこらえて意志の力で戦ってきたが、ローヴェレの姿を見たとたんに屈した。

周囲の世界が歪み、それと同時に頑丈な腕で胸を締めつけられるのを感じた。同僚のもとを離れ、闇に包まれた小さな横道まで息を止めて駆けていく。突如、アスファルトから影が現われ、襲いかかってきた。悲鳴が耳をつんざく。コロンバは壁に顔をぶつけて地面に倒れた。やがて、こみあげる涙とともに息を吹きかえした。歩道に膝をついたまま、傷ついた犬のように哀れなうめき声をもらす。自制心を取り戻すことができなかった。

「どうして」しゃくりあげながらつぶやく。「どうして……」

ダンテの言うとおりだった。闇にまぎれて動きまわる冷酷な誘拐犯がいた。本当に存在した。誰もが単なる偶然だと一蹴するかもしれない。ダンテの強迫観念によるばかげた暗示。銃を手に彼の家に駆けつけた際に感じた恐怖のせいだと。だが、モンタナーリの死は違う。けっして偶然ではない。どんなに頭がからっぽの警察官の目で見たとしても。そして、コロンバは頭がからっぽではない。たとえいま、この瞬間はそうなりたいと望んでいるとしても。周到に張りめぐらされた煙幕の裏で、自分たちは誘拐犯に近づいた。するとその男は、唯一の手がかりの糸を切断して対抗した。相手は怪物で、こちらが刺激したことでさらなる行動に出た。血と死をまき散らした。コロンバはまだ息苦しかった。唇を動かすと口の中に血の味が広がった。唾を吐き出し、呼吸を再開する。ザルドス、と心の中でつぶやいた。ザルドス。

そのとき車のライトに影が浮かびあがり、コロンバはまたしても息を詰まらせかけたが、それはローヴェレだった。彼は心配そうにかがみこんだ。「コロンバ？　具合が悪いのか？」

ローヴェレは手を貸して彼女を起きあがらせようとしたが、コロンバはそれを無視して壁にもたれた。「あなたのせいです」しゃっくりをしながら言う。

「何のことだ？」

コロンバはふいに頭を上げた。その顔は涙と埃まみれだった。「あなたがこの事件の捜査にわたしを関わらせた。正式にではなく、極秘に。サンティーニを出し抜くために。その結果がこれです」

ローヴェレは彼女の前にかがみこんだままだった。「本当に、この殺人がマウジェーリの誘拐事件に関係があると考えているのか？」

コロンバは涙を拭った。「もちろんです。でも、証明する手立てがありません。モンタナーリを生きたまま発見していれば、彼の証言を利用して司法官の関心を引くこともできたはずです。でも、わたしたちにはもう何も残されていません」

「ビデオカメラは……」

「何百人もの子どもが映されています。でも、誘拐されたのはひとりだけ。こんなことを話しても、デ・アンジェリスには邪険に扱われるだけに決まっています。ダンテと同じように。

そんな状態には耐えられません！」最後は叫び声だった。

「少しでも近づいたのなら、さらに核心に迫れるはずだ」ローヴェレは父親のような口調で諭した。「きみの進んでいる方向は間違っていない、コロンバ。それがわからないのか？」

「それで相手が恐れをなして、子どもを殺したら？　その可能性は考えなかったんですか？」

「その危険は承知のうえだ……」

コロンバは彼に向けて突き出した手で追いはらう仕草をした。「いますぐわたしの前から消えて」

「コロンバ……」

「彼女の言ったことが聞こえませんでしたか？」ダンテが言った。横道の入口に現われた彼は、背後から光に照らされて、影が長く伸びている。彼は引きかえさないように足を踏ん張り、こぶしを握りしめていた。

ローヴェレはすばやく身を起こして振りかえった。「トッレさん、はじめてお目にかかります。ローヴェレです」

ダンテは一歩後ろに下がった。「知っています」

「コロンバは気分がすぐれないようです。しばらくふたりきりにしてもらえると……」

思いやりのある理性的な口調だった。ダンテはまたしても立ち去りたい衝動にかられた。だが、そうはいかなかった。「こうしましょう。あなたが行ってください」

「トッレさん……どうも誤解しているようですが……」

「いいえ、そうは思いません」ダンテはローヴェレを避けてコロンバに近づいた。彼女はダンテの差し出した手を借りて立ちあがった。「どうだい？　落ち着いたか？」

コロンバは平静を装おうともしなかった。「ほとんど」

ダンテはティッシュペーパーを渡した。「唇が切れている」

彼女は口にティッシュを当てた。「何でもないわ」

「ゆっくり息を吸って。必要ならぼくの薬をあげよう」

「あんなもの、飲めるわけがない」

ダンテはローヴェレに向き直った。「なぜコロンバを選んだんですか？　なぜ彼女をぼくのところに来させたんですか？」

「彼女を信頼しているからだ」

ダンテはかぶりを振った。「とんでもない嘘つきだ」小声でつぶやく。

「あなたはわたしのことを知らない、トッレ」

「でも、あなたのような人は知っています」

「行きましょう」そう言って、コロンバはゆっくりした足取りで車のほうへ歩きはじめた。

ローヴェレは彼女の後に続こうとしたが、ダンテは首を振った。「あなたは来ないでください」

「今回の件について話しあう必要がある」ローヴェレは抗議した。

「いまはだめです」ダンテは言い張った。「あらためて連絡します」車のところに着くと、コロンバはすでに運転席に座っていた。「運転できるか？」

「あなたがする？」

「タクシーを拾うつもりだった」

「やめたほうがいいわ」

「わかった。でも、ゆっくり走ってくれ。ぼくもあまり調子がよくない」

「まっすぐ帰りたくない。外の空気を吸いたい」車を発進させながらコロンバは言った。

「部屋の窓を開ければ、好きなだけ空気が入ってくる」

「トラステヴェレのほうがいい」

「ぼくを信じてくれ。少し休んだほうがいい」

「いやよ」

ダンテが窓の外を眺めていると、やがてコロンバは教育省の前に車を停めた。この時刻は観光客もまばらで、酔っぱらったイギリス人のグループが大声で笑っているだけだった。

「ここで待ってるよ」ダンテは言った。「窓を開けたままにしてくれ」

「そんなこと言わずに降りて。少し散歩でもしましょう。それとも散歩恐怖症なの？」

「ありがたい心遣いだ」彼は嫌味っぽく言ったが、結局は従った。

ふたりは大通りを歩きはじめた。通り沿いのバールや土産物店はすでに閉まっている。商売をしているのは、しばらくコロンバたちにつきまとった薔薇売りのパキスタン人ふたりと、アイルランド風のパブだけだった。夏が終わるとともに、グラッタケッカ――ローマでしか食べられない、氷の塊を削ったかき氷――の屋台も姿を消していた。

コロンバは、血のにおいから遠く離れたこの界隈にいるのが好きだった。昔は、時間があれば友人や同僚たちとよく訪れたものだ。何か大事なことを祝うときには、ティベリーナ島の向かいにあるジェンソラ通りのリストランテ――俳優たちも足しげく通う店――へ行くのが恒例だった。

「わたしはこの近くで生まれたの」コロンバは言った。「だから、ここに来ると自分の家にいるように落ち着く」

「それはおもしろい」ダンテはつぶやいた。

「あなたにとっての家は？」

「実家だ。帰ることはできないけど」

「ほかは？」

「いま住んでいる部屋の近所にある〈マラーニ〉というバール。外に、格子で囲まれたテーブル席があるんだ」

「聞かなかったことにするわ」コロンバは周囲を見まわした。

「おなかがへってきた。ホテルに戻らないか？　ここはどこも閉まっている」

「知ってる場所があるの」コロンバはふと思い出して言った。彼女はダンテをシャッターの閉まったパン屋に案内した。「ここには来たことある？」

「パンはいつも届けてもらっている」

「〈フォルノ・ラ・レネッラ〉。ローマでも指折りのおいしいパン屋さんよ」

「ぼくはクレモナ出身だ。どっちにしても閉まっている」

「何が食べたい？」

「ジャム入りの揚げ菓子《クラッペン》。ラードを使っていないやつ。ふたつは食べられる。じつは中毒なんだ」

「ここで待ってて」コロンバは角を曲がると、半開きのガラス戸をノックした。中から焼きたてのパンの香ばしいにおいが漂ってくる。磨きあげたガラスの奥には、パンがぎっしり並んだ天板が何段も重なっているのが見えた。見覚えのない顔の職人が戸を開け、コロンバはダンテのためのクラッペンと、自分用に白いピザ（トマトソースを使わずにローズマリーと塩のみで味つけしたもの）をひと切れ注文した。そして熱々のものを受け取ると、ふたりで車に向かって歩きながら食べた。

ダンテはかじりつくなり火傷をした。「あちっ」

「そんなに慌てて食べなくても」コロンバはピザを口いっぱいに頬張りながら言った。

「沸騰したジャムが食道を通るのを経験したことがない人は、人生について何ひとつ知らない。この店には小さいころから来てたのかい？」

「小さいころではないわ。夜の務めをしていたときに」

「お巡りと娼婦」ダンテは言った。

「ヤク中も」

ダンテは最後のひと口を飲みこむと、ふたつ目のクラッペンにかぶりついた。「これできみも確信しただろう？」

「何者かがマウジェーリの息子を誘拐した、それは確かね」

「何者かじゃない」

コロンバはこれ以上、我慢できなくなった。油の滴り落ちるナプキンに包まれたピザの残りを投げ捨てる。「ザルドスの正体がパードレだとわたしに断言させたいのなら……残念だけど、それはできない。映画の穀物のエピソードは、みごとに一致するけど、でも……それだけでは足りない。ホイッスルだけでは証拠として不十分なように」

「それでも、疑いは持ちつづけてほしい。パートナーがそういう態度なら、ぼくも柔軟な思考ができる」ダンテは袋を捨てると、水飲み場で手を洗った。「喉に刺さった小骨程度で構わないから」

コロンバも彼と同じようにした。冷たい水で顔を洗うと、少しのあいだ眠気が覚める。

「あなたが捜査を続けるつもりなら」彼女は言った。

「ほかに選択肢はあるのか？」

「あるわ。ローヴェレにすべて任せる。彼には部下がいる。ザルドスが誰だとしても、彼らを総動員して捜せばいい。あるいは、ＳＩＣを説得すれば躍起になって捜索するはずよ」

「彼らはきみの言うことを信じるだろうか？」

「すでにローヴェレは信じている。でもデ・アンジェリスは、すべて偶然だとして認めずに、さらなる捜査や証拠を求めるかもしれない……その間に、ザルドスはこのまま子どもを監禁してもメリットはないと判断して、殺してしまう恐れもある」コロンバはダンテの腕を取って、ふたたび歩きはじめた。その動作に、彼は驚くと同時に心が躍るのを感じた。「まだ決断していなければ」

「つまり、きみも捜査を続けるつもりか」

「手を引くのが賢明だと思う。だけど……」コロンバはかぶりを振った。

「きみにはできない」

「ええ。そうするわけにはいかない」

「きみが背負っている重荷のせいで」

「たぶん」

ダンテは彼女を見た。「いま、そのことを話したいほど落ちこんでいるかい？」

「五分前までは、たぶん。でも、ピザを食べたら元気になったわ」

「せっかくの機会を逃した」

ふたりはしばらく何も言わずに歩きつづけた。「殺人事件が起きた以上、もうあなたを巻きこむべきでないのはわかってる」コロンバは言った。

「ぼくにとっては、手を引くのが賢明だと思う」ダンテは皮肉っぽく笑った。「だけど、ぼくは常識に従わずに生きることを信条としてきた」

「時間はどれだけ残されている？」

ダンテはさらに数歩、進みながら考えた。「パードレは、行動を起こすたびに捕まる可能性が高まる。いまや、ぼくたちは彼の仕業だと疑っているからなおさらだろう。彼はもう若くない。おそらく死ぬまで子どもを手元に置いておくつもりだ」

「そのほうがわたしたちにとっても好都合ね」

ダンテは顔をしかめた。

「どうしたの？」コロンバは尋ねる。「そう思わない？」

「ああ。でも、彼もマウジェーリの息子を最後の獲物だと考えているとしたら……ぼくたちが彼の居場所を突きとめるまで、おとなしく待っているとは思えない。ひょっとしたら、とんでもない行動に出るかもしれない」

10

ザルドスと名乗る男が戻ってきた建物は、外から見ても、何が入っているのかよくわからなかった。アパートメントのドアの内側の取っ手には、コイントス用のコインが決めた順に重ねられていた。男はドアをわずかに開けて手を差し入れ、コインの山が崩れる前につかんだ。そして、自分が重ねたとおりの順番であることを確かめてからドアを開けた。容易かつ合理的な方法だった。もちろん、これだけでは泥棒は防げないが、侵入者やスパイにくらべれば泥棒などたいしたことはない。

とはいうものの、実際に誰かに疑われていると思っているわけではなかった。これまでずっと、どこから見てもありきたりな人物を装ってきたのだ。彼はレインコートを脱いで手を洗った。モンタナーリを殺すのに使ったメスは、半分に折ってテヴェレ川に投げこんだ。手袋とコンドームは漂白剤の容器に入れて捨てた。彼は紅茶を淹れると、仕事部屋に入った。

広さ三メートル×二メートル、防音パネルを張りめぐらせ、ブラインドは下ろされている。中央にはコンピュータが置かれた小さなテーブルと椅子。チェスト以外に家具はない。絵も絨毯もない。ほかには何ひとつなかった。コンピュータにはマイクとヘッドホンが付属しており、パスワードを解読した隣人の無線LANを無断で使用してインターネットに接続されていた。男はセンサーに親指を置き、スクリーンセーバーのロックを解除すると、仕事に必要なデータやプログラムを保管しているリモートサーバーにアクセスした。ネットワークに仕組んだウィルスはきちんと役目を果たし、モンタナーリの仮想ハードディスクから危険な内容をすべて削除していた。それだけでなく、モンタナーリがビジネスを行なっていたサイトに対しても同じことを実行している。あらかじめキラープログラムに感染させ、いつでも作動させられる状態にしておいたのだ。すべてはモンタナーリを殺しに行く前に準備していた。だが、モンタナーリのコンピュータはネットワークから切断されていた。おそらく警察だろう。

男はしばらく考えをめぐらせた。警察は何を発見するだろうか。ザルドスを名乗っているのは誰か、その人物が何をしていたかまではわかるまい。何ひとつ残っていないのだから。ザルドスの痕跡はネットワークから残らず消去した。アカウントは、履歴も含めてもはや存在しない。そして、いわゆる闇サイトは、こちらからの攻撃ですべて破壊された。だが、これほど早くモンタナーリのコンピュータがネットワークから切断されたということは、警察はすでに捜査を始めているのかもしれない。かつてザルドスだった男は慎重を期するあまり、その可能性を無視することはできなかった。どこかに真実に向けられた目が存在する。それは、もはや些細な問題ではなく、危険となりつつあった。

夜が明けるとともに、ザルドスは次なる殺人の計画を入念に立てた。

11

スイートルームに戻ると、コロンバは防水靴だけ脱いでベッドにどさりと倒れこんだ。ダンテはグリーンコーヒーをマシンにセットすると、コーヒーが入るまで、バルコニーから明かりの消えたローマの家々の窓を眺めつつ、次から次へと煙草を吸いながら思いついたことをメモに書きとめた。守衛室から電話があったのは朝の六時で、すでに夜は明けていた。ロビーに下りると、サンティアゴが小さなソファにもたれ、金色のスニーカーをはいた足をクリスタルのテーブルにのせていた。

サンティアゴは南米出身の若者で、首元や袖口から、ジャンパーのデザインと同じ柄の毒々しいタトゥーをのぞかせている。このマークは、ローマの街中で対立しているラテン系ギャング団のひとつ、〈クキロス〉のシンボルだった。といっても、たいていの場合、警察官を別にすれば、誰がラテン人ではないかなど知ったことではなかったが。サンティアゴは、まだ幼さが残る面影の少女の腰に腕を回していた。少女はタトゥーかと見まがうほどぴったりしたジーンズ姿で、髪にはラスタカラーのエクステをつけていた。ダンテはせめて未成年ではないことを願った。

「ここだ」サンティアゴがダンテを見つけて叫んだ。そして立ちあがると、彼を抱きしめて両頬にキスをした。

「調子はどうだ？」ダンテは尋ね、彼の向かい側のソファに腰を下ろした。

「おれはいつでも絶好調さ。知ってるだろ？」サンティアゴはローマで生まれ育った移民二世だが、ハクをつけるために、わざとコロンビア風のアクセントでしゃべる。彼は少女に触れて紹介した。「この子はルーナ」

ダンテが手にキスをする仕草を見せると、少女はくすくす笑った。

「部屋番号は？」サンティアゴが尋ねる。

「F」ダンテは少したきらってから答えた。

サンティアゴは眉を吊りあげた。「F？」

「スイートは番号ではなくて、文字なんだ。意味があるとは思えないが」

サンティアゴはそれには耳を貸さず、またしてもルーナを撫でた。「聞いたか？　Fだって。じゃあ、バールへ行っててくれ」彼はロビーの奥にあるカウンターを指さした。その向こうでは、眠たげな顔のウエイターが勤務の交替を待ちわびている。「好きなものを飲んで、おれの友だちのツケにしておけばいい」ルーナがコルクの厚底サンダルで腰を振りながら歩いていくのを待ってから、サンティアゴはダンテに向き直った。「彼女をあんたの部屋に行かせると思ったかい？」

「もしかしたら、と思ったよ」

「いまは働いてないんだ。おれと一緒にいたくて」

ダンテはうなずいた。「そうだろうな」

「で、何の用だい、兄弟《エルマノ》？」

「ネットで〝ザルドス〟と名乗っている男について調べてほしい。児童ものを買っている」

「わかってるのは名前だけか？」

ダンテは彼を待つあいだに書いたメモを渡した。「そいつが利用していたサイトと、取引をしていた人物の氏名だ。メールアドレスもある」

「で、この人物は？」

「死んだ。彼が侵入したと思われるサイトのリストもつけた。実際に侵入したかどうかを確かめてくれ。ただし気をつけるんだ。警察が調べている」

サンティアゴはそのメモをジャンパーのポケットに突っこんだ。「こっちがどれだけ動こうと、サツはおれが立てる埃にも気づかないさ」

「それでも、気をつけてくれ」

「高くつくぞ」

「いくらだ？」

「四千」

「前金で二千。あとは、きみがつかんだ情報によって追加しよう。支払い方法は？」

サンティアゴはペルーのプリペイドカードの番号を教えた。ダンテはその日のうちに振りこむと約束した。

サンティアゴはうなずいた。「その前に、ひとつ訊きたいことがある、エルマノ」

「〝何も訊かない〟のがルールじゃなかったのか？」

「お巡りと寝ていたら、ルールもへったくれもない」

ダンテはため息をついた。サンティアゴの耳に入っていることを想定すべきだった。「彼女とは寝ていない。部屋を共有しているだけだ。それに、彼女は休職中だ」

「それでもお巡りには変わりない」

「問題があるのか？」

「いや。好きなようにするといいさ。あんたは友だちだ。でも仲間じゃない」ダンテはうなずいた。「けど、おれが知りたいのは、なんで彼女に頼まずにおれに頼んだのかってことだ」

「きみが言ったんじゃないか。きみのほうが早いと」

「それだけか？」

「それに、彼女のルートは信用できない」

サンティアゴは笑った。「そのとおりだ。お巡りはぜったいに信用できない」

「彼女のことは信じている。わかっていると思うけど」

「それなら、おれのことを話すのか？」

「ああ。でも心配はいらない。とばっちりを受けることはないだろう」少なくともきみは、と心の中でつけ加える。

サンティアゴは恋人に戻ってくるよう合図をしながら立ちあがった。彼女は気がついて、小さなパラソルがささったカクテルをすぐさま置いた。「心配なんかしない。心配するのは弱虫だけだ」彼はきっぱりと言った。

「うらやましいよ」

「すぐにメールする」

「すぐというのは？」

「さあな、エルマノ。二、三日ってとこだろう」

「サンティアゴ……どんなことでもいいから早急に知りたいんだ。頼む」

サンティアゴはダンテの切羽詰まった表情を見てうなずいた。「とにかくやってみるよ」

ふたりはもう一度抱きあうと、サンティアゴはルーナにしっかり腕を回して出ていった。どうやら互いに夢中なようだ。

ダンテはぐったりして足を引きずるように部屋に戻ると、服を着たまま眠りに落ちた。けれども、三時間しか眠れなかった。サンティアゴが約束どおりすぐに仕事に取りかかり、ダンテがその手の目的で利用しているサーバーに最初の調査結果を送ってきたからだ。それを読むなり、ダンテの眠気はすっかり吹き飛んだ。

12

コロンバは午後二時に目を覚ますと、昨夜の出来事を振りかえりながらゆっくりとシャワーを浴びた。モンタナーリの死、ザルドスのこと、そしてダンテと長い時間歩いたことも。夜のトラステヴェレではくつろいだ気分だった。他人といてあんなふうに感じたのは何カ月ぶりだろう。ひょっとして、彼に惹かれているのかしら。そう思うと不安になった。誰かと関係を築く覚悟はできていなかった。あの惨劇のあとは。コロンバは考えるのをやめた。おそらくもう二度と考えないだろう。

ホテルのロゴが入った真っ白なバスローブをはおってリビングへ行くと、エスプレッソマシンの横に、洗っていないカップが六つ置いてあった。ダンテはしばらく前から起きていたにちがいない。彼の部屋から聞こえるヒンディー音楽は、すでに彼が何か作業をしている証拠だった。〝スポティファイ〟からダウンロードするボリウッド映画のBGMは、ダンテがコンピュータの前にいるときに好んでかけていたが、コロンバの耳にはどの曲も同じにしか聴こえなかった。

彼女はカプチーノを淹れると、カップを持ってダンテの部屋のドアをノックした。

ドアを開けるなり、強烈な煙草のにおいが襲いかかってきた。ダンテはベッドの真ん中で、組んだ脚の上にノートパソコンをのせて座っていた。服は昨日のままだ。部屋には煙が充満し、視界がきかないほどだった。火災報知器は粘着テープでふさがれて作動しないようになっている。彼女に気づくとダンテは音楽を止めた。

コロンバは、用心深くブラインドを下ろしたままフレンチドアを開け放った。「窒息したいの？」

「夜は閉めておくよう言ったのはきみだ」

「いまは夜じゃないわ」コロンバはテーブルの上のグラスに突っこまれた吸い殻の量と、彼の疲れた表情を見て、ダンテがほとんど寝ずに夜を明かしたにちがいないと考えた。「眠らなくても平気なの？」

「ずっと一睡もしなかったやつを知っている」ダンテは言った。

「で、その人は？」

「銃で頭を撃ち抜いて、いまは嫌というほど眠っている」そう言ってダンテはにやりとしたが、コロンバには彼が緊張しているのがわかった。

「何かあったのね」ベッドの端に腰かけながら言った。

ダンテは煙草の箱に手を突っこみ、最後の一本を取り出すと、コロンバの非難の目をものともせずに火をつけた。「情報を手に入れた。有益な情報だ」

「どんな？」

「ザルドスの。ある知り合いに、現時点で判明していることをすべて伝えて、ネットで検索するよう頼んだんだ」

コロンバはダンテを捕まえて、小さなベンチボックスにぎゅうぎゅう詰めにしてやりたい衝動にかられた。「知り合いって誰よ？」

「サンティアゴ・ウルタードだ」

「まさか〈クキロス〉の？」

ダンテはうなずいた。

「彼がどんな人物だか知ってるの？」

「CC、いまはそんなことどうでもいい」

「どうでもいいわけないでしょう。ウルタードは二年前、仲間四人と一緒に傷害罪で逮捕されている。釈放されたのは、三人の目撃者がその時刻に彼がクラブでコカインを吸っていたと証言したからよ」

「そのとおりだ」

「なのに、殺人と誘拐に関する捜査の極秘情報を彼に渡したですって？」

「彼は彼なりに義理堅い男だ」

「犯罪者の信義というわけね」コロンバは皮肉っぽく言った。「それにしても、どこで知りあったの？」

「その話は省略してもいいかな？」

「だめ。そういうわけにはいかないわ」

ダンテは肩をすくめた。できれば言い争いは避けたかった。その様子を見て、コロンバはまたしても彼が何かに心を奪われているのに気づいた。「わかったよ。ミヌティッロがサンティアゴの弁護士を務めたんだ。ぼくは、きみがさっき言った目撃者を探すのを手伝った」

コロンバは怒りで震えた。「つまり、あなたのせいだったのね」

「厳密に言うと、サンティアゴはもう〈クキロス〉のメンバーではない。あれ以来、密売からは手を引いた」

コロンバは腕組みをした。「それを聞いて安心したわ……。いいえ、ごめんなさい。もう邪魔はしない。それで？」

「彼は昔からハッカーとして腕を鳴らしていて、誰もが無理だと思うようなコンピュータにも侵入できるほど優秀なんだ。いまはそれを商売にしている」

「密売からハッキングまで、ずいぶん手広いのね。ただし、彼を使っていることがばれたら、わたしたちは刑務所行きよ。わかってる？」

「ルカ・マウジェーリは怪物に囚われている。それを忘れてはいけない」

「郵便・通信警察は……」コロンバは自信なげに言う。

「そんなことを言っている場合じゃない」

「ザルドスについて何がわかったの？」彼女は単刀直入に尋ねた。

「証拠隠滅をはかっている。モンタナーリが利用していたサイトは残らず鉋《かんな》をかけられた」

「鉋をかけられた？」

「サーバーのハードディスクが消去されたんだ。サンティアゴはあきらめずに調べているが、時間がかかるだろう」

「それだけ？」

「いや。ザルドスが二カ月ほど前に地域保健局のサーバーに侵入したこともわかった。マウジェーリの息子が健診を受ける数日前だ」

「そんなに簡単に侵入できるもの？」

ダンテは肩をすくめた。「彼が保健局のサイトに穴を開けるのに使ったものがあれば、きみにもできる」

「どうして？　何を使ったの？」

「〝スパイボット〟というマルウェアだ。サーバーにインストールされて、データを外部に送信するスパイウェアだ。それによって、インストールした人物はシステムのパスワードなどを入手できる。サンティアゴによれば、中国のハッカー集団がアップルのサーバーに侵入した際に使ったのと同じものらしい」

「ザルドスは中国人なのかしら」

「その手のソフトウェアはネットから簡単にダウンロードできる。在りかさえわかっていれば。ただし、ザルドスはかなり精通している。プロ並みだ。あるいはプロを雇っているのかもしれない。ぼくがサンティアゴに頼んでいるように。サンティアゴも同じようなソフトを使ったんだ」

コロンバはしばらく考えこんだ。「つまり、ザルドスはモンタナーリを信用していなかった。だから、彼に子どもの情報を入手するように頼まずに、自分で何とかした」

「しかし、診察録だけでは子どもを特定することはできない」

「どうしてわかるの？」

「地域保健局の医長に電話したんだ。こんな状況だから、さすがに協力的だったよ。全員分の記録を送ってくれた」

「警察官になりすましたの？」

「はっきりそうだと言ったわけじゃない」

コロンバは目を閉じた。「ますます厄介なことになったわ」

「医長が送ってくれた記録を見れば、学校の集団健診を受けた子どもはわかるが、写真もなければ、身体的な特徴や、時刻や日付も記載されていない。しかも、子どもの数は三百を超えている」

「ザルドスはどうやって目当ての子どもを見つけたのかしら？」

「ぼくと同じ方法をとったにちがいない。女の子と、記録に父親の署名が記されている子どもは除外した」

「ルカは母親に付き添われていたから。それはビデオに映っていた」コロンバは言った。

「そのとおり。残った子どもの名前は二十。そこからさらに、女性の医師が診た子どもも除いた」

「医師もビデオに映っていたから……」

「残りは十四人。今朝、きみが起きる前に彼らに電話してみた」

「それで？」

「そのうちの四人のところに、ザルドスから電話があった」

コロンバの心臓が一瞬、止まった。「信じられない……」呆然とつぶやく。

ダンテは煙草を消すと、グラスをナイトテーブルに戻した。「ふたりとの会話はごく短いものだった。すぐに間違いだと気づいたんだろう。ひとりは、母親が心配したせいで比較的長く話している」

「ザルドスは特定の子どもを探していた。それ以外の子どもではだめだった」

「ああ。シングルマザーの自閉症の息子。そうした母親なら、息子のためにどんなことでもするだろう」

「ザルドスは何て名乗ったの？」

「国民保健サービスのドクター・ゼッダだ」ダンテはかぶりを振った。「確認したら、実在の人物ではなかった。だが、わざわざ確かめるまでもなかった。例の映画で、巨大な石の頭の手先がゼッドという名前なんだ」

「ゼッド、ゼッダ」コロンバはつぶやいた。

「そうだ。ドクター・ゼッダは母親にこう言った――あなたのお子さんに気になる症状が見られると、診療所の医師から相談を受けたと。そして、すぐに気が散る、ぼんやりしている、元気がないといった様子がないかどうかを尋ねた。母親が困惑すると、子どもの顔立ちについて尋ね、診察録を取り違えたようだと言って謝った。だが、四人目の母親は心配のあまり、すべての質問にイエスと答えた。ゼッダは彼女とテルミニ駅で待ち合わせをした。会議でローマに滞在するということにして。母親は待っていたが、結局、彼は姿を現わさなかった。探している相手ではないと気づいたんだ」

「危ういところで助かったのね」コロンバは言ったが、ダンテの険しい表情はそうではないことを物語っていた。「違うの?」彼女は小声で尋ねた。

「母親によると、帰り道に誰かに見られているような気がしたそうだ。そして……気のせいかもしれないけれど、ひょっとしたら……」冷たいほほ笑みを浮かべた彼は、かつてないほど張りつめた空気を漂わせていた。「ひょっとしたら彼を見たかもしれないと」

13

間違えられた母親の名はキアーラ・パチーフィチといった。彼女は暑さでぐったりしているセントバーナード犬を連れ、ローマで人気の店〈カストローニ〉でチョコラータを飲んでいた。宝石ほどの値がつけられた高級チョコの棚と冷蔵ケースのあいだには、おおぜいの客がひしめきあっている。コロンバは彼女に身分証を提示して、人ごみを避けるために、隣接するバールの外のテーブル席に座ってもらった。

「そんな重大なことだとは思わなかったわ」キアーラは落ち着かない様子で言った。

「そういうわけではありません。ただの確認です」コロンバは嘘をついた。

「でも、わざわざここまで来るなんて……本当のことを教えて。あたしに電話してきたのは誰なの？」

ダンテは言いつくろおうとした。「ただのストーカーです」だが、かえって相手の不安をあおる。「医師のふりをして女性をおびき寄せて、襲うんです」

「まあ……もしまた現われたら？　よからぬことを企んで……」

コロンバはダンテの腕を握って黙らせた。「誤解です。わたしたちが捜している男は危険な人物でも、暴力を振るうわけでもなくて――」

「露出狂なんです」ダンテはまたもや口をはさんだ。

「あれを見せて歩きまわるの？」キアーラが尋ねる。

「そうです。あれを見せて歩きまわるんです」

「嫌だわ」キアーラは眉をひそめた。「さいわい、あたしにはそんなことはしなかったけど」

「ですが、被害を受けた女性がおおぜいいるので、目下、捜索中なんです」コロンバは説明する。「一種の病人です。犯罪者ではなくて」

「あたしは何の役に立てる？」

「彼を見たかもしれないとおっしゃいましたね」

「たしかにその人だったかどうか。あたしのいた場所の近くにいたのだけど、もし誰かと待ちあわせるとしたら、あたしもそこにいると思ったから。だけど、あなたたちはどう思うかわからないけど……もしかしたら、ただあたしに見とれていただけかも。だって、あたしもそう捨てたものじゃないでしょ」

　コロンバに軽く蹴られるまで、ダンテは返事をしなかった。彼は見たこともないような作り笑いを浮かべた。「もちろんです」

「それが彼の可能性もあるので、どんな男だったか教えていただけるととても助かります」コロンバは言った。

「はっきり思い出せないかも……」

「でも、印象に残っているんですよね」ダンテは辛抱強く説得した。「でなければ、ぼくに話さなかったはずだ」彼はポケットから手帳と、銀色のキャップがついた鉛筆を取り出すと、無傷のほうの手に持った。「どんな感じだったか言ってもらえれば、絵を描いてみます」

「モンタージュみたいに？」

「そのとおり。ちょっとした特技なんです。でも、そのためにはこれを外さないと」ダンテはそう言うと、黒い手袋をはめた悪いほうの手を掲げてみせた。「昔、事故に遭いまして。少々見苦しいかもしれませんが」

「大丈夫。あたしは気にしないから」そうは言ったものの、彼が手をあらわにするとキアーラの顔色が変わった。「まあ、気の毒に。痛むの？」

「ピアノを弾くときだけ……。では、いいですか？　まずは体つきから」

「大きかったわ」

「大きい？」

「背はそんなに高くないけど、トラックの運転手のようなタイプね」

「肩幅はありましたか？」コロンバは尋ねた。

「おなかも少し出ていたわ」

「年齢は？」と、ダンテ。

「六十くらいかしら。もうちょっと上かもしれない。上着にネクタイを締めていて、小さい鞄を持っていた。アタッシュケースを」

「目の色は？」

「青。とても明るい」

その瞬間、ダンテは無傷のほうの手を激しく震わせ、鉛筆を落とした。彼は呆然と宙を見つめていた。

コロンバはキアーラに見えないように彼の腿をつかんだ。「わたしたち、ちっとも気がきかなかったわ、ダンテ。彼女に何もごちそうしないで。何か買いに行きましょう」

「それならコーラがいいわ」キアーラが言った。

「すぐに戻ります」コロンバは答えて、彼の腿をつかんだ手に力をこめた。ダンテはわれに返り、ふたりは立ちあがった。コロンバは単に親しみを込めた仕草を装って、彼の腕を支える。

「中はだめだ」歩き出してすぐにダンテはつぶやいた。「人が多すぎる」

コロンバが角を曲がると、ダンテは震えを抑えきれずに壁にもたれた。コロンバは彼の何でもないほうの手を取った。「心配いらないわ、ダンテ……」

コロンバの声ははるか遠くから聞こえ、彼女の顔が消えると同時に、ふたりのあいだに灰色の壁が現われた。サイロの壁。ひび。ナイフを手に、牧草地からこちらを見つめているパードレ。

「彼だ、CC」ダンテは自分でも聞き取れないほど小さな声で言った。

コロンバは彼の顔をそっと手ではさんで、自分に向けた。「わたしから離れないで、ダンテ」

彼はまたしても身を震わせた。額に汗をにじませている。

「あなたなら大丈夫。わたしのそばにいるのよ」コロンバはいま一度言った。

ダンテはしばらく目を閉じた。そして、ふたたび開いたときには正気に返っていた。「もう平気だ」こわばった声で告げる。

「それでいい。みんなをバールから追い出してから、中に入って顔を洗う？」

ダンテは弱々しく笑った。「そんなことができれば」

「お安いご用」

ダンテは腹部を押さえ、ゆっくりと呼吸をしながら、その場にしゃがみこんだ。「ありがとう。彼女のところに戻っていてくれ。ぼくはもう少し落ち着いてからウエイターを探す。いいかい？」

「わたしひとりで問題ない？」

「落ち着けば」

コロンバはテーブルに戻り、ダンテは規則的に呼吸をしながら徐々に冷静さを取り戻した。パードレはもはや姿のない存在ではない。自分につきまとう亡霊ではない。生身の人間なのだ。呼吸をして電話で話し、ネクタイを締める。社会で生活している。

そして誤りを犯す。

ダンテは立ちあがると、ウェイターを呼び止めて飲み物を持ってきてもらった。そしてテーブルに戻り、それから三十分かけて、パードレに出くわした女性の言葉どおりに似顔絵を描いた。その正確さにコロンバは舌を巻いた。グラフィックソフトを利用する以前に、警察で採用していたベテランの似顔絵描きも顔負けの出来栄えだ。それはみごとに抽象化されていた。細部にこだわらず、美化されたり偏ったりもしていない。絵が完成すると、実際にひとりの男が紙からこちらを見つめていた。首回りが太く、あごの下の肉はたるみ、頬がこけ、鷲鼻で冷徹な表情の六十すぎの男。グレーの髪は短く刈られ、傷跡のような深いしわが三本入った額の部分は薄くなっている。ダンテは男の手も描いていた。キアーラがはっきり覚えていたのだ。ごつごつして、甲に血管が浮きあがり、太くて爪が四角い親指。農民や労働者の手で、ダンテが考えていたような洗練された知識人とは程遠い。頭を切り落とし、喉を掻き切ることができる人物の手。

ダンテが描き終えると、コロンバはキアーラを安心させ、何かあれば知らせると約束して帰した。とりわけ、捜査についてはけっして言い触らしたりしないよう何度も念を押した。キアーラは納得したようだったが、家に帰るなり受話器を離さずにしゃべりまくるのは目に見えていた。

キアーラの姿が見えなくなるのを待ってから、コロンバはグラニータ・アル・カフェと、この店のカクテルの味に不安を抱くダンテのために、ウォッカのストレートを注文した。

「なぜあのバカ女がまだ生きているか、わかるか？」ダンテは口を開いた。「パードレが見られたことに気づいていないからだ。でなければ、いまごろ死体は三つに増えている。ほかにぼくたちが把握してないものがなければ」

コロンバは似顔絵から目を離すことができなかった。「彼を見分けたとしたら、それほどばかじゃないわ」彼女は言いかえした。「でも、ひょっとしたら単に列車に乗ろうとしていた人で、わたしたちが勝手に話を作りあげているだけかもしれない」

ダンテはポケットから折りたたんだ紙を取り出した。それは彼がサイロのひび割れから見た男の似顔絵で、クレモナ警察が作成したものだった。彼が二枚の紙を並べて置くと、瓜ふたつの顔にコロンバは思わず息をのんだ。顔の形、小さな耳、何よりも目が同じだった。それ以外の部分は不完全だったが、古い似顔絵の輪郭は、歳月のせいでぼやけてはいるものの、描かれたばかりの絵にぴたりと重なった。二十五歳分、年を取った同一人物だ。ダンテは最初から正しかったのだ。

14

一時間後、コロンバはラルゴ・マルティン・ルーサー・キング通りにあるドーリア・パンフィーリ公園の入口に車を停めてエンジンを切った。

「ひとりで十分ほどここにいてもらえる？」彼女はダンテに尋ねた。彼はシートを完全に倒し、ほとんど横になっていた。光を遮るためにネクタイで目隠しをした姿は、哀れというよりは滑稽だった。

「ああ」ダンテは答えた。

「あまり薬を飲みすぎないでね」

彼は二色のカプセルをのせた舌を出してみせた。「もう飲んでいる」

コロンバは車のドアを勢いよく閉めると、刈られたばかりの草のにおいを胸いっぱいに吸いこみながら公園に足を踏み入れた。パンフィーリ公園には、子どものころからよく来ては、固くなったパンをヌートリアにあげていた。ヌートリアは巨大なネズミのようだが、ちっとも怖くなかった。いまはほかの場所に移されたと、新聞で読んだことがある。コロンバはちょっぴり残念だった。池のひとつにかかったナンニ橋まで来ると、ｉＰｏｄを聴きながらジヨギングをしているグループと鉢合わせた。橋の中ほどで、ローヴェレが欄干にもたれ、うつむき加減で煙草を吸っていた。プラトーニで会ったときよりも、いっそう疲労が色濃く老けて見えた。ローヴェレは彼女に気づくと、引きつった笑みを浮かべて合図をした。コロンバは煙草の煙が流れてこない側に立った。

「連絡をもらえてよかった」ローヴェレは言った。「昨日のことで、てっきりきみは怒っているかと思っていた」

「怒っています。あなたのせいで、こんな騒ぎに巻きこまれたんですから。でも、もちろんひとりではどうすることもできません。とくに、いまは」コロンバが似顔絵を差し出すと、ローヴェレは目を見開いた。一瞬、コロンバには彼が動揺したように見えた。「この男を知っているんですか？」彼女は尋ねた。

「いや……ただ不意を突かれただけだ。誰なんだ？」ローヴェレは絵から目を離さずに尋ねた。

「マウジェーリの子どもを連れ去った人物です。そして、ダンテ・トッレを監禁した」

ローヴェレは彼女を穴が開くほど見つめた。「確かなのか？」

「はい。この男は獲物を見つけるためにモンタナーリを利用して、用が済んだら殺しました。ネットではザルドスと名乗っています。姿を隠すことに長けていて、三十五年間、いかがわしい行為を繰りかえしてきました。ダンテはサイロから逃げ出す前に、この男が少年を殺すのを目撃しています」

「覚えている」ローヴェレはつぶやいた。「だが、実在の人物だとは立証されなかった」

「あるいは捜査を担当した警察官が能無しだったか、彼、ザルドス、パードレ……どう呼ぼうと勝手ですが、その人物が遺体を隠す天才なのか」

ローヴェレはわれに返って言った。「子どもを誘拐するような男は天才ではない。狂っている」

「だとしたら、見たことがないほど頭のいい狂人です。自分が何を求めているか、それが手に入るかどうかを知っています」

「計画的な連続誘拐事件」ローヴェレは言った。「何もはじめてではない」

「ここまでくると、もはや型どおりの事件ではありません。共犯者を利用して、医師になりすまして、専門家並みにインターネットを駆使して、犯行現場を偽装する……しかも、すべては子どもを残虐な目に遭わせて、大きくなりすぎたら殺すために」コロンバはかぶりを振った。「証拠はありません。でも、そうとしか言いようがないんです」

「誰が目撃したんだ?」ローヴェレは尋ねた。

「彼がマウジェーリの息子を捜す際に接触した母親のひとりです」

「彼は見られたことに気づいているのか?」

「いいえ、さいわいなことに。どうすべきですか?」

ローヴェレは似顔絵を折りたたんで、上着のポケットに入れた。「この似顔絵を公開して、情報が寄せられるのを待とう。そのあいだ、きみとトッレ氏には待機していてもらいたい」

「いま何て？」コロンバは訊きかえした。

「少し前までは、われわれは仮説に基づいて行動していた。だが、いまは殺人犯が逃げまわっていることが確実になった。きみを危険にさらしたくない」

「殺人犯と関わるのはわたしの仕事です」

「いまは違う」

コロンバは耳を疑った。「あなたは本当に同一人物ですか？　わたしが歩道で死にかけていたときに前に進むよう命じた人と。いったいどうしたんですか？」

「どうもしていない。ただ、きみが心配なだけだ。調べるのはわたしに任せてくれ」

「ほかの母親にも話を聞く必要があります。マウジェーリにも、彼の隣人にも、プラトーニをよく訪れる人たちにも……」コロンバは食い下がった。

「それはわたしがどうにかする。きみはおとなしくしていてくれ。いいな？」

怒りのあまり、コロンバは欄干をばんと叩いた。「信じられない。わたしを引っ張りこんでおきながら、状況が明らかになりはじめたとたんに追いはらおうとするなんて」

「コロンバ、問題はきみの身の安全だけではない。今日、県警本部長からきみのことを訊かれた。デ・アンジェリスがうるさく言ってくるものだから、われわれが手を組んで何を企んでいるのかを知りたがっていた。それだけではない。郵便・通信警察のやつらも、きみが自分たちの知らないことを知っているのではないかと疑っている」

「郵便・通信警察や本部長なんかどうでもいいわ。彼を捕まえるチャンスなのに」

「そのためにも衝動的な行動は禁物だ。二、三日、休め。これは命令だ」コロンバはしばらく無言で彼を見つめていたが、やがてくるりと背を向けると、反対方向からやってきたランナーを押しのけながら大股で立ち去った。

車に戻ると、ダンテは前部のボンネットに寝そべっていた。

「そんなところに乗ってたら、どうなっても知らないわよ」コロンバは文句を言った。

「空が見たかっただけだ」地面に降り立ったダンテは、いつもの彼に戻っているようだった。「きみの守護神のあの上司は何だって？」

「とくに何も」

「言ったっけ？　ぼくはあいつが気に入らないって」

「言わなくてもわかる。ホテルに帰りましょう」

「まだだ。サンティアゴから連絡があった。ネットで何か発見したらしい。何かはわからない。電話でくわしい話はしないようにしているから。スラム街まで行ってもらえるか？」

コロンバはローヴェレとの会話と、関わらないようにという勧告を思いかえした。「ぐずぐずしてはいられないわ」彼女は言った。

15

サンティアゴの住むローマ郊外のトル・ベッラ・モナカまで、コロンバは緊張したまま車を走らせた。そこはローマでも最も犯罪発生率の高い地区で、迷宮のような内部の通路でつながった十五階建ての建物や、貧しい家族や一時的に滞在しているマフィアなどが暮らす民家がひしめきあっていた。この地区で手入れや逮捕を行なうと、窓から瓶や石が投げつけられ、防水シートが燃やされ、怒号が飛び交う修羅場となるのが常だった。警察官がトルベッラ――居住者たちはそう呼ぶ――に足を踏み入れるのは、すなわち敵地に乗りこむことだ。この地区に住む者のほとんどが、能力はあってもほかに引っ越す当てのない人々や、周囲の暴力的な人間に威嚇された年寄りや失業者であることを、コロンバは知っていた。そうはいっても、いつ、どのドアから銃身が突き出され、頭に穴を開けられてもおかしくないとわかっている以上、どうしてもこの界隈を好きになることはできなかった。

ダンテの指示に従って着いた場所には、十階建ての集合住宅四棟が、広がった〝C〟の形に建ち並んでいた。どの家も壁は暗い灰色で、木枠はぼろぼろに崩れている。郵便受けは爆竹の炎で黒ずんでいるか、スプレーのペンキで落書きされ、ブザーは壁から引っこ抜かれていた。家の前には、枯れ枝や剝がれ落ちた漆喰だらけの狭い草地があり、薄汚れた子どもたちが土の塊を投げあって遊んでいた。

四棟の建物は中庭を共有しており、コロンバが一棟の入口に車で近づくと、たちまち小型バイクに乗った少年三人が通りをふさいだ。三人ともヘルメットはかぶっておらず、いちばん大きなアフリカ系の少年でも、せいぜい十四歳くらいにしか見えなかった。

その少年が運転席側の窓を叩いた。「誰のとこに行くんだ？」彼が尋ねる。

「坊やには関係ないわ」コロンバは答えた。

ダンテがほぼ同時に身を乗り出した。「サンティアゴのところだ」

「名前は？」少年が問いただした。

「ダンテ」

アフリカ系の少年は仲間のひとりに合図をした。バイクを停めると地面に足がつくかつかないかくらい小さい。「呼んでこい」

いちばん小さな少年は、アクセルを勢いよく回して中庭に消えた。残ったふたりは数メートルほど離れたものの、あいかわらず道をふさいだまま煙草に火をつけた。

「これがここのやり方さ」ダンテはコロンバに言った。

「あの子たちの親を取っ捕まえて、とっとと刑務所にぶちこんでやるわ」

「おそらくすでに入っているだろう」ダンテは言った。

しばらくして、階段下の納戸《なんど》から十八歳くらいの少年ふたりとともにサンティアゴが出てきた。ふたりとも南米系で、革ジャンパーとカラフルなスニーカーを別にすれば特徴のない格好をしているサンティアゴとは違い、だぼだぼのズボンに後ろ前にかぶったベレー帽、けばけばしい文字がプリントされたTシャツといういでたちだった。コロンバは驚いた。片方の少年に見覚えがある。名前はホルヘ・ペレス、二年前の襲撃事件で、当時まだ未成年だった彼を逮捕したことがあった。

サンティアゴはアフリカ系の少年を親しみを込めて叩き、他の見張り役とともに帰らせた。ホルヘはスペイン語で悪態をついた。「あの女、サツだぜ」コロンバをすばやく指さしてサンティアゴに言う。この街では、その言葉はすなわち死の脅迫を意味した。

コロンバは彼に向けて中指を立ててみせたが、もう一方の手で見えないようにホルスターから銃を出し、脚のあいだにはさんだ。

「いまの見たか？」ホルヘがサンティアゴに尋ねた。

サンティアゴは無視してダンテを問いつめた。「なぜ彼女も連れてきたんだ？　ひとりで来いと言っただろう」

「彼ひとりではどこにも行けないからよ」コロンバが代わりに答える。

「あんたと話しているんじゃない」サンティアゴは言った。

ダンテは車を降り、コロンバは息苦しさを感じながらも銃から手を放さなかった。三人のうち、ひとりでも武器を持っていれば、ダンテに対する行為を襲撃と見なして発砲することもできる。しかしサンティアゴは悠然と構え、ほかのふたりは身じろぎひとつしなかった。

「言ったはずだ、彼女を信用していると。それに、ぼくたちはともにこの件に関わっている」

サンティアゴはホルヘに顔を向けた。「どうして彼女を知っているんだ《コモ・エス・ケ・ラ・コノセス》?」

「おれを刑務所にぶちこみやがった《メ・ア・エンビアード・ア・ラ・カルセル》」

サンティアゴはふたたびダンテに向き直った。「だめだ」

「もう調べたんだろう。本当に報酬はいらないのか?」

「これがおれの稼ぎ方だ」そう言って、サンティアゴは彼の鼻先で指を鳴らした。

「ぼくのような友人をなくしてもいいのか? あのとき便宜を図ってやったじゃないか。今後も喜んで役に立とう」

サンティアゴは迷った様子で靴の先に目を落とした。「確かか?」

「もちろんだ」

「入るなら身体検査をするぞ」ホルヘが言った。

コロンバは銃をホルスターに戻して車を降りた。「どうぞ、ご自由に」

「銃を持ったままではだめだ」サンティアゴは釘を刺す。「それなら通すわけにはいかない、ダンテ」

「きみの仲間も武器を持っている」

「おれの仲間はお巡りじゃない」

ダンテはコロンバに目を向けた。「自分に自信を持ってもらうしかないようだ」

「警察官だから銃はいらないと？」

「そのとおり」

ゆっくりと身体を動かし、指先でホルスターから銃を引き抜くと、コロンバはそれをダンテの手に託した。「彼はお巡りじゃない。でしょ？」

サンティアゴは笑った。「そうだな」

ホルヘは文句を言おうとしたが、サンティアゴは彼の尻を蹴って黙らせた。「おれを怒らせる前におとなしくするんだ《カジャテ・アンテス・デ・ケ・ジョ・メ・エノホ》、オーケー？」

建物の下部から奥に続く狭い通路を見て、ダンテは胃が締めつけられるのを感じた。「ここで話すわけにはいかないのか？ 中は少し窮屈だ」

「心配いらない。あんたのことはわかっている」サンティアゴは言った。「上に行こう」

「上？」

サンティアゴは屋上を指さした。「おれのオフィスはあそこなんだ」

一行は入口へ向かった。コロンバがぴたりと横に並んで歩いても、ダンテは逆らわなかった。「こんなものを持っていると落ち着かない」銃の握りを指して言う。

「黙って。わたしのそばを離れないで。いまやあなたは、わたしの歩くホルスターなんだから」

建物のエレベーターは、ケーブルが切断されていて使い物にならなかった。しかたなく、いちばん大きな建物の中庭に面した側にへばりついている金属製の古い非常階段を上る。

だが、ダンテにとってはそれさえも容易ではなかった。というのも、階段が軋むたびに足を止めずにはいられなかったからだ。それも頻繁に。ついに彼は目をつぶってしまったので、コロンバは盲導犬のごとく彼を上まで案内せざるをえなかった。途中、コロンバは気づかれないように周囲を観察した。そこはまさに小さな要塞といった造りで、あちこちで少年や、なかには子どもがバイクに乗って出入口の前の通路を見まわったり、窓のところに立ったりして監視を務めている。各階の非常階段を上ったところにも見張り番がいた。よく見ると麻薬依存症の少年もいて、ヘロインを打っている。ほかの者が見て見ぬふりをしたのでコロンバもそれに倣ったが、内心では同僚に通報したくてたまらなかった。

「着いたのか？」ダンテがか細い声で尋ねる。

「ええ、もう目を開けて大丈夫よ」コロンバは答えた。「とてもすてきな眺めだったのに、見られなくて残念ね」

彼らは屋上に出た。本来は日光浴をしたり洗濯物を干したりするための共有のスペースだったが、サンティアゴと仲間たちは、そこに半ダースほどの底の抜けたソファと同じ数のプラスチックのテーブル、それに冷蔵庫を運びあげ、屋根のないサロンにつくり変えていた。冷蔵庫の電源は、階段の吹き抜けからケーブルを引っ張っている。一脚のソファのわきに高さ一メートル以上もある水煙管があり、しわの寄ったゴムの吸い口が四本伸びていた。コンクリートの床は一面、吸い殻や空き瓶、鳥の糞でおおわれていたが、一角だけがきれいに掃除されている。雨除けの布がかぶせられたビニールのひさしの下は、デジタル機器を備えたちょっとした作業場のようになっており、真新しいデスクトップパソコンが二台、三十インチのモニター、ディスクドライブがすべて衛星アンテナに接続されていた。

コロンバがアンテナを見ているのに気づいて、サンティアゴは支柱をぽんと叩いた。「インターネットには衛星経由で接続している。ＰＩＮＧ信号は割高だけど、誰にも嗅ぎつけられない」

コロンバはうなずきながらも、サンティアゴの見た目と、その明らかな技術力とのギャップに驚きを隠せなかった。

ダンテはようやくひと息ついて口を開いた。「それで、おもしろいものというのは何なんだ？」サンティアゴに尋ねる。

サンティアゴはふたりの仲間に合図をした。「あんたの友人のザルドスは、なかなか優秀だ。これほどたくさんのダークネットをひと晩で見たのははじめてだ。だが、そんな彼でもいくつかミスを犯した。自分のビジネス用に別のサイトを使っていて、そっちも消去しているが、ツメが甘かった」

「おれが見つけたんだ」ホルヘがマリファナ煙草に火をつけながら言った。「五カ月前にアクセスしていた」

「また闇サイトの話？」コロンバの言葉に全員が顔をしかめる。

「テレビの見すぎだ」それまで黙っていたもうひとりが言った。手の甲に〝Mirrorshades〟とタトゥーが彫りこまれている。

「いずれにしても、これも取引用のサイトだった。ペイパルとかそういったものは使っていない。ビットコインだけだ」サンティアゴがつけ加えた。

「電子マネーね」コロンバは口をはさんだ。

またしても全員が口をゆがめる。「そうだ、それだ」ホルヘはしかたなく認めた。

「それで、彼は五カ月前にビットコインで何を買ったの？」コロンバはじれったそうに尋ねた。「やっぱりビデオ？」

「こいつがすごい発見なんだ。買ったんじゃなくて、売ったのさ」ホルヘが得意げに答えた。

「しかも、かなりの大金《モントン・デ・ディネロ》で。二千ユーロだ」サンティアゴは言った。「ほかにも売っているかもしれないが、あいにく見つけられなかった。仮にそうだとしても……すべて闇に葬られたというわけさ」

「何を売ったんだ？」ダンテは尋ねた。

「消去されたサイトからは何もわからない。だが、おれたちは買い手を突きとめた。フランス人のおかま野郎《マリコン》だ。そいつの仮想ハードディスクを見つけた。胸クソ悪くなるものばかりだ。ガキに動物に……わかるか？《ロ・エンティエンデス》」

「そんなやつを野放しにしておくわけにはいかない」ダンテはガラスのような冷ややかな目で言い放った。

「そんなの知るか。おれたちの仕事じゃない」

「追加料金は払う」ダンテはなおも言った。「だからそいつを懲らしめてくれ」

サンティアゴは口数の少ないほうの仲間を見た。「やってできないことはない。匿名のメールにハードディスクのリンクを貼りつけて、そいつの国の警察に送ってやろう。どのみち、そいつがザルドスから買ったものは取り除いてある」

「ここにあるの？」コロンバは尋ねた。

「そのためにあんたたちを呼んだんだ」サンティアゴは言った。

ダンテは乾いた唇を舐めた。「どれだけ不愉快なものなんだ？」

「それほどでも。というより……変わっている《エストラーニョ》」

「あなたが見たくなければ、わたしがひとりで見てもいいわ」コロンバはダンテに言ってみた。

だが、彼は首を振った。「いや、大丈夫だ。見てみよう」

サンティアゴはコンソールテーブルに腰かけ、あとのふたりはソファに寝そべっていたが、コンピュータのあいだを動きはじめると同時にサンティアゴは別人のようになった。その動きは優雅でさえあった。「任せてくれ《コン・ムーチョ・グスト》」

キーを入力すると、モニターにビデオのシークバーが表示される。最初は全体的に暗い再生画面にところどころ黒い染みが現われるばかりだったが、やがて画面は緑色になった。撮影者は夜間撮影の機能がついたビデオカメラを使用したのだ。レンズは高い位置からひとりの少年を映していた。まだ子どもと言ったほうがいいくらいの年齢で、ぼろ布で身体を洗っている。少年は、木の椅子の上に置かれた水のいっぱい入ったバケツに布を浸しては、それで身体をこすった。性器や尻のあいだも慎重に洗う。買い手を興奮させたのは、おそらくこの場面にちがいない。少年が喉を布でこすったときに、コロンバは彼が目を閉じていることに気づいた。卵型の顔、小さなあご、くしゃくしゃの黒髪。

「背景の細かい部分はぼかされている。はっきりさせようとしたが、だめだった」サンティアゴが言った。「ザルドスの腕前はみごとだ」

コロンバは納得した。どうりで、少年の周囲がぼやけた輪のようにしか見えないはずだ。

「一センチにつき二度。一センチにつき」ダンテがつぶやく。「一センチにつき二度」

コロンバがモニターから目を離して見ると、ダンテはあたかも催眠術にかかったかのように、少年の動作をそっくり真似て、無傷のほうの手で首や顔をこすっていた。「一センチにつき二度」またしてもつぶやく。その目は画面に釘づけだった。

「止めて」コロンバはサンティアゴに命じると、ダンテをソファに引っ張っていき、無理やり座らせた。「何か飲み物はない？」

ダンテはその場に凍りついたまま、宙を見つめていた。

サンティアゴはウイスキーのボトルを持ってくると、ダンテの口にあてがった。「飲むんだ」

ダンテはウイスキーを喉に流しこみ、軽く咳きこむと、今度は力強く飲んだ。

「気付けはほどほどにね。薬をたっぷり飲んでいるんだから」コロンバは警告した。「調子はどう？」

ダンテのレベル計は何目盛か下がり、やっとのことで口をきけるようになった。「不意をつかれて驚いた」彼はつぶやいた。

「ビデオの少年に？　もっと悲惨な光景を見ているのに」

「でも、自分と同じ状況の人を見るのははじめてだ」ダンテは涙があふれ出た目を拭った。「囚われた少年を見るのは」

16

サンティアゴはビデオをコピーして、大量のスクリーンショットをカラーで印刷した。その報酬として、ダンテはコンピュータを利用して、コロンバには法外に思える金額を国外の口座に移した。今回の件を調べるためだけに彼が手を染めた違法行為の数はますます増える一方だったが、コロンバは自分がほとんど気にしていないことに気づいた。もともと是が非でも規則を厳守するタイプではなかったが、たいていの警察官とは違って、変則的な行為と、重大な刑罰に当たる行為を隔てる一線は、たとえどれだけ曖昧でも超えずにきた。それは、その結果を恐れていたのではなく、クローゼットに掛けたままの制服に対する敬意のためだ。警察官の制服は、世の中に存在するすべての善と、それを威嚇し、その周縁を侵食する混沌とのあいだの壁を意味した。ところが今回の件に関わるうちに、コロンバはそうしたことはたいして重要ではないと気づきはじめた。目的はパードレを捕らえることで、それ以外はすべて二の次だ。いまはただ、ビデオを見て激しい怒りがふつふつと湧きあがるのを感じ、その怒りをすぐにでもぶちまけたくてたまらなかった。

帰りは護衛なしで戻った。サンティアゴと仲間はコカインを吸うために屋上に残った。車に乗る前に、ダンテは枯れ枝の草地を少し歩きたいと言い張った。誰かが襲いかかってくるわけではなく、むしろふたりに近づく者さえいなかったが、コロンバは背後の建物の明かりがついた窓という窓から見張られているような気がしてならなかった。

煙草を二本続けて吸うあいだ、ダンテは黙りこんだままだった。

「あの少年が囚われている確証はないわ」コロンバは反論されるのを承知のうえで言った。

「あの身体の洗い方は……ぼくが教わったのにそっくりだ。手の動かし方まで。ぼくはいまでも、シャワーを浴びるときに、ああやって洗うことがある。ただし、サイロでは水をたっぷり使えなかったが」

「パードレがすでに誰かを監禁しているのなら、なぜマウジェーリの息子を誘拐したの？」

「ひとりでは足りないからだ。ぼくの証言は誰も信じてくれなかったが、ぼくのときも、もうひとりいた。だからいまも、ルカともうひとりがいるんだ」

「名前で呼ぶのはやめて」

ダンテは火のついた煙草で赤く輝く弧を描きながら、彼女の異議を却下した。「いいかげん認めよう。パードレは、自分のしていることのために資金が必要だ。ゴミのようなやつにビデオを売るのは、資金稼ぎにはうってつけの方法だろう。互いに顔を合わせずに済むからな。万が一、会うことになっても、彼や被害者の身元がばれることもない。あのビデオの子どもは、世界じゅうのどの国で撮影されていてもおかしくない。あの子がイタリア人だと知っているのは、ぼくたちだけだ」

「知っているだけだったら？　パードレが海外に出向いた可能性もある」

「言っただろう。彼の年齢では、環境を変えるのは難しい。ルカを誘拐したのがその証拠だ。タイに行きたければ、とっくに行っているだろう。金も使っていないはずだ」

コロンバは考えこんだ。「ビデオを売ったのは五カ月前。マウジェーリの息子に狙いをつける直前だわ」

「新たな計画のための資金だ」ダンテは苦悩のにじんだ声で指摘した。

コロンバは虫を追いはらいながら、車止めのようなコンクリートの塊に腰を下ろした。

「狙うのは誰でもよかったのかしら」

「サンティアゴのビデオは五カ月前のものだ。あの少年は何歳だったと思う？」

コロンバは携帯電話の光で写真の一枚を照らして見た。「七歳くらい。だけど、この子が置かれた状況を考えると、もう少し年上かもしれない」

コロンバは暗がりのなか、上下に動く赤い点に気づいた。ダンテが煙草をくわえたままうなずいたのだ。「ぼくも同じ意見だ。七、八歳。それより上ではない。六歳くらいのときに連れ去られたとすると、ビデオが撮影された時点で一年から二年ほど監禁されていることになる」

「つまり、誘拐されたのは二〇一一年から二〇一三年のあいだ。わたしたちの考えが間違っていなければ。行方不明者を調べてみましょう」

「無駄だ」ダンテはあっさり言った。

「どうしてわかるの？」

彼はため息をついた。「これはぼくの領域だ。忘れたのか？　その三年間に行方不明となった未成年者の数はおよそ百五十。もっとも、子どもはごくわずかで、全員のデータを記憶するのは訳ない。両親のどちらかが子どもを国外へ連れ出したケースが大半だ」

「そのうちのひとりだという可能性は？」

「年齢も顔も一致しない。たとえ顔つきが変わったとしても」

「全員の写真を見たの？」

「もちろんだ」

「外国人もいるわ」コロンバは言った。「東欧諸国からどれだけの子どもがこの国に流入しているのかは、とてもじゃないけど把握しきれない。彼らは乞食のように物売りをしながら、ときには国から国へと渡り歩く。両親は離婚している。パードレは、施しを求める子どもたちを好きなだけ捕まえることができるかもしれない」

「そして、ほとんどの場合、誰も警察に知らせない」

「わたしたちを信用していないのよ。刑務所に入れられると思っているんだわ」

「実際、そうかもしれないだろう？」ダンテは皮肉っぽく言った。「いずれにしても、パードレはそうした子どもには興味がない。彼は苦労してルカを連れ去った。ひょっとしたら、路上生活の子どもたちは保険代わりに考えていたかもしれないが」

　背後の家からガラスの割れる音に続いて、アラビア語で言い争うふたりの男の声が聞こえてきた。明日の新聞に載るかもしれない、とコロンバは苦々しく考えた。「つまり、誰も誘拐されたとは思っていない子だと？」彼女は釈然としなかった。「どうしてそんなことがありうるの？」

「ぼくのケースを考えるといい」

「あなたは死んだと思われていた」

「そのとおり」

「だから、あのビデオの少年も同じだというのね？」

「もちろんだ。このままぼくたちが何も発見できなければ、ルカについても、遅かれ早かれそう思われるだろう。父親が殺して森に埋めたと」

つい数日前までは、コロンバはダンテの説をまったく信じていなかった。しかしいまは、それが真実だと断言できる。結局のところ、ほかには考えられない。繰りかえし子どもを誘拐するほどの異常者であれば、生き延びるためにも尋常でない行動を取るにちがいない。

「周囲の人間が死んだと思っている子ども。でも遺体は発見されていない……最近の事件では心当たりはないわ」

「殺人事件とは限らない。事故かもしれない。車がどこかの川に転落しても、同じようにうまく隠しとおせるだろう」

「きりがない」コロンバはぼやいた。

「一九九四年までは、少なくとも年間百人の子どもが交通事故で死んでいた。いまは、シートベルトとチャイルドシートの義務化のおかげで、もう少し減っているが、正確な統計は出ていない」

「統計があれば、あなたが知っているはずだから？」

「これでも仕事に関しては優秀なんだ。それから、海で溺死したり、登山中に断崖から転落したりする子どももいる。だが、そうした場合は、たいてい遺体は発見されている」

「交通警察と森林警備隊からデータを収集しないと……大変なんてものじゃないわね」

「共有のデータベースはないのか？」

「殺人事件も含めて、つい最近、作成されたばかりよ」

ダンテはため息をついた。「きみたち警察が、たまたま犯人を逮捕しようものなら、びっくりするよ。ローヴェレに問いあわせるのは？」

「それはできない。もうわたしたちの協力は必要ないようだから」

新しい煙草に火をつけようとしたダンテは手を止めた。「なぜもっと早く言わないんだ」

「どうして？　それで何かが変わるというの？」過ちを指摘されたように感じて、コロンバは声を荒らげた。

「もともと彼のことは信用していなかったが、ぼくたちを見限ったとなると、ますます信用できない」

「わたしのことが心配なんですって」

「嘘だ。きみのことを目にかけているのは確かだが、そのせいじゃない。ほかに理由があるはずだ。だが、それが何だかはわからない。どうも嫌な予感がする」

わたしもそんな気がしてきた、コロンバは心の中でそう思ったが、口には出さなかった。その代わり、ダンテが見ていないとわかっていながら肩をすくめた。「いずれにしても、ほかにも教えてくれそうな人はいる。街に戻りましょう。今夜はあなたみたいにカクテルを浴びるほど飲んで、自分の名前も忘れてしまいたい気分よ」

17

コロンバの情報源は、実際にはひとりだった――カルミネ・インファンティ警視だ。電話に出た彼は、モンタナーリの遺体が発見された車のそばで彼女に再会したときにくらべると、あまりうれしそうな様子ではなかった。最初、インファンティは断わるつもりだったが、コロンバの命令に従ってきた長年の習慣と、彼女に対する敬意のせいで断わりきれなかった。電話を切ると、インファンティはさっそくあちこちに協力を頼むと同時に見返りを約束した。そして思いがけず、この五年間の未成年者の死亡事故に関して詳細な調査を行なったばかりの国立交通安全監視所と、国家憲兵《カラビニエーリ》で高位将校となった旧友から協力を得られた。

インファンティが丸一日がかりでじゅうぶんな量のデータを集めているあいだ、コロンバは実際にはほとんど飲まず、ダンテはひっきりなしに煙草を吸いながら、ビデオからプリントアウトした子どもの写真を天井に貼りつけて、じっと見つめていた。その間ずっと大音量で音楽をかけていたせいで、はじめてホテルの支配人室から苦情がきた。

ふたりはほとんど話をせず、それぞれが自分なりのやり方で判明している事実を理解しようと努めていた。コロンバにとって唯一の進展は、警察の人事部からの電話で、できるだけ早急に面談をしたいと言われたことだった。電話の相手の口調は丁寧だったが、彼女はその面接が最終的な辞職への第一歩だと信じて疑わなかった。サンティーニの顔を蹴りあげた件かもしれない。あるいは、保健局の強制捜査の現場にいたことをアンゼルモが話したか。いずれにしても、非公式の活動が知られるのは時間の問題だろう。ローヴェレが懸念していたように、県警本部長が率先して動いているのかもしれない。苛立ちを追いやるために、ダンテにスイートルームから出ないように命じると、コロンバは着替えを取りに自宅へ戻った。郵便物もチェックしたかった。椅子の肘掛けに置いたままの本を目にするなり、ひどくやるせない気持ちが襲いかかってきた。昔の生活が恋しいのか、それとも怪物が子どもたちを次々と連れ去るあいだに、世捨て人のごとく無為に過ごした時間を惜しんでいるのかはわからない。その思いを振りはらうように、コロンバはスウェットスーツとスニーカーに身を包むと、悪夢もストレスも汗とともに流しながら、はじめて夕暮れのテヴェレ川の土手を走った。部屋に戻ると、携帯電話にインファンティからの不在着信があった。折り返し電話をかけ、第二当直勤務が終わる時刻に会う約束をした。

二十時にホテルに寄り、嫌がるダンテを引っ張り出して、ノメンターナ地区のバール〈モマルト〉へ向かった。喫煙者用に心地よいオープンテラスの席があるこの店なら、ダンテも車の中で待たずに済む。

インファンティは先に来ていた。目の前にはビールが置かれている。ふたりに気づくと、彼は席を立って挨拶をした。「お会いするのは二度目ですね」ダンテに向かって言う。

「その後、コンドームは見つかったんですか？」ダンテは皮肉っぽく尋ねた。

「証人尋問のコツをご存じですか？」

ダンテはばかにしたように笑った。「まだ発見していないんですね」

三人は席につき、ダンテはいつものようにモスコミュールを注文し、コロンバはミネラルウォーターを頼んだ。その晩は生温かかった。走りながら体調がよくないと感じ、近ごろの生活習慣を改めようと決めたのだ。ダンテはこれまで何度となく考えてきたことをあらためて思った——ローマの気候は、この街に留まることに固執する数少ない理由のひとつだと。

コロンバとインファンティが意味のない言葉のやりとりをするあいだ、ダンテはモスコミュールのマニアックな作り方をウエイターに解説していた。やがて、コロンバが何気ない顔でローヴェレについて尋ねた。

「ついさっき見かけたが」インファンティは用心深く答えた。「どこか気落ちしている様子だった」

「どんなふうに？」

「無精ひげを生やして。彼の奥さんが亡くなったばかりのころを覚えているか？」

「あまり。そのころはずっと病院にいたから。でも、言いたいことはわかるわ」

「昨日はずっとオフィスにいたが、電話にも出なかった。今日は今日で県警本部長の会議に出席しなかった……よくわからない理由をつけて。本部長によると、何でも一週間前から避けられているそうだ。どうやら休暇が必要なようだな」

コロンバは考えをめぐらせた。インファンティの言うとおりだとしたら、ローヴェレと本部長はこの数日間、顔を合わせていないことになる。つまり、自分を捜査から外したのはローヴェレひとりの判断で、またしてもダンテが——彼の疑いが——正しいということだ。

「ローヴェレは奥さんを亡くしたんですか？」ダンテが尋ねた。

インファンティはうなずいた。「一年前に。奥さんのエレナは重い病気だった」

「子どもは？」ダンテはさらに質問した。

「いません」インファンティは話題を変えるべく、鞄を開けてノートパソコンを取り出した。部外者の前では上司の話をするつもりはないようだ。たとえ、ひどく関心があるように見えても。「コロンバ、きみに見せたいものがある」

「全部わかったの？」

「未成年者が関係した事故と殺人事件。殺人については、これで全部だ。約四十件」

「四十三件」ダンテが訂正する。

インファンティはうなずいた。「そのとおりです。さすがだ」彼がパソコンを開くと、たちまちうなりをあげて起動する。「事故のほうは、あいにく完全に網羅しているとは思わない。だが、できるかぎりのことはした」

「遺体の状況は？」

「未確認のものもある。もう少し時間をもらえれば……」

「何もわからないよりはましよ」コロンバは言った。「ご苦労さま。ありがとう」

インファンティは粘着テープで束ねてべとべとになったUSBメモリを差しこんだ。「すべてエクセルに入力した。三百十二シートある」画面を示しながら説明する。「ファイルをコピーしよう」

ダンテは彼の肩越しにのぞきこんだ。「写真がない」カクテルのストローを噛みながらつぶやく。

「遺体の写真ですか？」インファンティは苛立ちもあらわに問いかえした。ダンテに我慢しようと精いっぱい努力していたが、うまくいかなかった。

「遺体になる前の被害者のものです」

「われわれのシステムにも、他の警察組織のところにもありません。せいぜい交通警察を介して事故の写真を入手できる程度です」

「家族に頼めば手に入ります」ダンテは言った。

インファンティは啞然とした。「冗談ですよね？」

「ええ。ぼくのユーモアのセンスはひねくれているので」

インファンティはコロンバに向き直った。「死んだ子どもの写真を、いったいどうしようというんだ？」

コロンバは肩をすくめた。「ちょっとした調査よ」

「調査？　何の？」

「訊かないで」

「それでも構わないが、わたしがきみに協力したことがばれたら、きみが誰かに電話をかけるたびに相手は難色を示すことになるぞ。教えてくれ、わたしを何に巻きこんでいるのか」

コロンバはため息をついた。「それは言えないわ」

インファンティは不満げに顔をしかめた。自分が協力しているのは、ともに働いた三年間で並外れた能力と強さを見せつけた上司だと考えていた。ところが、目の前にいる女性は、まるで出来の悪いコピーだった。陰鬱な顔で、心身のバランスを欠き、何かに動揺しているような。インファンティは自分が間違っていたことに気づいた。「申し訳ないが、コロンバ、やはり協力するわけにはいかない」

そのとき、ダンテがだしぬけに手を伸ばしてUSBメモリを引き抜いた。パソコンがばかにしたような音を鳴らす。「手遅れだ」

インファンティは激怒して彼の腕をつかみ、引き寄せた。「きさま、いったい何の権利があるというんだ？」

ダンテは何も言わず、獲物を握りしめた手を開こうともしなかった。暴力というものにほぼ無縁の彼にとって、荒々しい攻撃や、そういった類のものに直面したときの通常の反応は、みずからの中に引きこもることだった。過去に二、三度、自制心を失って苦境に陥ったことを別にすれば。

「返せ」インファンティは彼の腕を締めつけた。

ダンテは相手の目を見ずに受け身の抵抗を続ける。彼にとっては、きわめて耐えがたい状態だった。

「彼を放して、カルミネ」コロンバは命じた。「ばかなことはやめて」

「USBを返すように言うんだ」

「放しなさい、警視」

かつてのコロンバと同じ口調に、インファンティはすぐさまダンテの腕を放してうつむいた。「プラトーニで行方不明になった子どもか？　きみはあの件に固執していた」

「あなたには関係ない」

ダンテは袖口をまくって、腕にできた赤い跡を見た。「斑状出血を起こしそうだ」いつもの機知を取り戻してつぶやく。だが、誰も彼には目を向けなかった。

インファンティはダンテを指して言った。「彼がきみをこのばかげた一件に引っ張りこんだのか？　彼に何を吹きこまれたんだ？」

「誰にも何も吹きこまれていない」

「それなら、なぜよけいなことを調べている？　司法官の許可も得ずに？」

「大声を出さないで。みんな見てるわ」コロンバは注意した。

嘘ではなかった。周囲のテーブルには大学生が多く、彼らのほとんどがこちらに視線を向けている。家族の言い争いか、三角関係で揉めていると思われているのだろう。彼と彼女、そしてもうひとりの男と。傍から見れば、ふたりの男性はどちらもコロンバにはふさわしくない。一方は骸骨のように痩せていて風変わりな風貌。もう一方は背が低く、鼻がつぶれている。このふたりに向きあっているスポーティな女性なら、もっといい相手がいくらでもいるはずだ。この場に居合わせた男性のほとんどは、喜んで立候補するだろう。

「こんな変人と組んで、何が発見できると思っているんだ？」インファンティはわずかに声を落として続けた。

「おい」ダンテが抗議する。

「ますます機嫌が悪くなっているようね、カルミネ。ここの支払いはわたしがするわ」

「その必要はない」インファンティは憤慨して言うと、十ユーロ札をテーブルに放って立ちあがった。「わたしは、きみが一日も早く復帰するよう願っていた。他の連中がどう言おうと、一度も耳を貸さなかった」

コロンバが目を細めると、インファンティはその緑色の視線をまともに受け止められないことをあらためて思い知らされた。怒りをにじませた目はさらに色濃くなり、いまやエメラルドグリーンに見える。「どうして？　彼らは何て言ってたの？」

「忘れてくれ」

「何て言ってたの、警視？」

ほんの一瞬、インファンティは躊躇した。「パリで頭のネジが飛んでしまったと。残念ながら、それが本当だったとようやく気づいた」

パリ？　ダンテは考えた。そこで彼女の身に何かが起きたのか？　彼はすぐさま、最近アルプスの向こう側で起きた事件を頭の中でチェックしはじめた。

「もう帰っていいわ」コロンバは冷たく言い放った。

「きみのことは心から気の毒に思っている」インファンティはパソコンを鞄にしまうと、彼女に背を向けた。「だが、ほかの仕事を探したほうがきみのためだ」

「何てやつだ」彼が行ってしまうと、ダンテは吐き捨てるように言った。だが、頭の中ではあいかわらず考えている。パリ……パリ……。

コロンバはかぶりを振った。「いいえ。わたしが彼の立場だったら、やっぱり同じように振る舞っていた。いまやっていることで、わたしが誰かに追及されるのも時間の問題ね。一刻を争う状況だわ」

「わかっている」ダンテはうわの空で答えた。

彼の考えが向かっている方向に気づいて、コロンバは顔をしかめた。「もう到着した？」

ダンテは目を瞬いた。「どこに？」

「車輪が回っているのが見える」

ダンテはいつものように皮肉っぽい笑みを浮かべようとしたが、失敗に終わった。その瞬間、ふいに思い当たったからだ。「きみはいつから休んでいるんだ？」

「入院、回復期、正式な休職を含めて？　もう九カ月になるわ」コロンバはウエイターに合図を送り、彼がテーブルにやってくるとビールを注文した。

ダンテは凍りついた。一年前にあらゆるニュースで何度となく報道されたむごたらしい光景が頭の中をぐるぐる回る。「イタリアの警察官もいたとは知らなかった」彼は呆然とつぶやいた。

「ひとりだけよ。わたし」彼女の目がまたしても色濃くなる。今度は海底のようだった。

「その後の調査で、わたしは無罪を証明されたけど、自分でわかっている。死者九名に負傷者十七名。すべてわたしの責任よ」

18

コロンバが背負っている重荷が何なのか、すでに知っていたとしても、ダンテは彼女の口から直接聞きたかった。だが、ホテルに戻るまで待たなければならなかった。コロンバが周囲に人がいる場所では語りたがらなかったからだ。

ふたりはダンテが煙草を吸えるバルコニーに出た。念のためブラインドを下ろし、部屋の電気は消した。中庭のライトが柵越しに漏れるのみで、全体は薄暗がりに包まれている。たとえ意に反して感情が顔に出たとしても、ここならダンテに読まれる心配はないとコロンバは思った。

「一年前、ある通報があったの」彼女は語りはじめた。「それによると、逃亡中の連続殺人犯がフランス国内で発見された。名前はエミリオ・ベッローモ」

「知っている。当時、世間を騒がせていた」

「わたしのペースで話をさせて。それでも難しいけど」

「ごめん」

「ベッローモは二件の殺人と、複数回の強盗および計画的襲撃の容疑をかけられていた」

「じつに多芸だ」

「すべて金目当てよ。三年間、逃亡しつづけて、その七ヵ月ほど前にも通報があったんだけど、そのときは検問所で車を捨てて、走って逃げた。カラビニエーリが銃撃したけど、彼は捕まらなかった。負傷したと思われたものの、病院には現われなかったから、自分で手当をしたか、金を出して医者を見つけたにちがいないわ。最初の殺人がローマだったから、ローマの検事局が捜査の優先権を持っていた。潜伏先を突きとめたのは、昔の共犯者のひとり、ファブリツィオ・ピンナが白状したから。ベッローモはカラビニエーリとの銃撃戦のあと、傷を治療するために彼のところに身を寄せて、そのときに彼を信用して、パリの愛人のもとへ行くと告げた」

「その愛人は何ていう名前だったっけ？　どうしても思い出せない」

「キャロリン・ウォン、中国系フランス人よ。ピンナは名前しか知らなかったけど、わたしたちは探し当てた。でも、ベッローモに気づかれたら、またしても逃げられるから、慎重に向かわなければならなかった。彼が抜け目のない男だということは、すでに思い知らされていたから」

「ピンナはなぜしゃべったんだ？」

「ベッローモが出発した直後に、ピンナは自分が末期癌だと知ったの。ローヴェレとわたしは、彼が死ぬ前に罪滅ぼしをしたがっていると考えた。もっとも、そのあとに……」コロンバはかぶりを振った。「やっぱり順を追って話すわ。それで、わたしはローヴェレからフランス側との共同作戦の調整を任された。向こうには、シェンゲン協定の会議で何度も顔を合わせている知り合いの捜査官がいたし、わたしは少しフランス語を話せるから。わたしたちはウォンの自宅と、彼女がクローク係として働いている職場を監視した。デパートの上にある日本食の高級レストランよ」

「あのレストラン」

「そう、あの。主導権は現地の警察が握っていた。わたしは単なるオブザーバー。武器の携行を許されたのはもっぱら厚意で、たとえベッローモを捕らえたとしても、身柄を引き渡さなければならなかった。捜査班のメンバーが客に扮して、交替で店の中で監視する手はずになっていたの。でも、二日間監視して収穫はゼロ。そこで、わたしにお鉢がまわってきたというわけ。幸運なことに。そして、食事をしているふりをしてそこにいたときに、ベッローモが入ってきた。わたしを見て、彼は気づいたわ」コロンバは打ちひしがれた様子でかぶりを振った。「あとは知っているでしょう」

「ベッローモは爆弾を爆発させた」

コロンバは一瞬、あの炎と煙の中に引き戻された。「ええ」聞き取れないくらいの声で言う。「そして大惨事を引き起こした。爆弾はクロークに仕掛けられていた。愛人が彼に頼まれたのね。彼女に対して怒りを感じるのか、それとも胸を痛めているのかはわからない」

「胸を痛めているんだろう。彼女も命を奪われたんだから。ベッローモはどうしてきみに気づいたんだ？　以前に顔を合わせていたのか？」

「いいえ、一度も。可能性はふたつ。警察官を嗅ぎ分ける嗅覚にすぐれているか、というのも、彼のような人物は多かれ少なかれそうだから——あるいはピンナがわたしの特徴を話したか。とにかく、わたしに気づいたのは確かだった。そして、あとからわかったことだけど、ピンナは彼に警告していた」

「きみたちを裏切ったのか？」

「爆発があった同じ日に、彼は首を吊ったわ。世間を騒がせたことを詫びて。遺書には、よく考えた末に、〝友情で〟ベッローモに知らせることにしたと書かれていた。たぶんウォンを介して」

「ベッローモはなぜ逃げなかったんだ？」

「逃げることに疲れたんじゃないかしら。悪党として名を残したかったのかもしれない。そして、わたしたちを巻き添えにするつもりだった」コロンバは息を吸いこんだ。だんだんと胸が苦しくなってくる。「彼が起爆装置を押すのを見たわ。わたしの顔を見ながら、ポケットに手を入れた。わたしは銃を抜こうとしたけれど……間に合わなかった。空が落ちてきた」

爆発のあと、目を覚ましたコロンバはひどい耳鳴りと頭痛を感じた。最後の瞬間のことは、いっさい覚えていなかった……自分は何をしていたのか。いったい何が起きたのか。

照明は吹き飛ばされ、コロンバの目はすっかり暗闇に慣れていたにちがいない。ほどなく煙の向こうに、かつて窓だった裂け目が口を開けているのがわかった。炎が店を隅々まで舐め尽くし、燐光を発する現実とは思えない薄墨色のなか、中央のテーブルに座っていたモデルのひとりが、切れ端と化した服をまとってすぐ近くに仰向けに倒れているのが見えた。ロから流れ出る血がどす黒い水たまりを作っていた。周囲には剝げ落ちた漆喰、埃、炎、そしてさらなる煙。爆弾だ、コロンバはとっさに思った。爆弾が爆発した。

イヤホンはなくなっていた。だが、たとえあったとしても使わなかっただろう。というのも、爆発のせいで聴力に支障をきたしていたからだ。衝撃を遮る役目を果たしたテーブルの下から這い出ると、コロンバはモデルに近づいて軽く揺すった。頭がマネキンの頭のように動いた。通常であれば、コロンバはその場の状況をすぐに理解していただろう。だが、そのときの彼女は頭がまったく働かなかった。衝撃を受け、重い脳震盪を起こし、肋骨が二本折れ、片方の膝は使いものにならず、肩関節の一方を脱臼していた。それでも、その時点では具合が悪いわけではなかった。ただ、途方もない疲労感で、そばに落ちていた銃を拾うのもやっとだった。混乱する頭で、モデルは怪我を負い、すぐに手当てをする必要があると考えた。コロンバは靴が脱げたままの状態で立ちあがった。靴下だけの足に、真っ赤に焼けたガラスや漆喰の破片が突き刺さったが、痛みも感じなかった。できるだけそっとモデルを腕に抱きあげ、煙の中を進む。足元がふらつき、どこへ向かっているのかもわからない。わずかに見える窓を目指したが、瓦礫や調度品の破片につまずき、もう少しで転んだり、腕に抱いたモデルを落としそうになったりした。そのうちに、何かやわらかいものを踏みつけ、それが動くのを感じた。身をかがめてみると、ボトルをぶちまけた棚から一本の手が突き出ていた。

　あの手が誰のものだったのか、コロンバはいまでも考えずにいられなかった。男性の手のように見えたが、薄暗がりのなかでは、はっきりとはわからなかった。いずれにしても、あの手の持ち主は助からなかっただろう。自分が足を止めて救出しなかったから。けれども、多くの罪悪感のなかで、このことに対しては後ろめたさを感じなかった。あのときは腕に抱いたモデルのことに必死で、考える余裕はなかった。そして、ひたすら前に進んだが、あたかも同じ場所をぐるぐる回り、どこにもたどり着かないような気がした。やがて少しずつ聴力が戻ってきて、荒々しくうなる音に混じって、カーテンや天井から落ちてきた漆喰を飲みこむ炎の轟音が聞こえた。そして、埋もれている人、重傷で動けなくなった人の弱々しい絶望的な声。

「すぐに戻ってきて助けるわ」灼熱の埃と煙で焼けた喉で、コロンバは叫んだ。あるいは、叫んだつもりだっただけかもしれない。「かならず戻ってくるから」しかしそのとき、レストランの入口へ続くドアの輪郭が見えた。コロンバはそちらへ向かって進んだ。近づくにつれ、少しずつ空気が澄んできて、気流に煙が押し流された。階段の上の部分に出ると、客を迎えるための小さなデスクは見当たらず、緑色に光る無傷の誘導灯が非常口を示している。非常口は階段で、最初の数段に下半身のないウエイターの遺体が仰向けに倒れていた。錯乱状態のなかで、コロンバは考えた――わたしたちは何て幸運だったのかしら。わたしと、この女性は。まさに九死に一生を得た。モデルを抱いたままでは階段を下りられなかったが、ちょうどそのとき、何人かの人影が暗がりから現われた。ウエイター、黒服を着たデパートの店員、通行人が、逃げずに救出にあたろうとしていた。コロンバに出くわすなり、誰もが大声をあげて涙を流し、彼女の手から女性を奪おうとしながら、「座って、落ち着いて、こっちへ」などと口々に叫んだ。コロンバは彼らを拒み、声のかぎりに叫んだ。あるいは叫んだつもりでいた。「まだほかにもいるの。ほかにも!」

目を覚ましたときには、パリのサンタンヌ病院にいた。鎮静剤で頭がぼんやりするなか、沈痛な面持ちの医師から、彼女が運んできた女性——コカイン漬けのアルバニア人のモデル——は死亡したと告げられた。コロンバの命を救った、まさに同じテーブルに頭蓋骨を打ち砕かれたのだ。だが、彼女はその知らせに対してほとんど無関心だった。もはや身体の中はからっぽだった。何ひとつ残っていなかった。薄い皮膚の層に包まれた穴だった。そして、その抜け殻が呼吸をし、人間の姿形をしていることが自分でも信じられなかった。何かに驚くだけの力が残っていたとしたら。抱きしめるために来てくれた同僚や母親にも、〝他人事とは思えない〟と同情を示す関係機関の代表者にも、それまでは恋人だったのに、悩み苦しむ彼女の姿に耐えきれずにたちまち離れていったクソ野郎にも、コロンバは口を開かなかった。

彼らと関われば、ふたたび自分が人間だと意識せざるをえなくなる。コロンバにはそれは無理だった。そうしたくもなかった。壁の一部、シーツ、〝心からの愛情とこのうえない親しみを込めて〟県警本部長から送られてきた花束のなかの一本になりたかった。どんなものでもいいから、感情のないもの、できればたくさんのもののなかのひとつに。もちろん、そんなことはできなかったが、アキレス腱や肩の治療を受けるあいだ、あるいはとにかく食べるよう説得され、無理だとわかると強制的に食事をとらされているあいだは、そうなろうと試みながら時間を過ごした。ローヴェレが会いに来ても、彼女を変えることはできなかった。彼はベッドの横に座り、コロンバの気持ちを理解し、きみのせいではないと言い、それから何日間も同じことを言い聞かせたが、やがてコロンバはパニックの発作や悪夢に襲われるようになり、調査委員会の尋問が始まった。妻を失ったばかりのローヴェレは、彼女と同じくらい、あるいはもっと深い傷を負い──苦悩にさらなる苦悩が加わった──コロンバを死の寸前に追いやったことへの罪悪感に苛まれていた。

「結局、調査委員会はわたしに無罪を言い渡した。でも、たとえ有罪を宣告されても受け入れていたわ。自分が過ちを犯したという気持ちは、いまでも消えていない」コロンバはそう言って話し終えた。

自分を取り巻く深い闇と、いまの話から呼び覚まされた感情のせいで、ダンテは息を吸うのもためらうほどだった。「CC……なぜ自分を責める？　きみに何ができたというんだ？」

「彼がレストランに入るのを止めることもできた」

「だが、土壇場で気づいたんだろう？」

「わたしはね。でも、おもてで同僚たちが見張っていたわ。彼がデパートの入口から入っていくのを見た。そして、わたしは彼らに待機するように言った。すでに捕まえたも同然だと。彼はかならず愛人の元へ向かう。わたしがぜったいに目を離さないと。出口はすべて監視しているから逃げ道はない。落ち着いて行動しても大丈夫だと。正式には、わたしに作戦の決定権はなかったけど、フランスの捜査官たちはわたしの言葉に従った。そして報告書には、そのままの表現を引用すると、〝わたしの経験と、犯人に対する知識を信用した〟と記した。これは、間違いなくこの半世紀で、フランス警察最大の失敗だわ。下手したらヨーロッパ全体の。誰ひとり責任を取りたがらなかった。県知事は辞職に追いこまれ、フランス警察の警視総監の信用はがた落ち、大使館は互いに非難の応酬だった。あれ以来、両国の関係は良好とは言えなくなった」

「きみにも理由があったはずだ。もっともな理由が」

「ベッローモの前科を知っていたから。彼が銃を持っていて、人ごみで発砲することを危惧していた。怪我人が出ることを。でも、実際にはもっとひどいことになってしまった」

「きみたちが自分を捕まえようとしているのを察しただけでも、起爆装置を押していたはずだ」

「調査委員会もそれを考慮して決定を下した。わたしの名前が新聞に掲載されないこと、そしてわたしが警察から追い出されないこと。わたし自身、何度も自分に言い聞かせてきた。いずれにしても彼は起爆装置を押していたと。だけど、わたしの決断が間違っていたという事実は変わらない。そのせいで、わたしはもう仕事ができない。パニック発作に襲われるようでは無理よ。もっとも、それはいずれ回復するかもしれない。でも、もう自分を信用できないの。自分の判断を」

ダンテはガーデンベンチに座ったまま、身体をずらして彼女に近づいた。いまやふたりのあいだの距離はわずか数センチに縮まり、彼はコロンバを抱きしめたいという狂おしい、そして抑えがたい欲望を感じた。最後に女性を抱きしめたのは、いつのことだったか。この刹那、コロンバは――光に浮かびあがるシルエットに過ぎなかったものの――彼にとって、みずからの身体で感じたい存在にほかならなかった。そんなふうに考える自分に驚いて、彼女に伸ばしかけた手が止まった。いまはだめだ。断じて。ダンテはふたたびベンチの背にもたれた。「CC、ぼくは人を慰めるのは下手だ。あまりにも長いあいだ自己憐憫に浸りきっていたせいで、誰かが落ちこんでいるときの対処法は、立ち直るのを待つことしか知らない。でも、これだけは言える。ぼくがサイロに閉じこめられていたときに、きみが捜索にあたっていたら、きっとぼくを見つけたはずだ」

コロンバはため息をついた。「ちっとも下手じゃない」

「本当に？　たまたま思いついたんだ。そろそろ寝るかい？」

「いいえ」コロンバは立ちあがると、首の骨を鳴らして伸びをした。午後のランニングで脚の筋肉に心地よいしびれを感じ、規則的なトレーニングを再開すべきだとあらためて思った。「あなたを見つけていたかどうかはわからないけど、あのビデオの少年は、あなたのようになる前に救出したい。ダンテ・トッレは世界にひとりでじゅうぶんだわ」

19

夜が明けるころには、インファンティが入手したリストの件数は三十ほどに減り、午前十時には六件を残すのみとなった。そのほかは、遺体の識別状況や、被害者の年齢、性別から該当しないと判断した。最初に除外したのは殺人事件の被害者だ。その大半は新生児か幼児だった。残った六人は星まわりが悪い例としか言いようがなかった。まずは洪水で流されて発見されなかった子ども。あるいは自宅が火事になって焼死した子ども。三人目は雪崩に埋もれ、四人目と五人目は、制限速度を超えた無謀な運転による交通事故の犠牲者で、遺体の損傷が激しく、両親にも確認できないほどだった。六番目は最も悲惨でばかばかしい事故だった。五人が乗ってマチェラータの聖地へ巡礼に向かったミニバンが渓谷に転落して炎上した。全員が死亡し、衝撃とガソリンタンクの爆発によって遺体は識別不可能となった。映画ではよく見るシーンだが、現実には稀だ。ミニバンは教区に寄付されたもので、型は古く、最新の安全システムは装備されていなかった。そもそも運転するべきではなかったのだ。

ポットに入ったサントドミンゴ産のアラビカ種のコーヒーを飲み尽くすと、目の前に記された六人の名前をもとに、コロンバはよりつらい作業の準備に取りかかった——家族に連絡を取るのだ。ダンテは固辞した。電話で身分を偽って話すのは楽しいと感じる一方で、他人の苦悩、とりわけ子どもや孫を失った悲嘆に向きあうのはとても無理だった。人と接する際に、相手の顔の表情や身ぶりによる表現を観察すれば距離を置くことができるが、言葉のみのやりとりの場合、その口調ににじんださまざまな苦しみに気づくと同時に、それらをみずからの心で感じないではいられなかったのだ。しかも哀悼の意を表わす状況では、ふつうの人なら、その場にふさわしい言葉や動作が自然に出るものだが、ダンテはまるで気が利かず、かえって相手を傷つけるばかりだった。

そして、あらかじめわかっていたものの、その作業は予想以上につらいものだった。コロンバの電話によって、家族の悪夢がよみがえり、涙を流し、罵倒し、なかには悲しみのあまりわめきたてる者もいた。それでもコロンバは用件を告げなければならなかった。「写真を送っていただけませんか？　メールだと助かりますが、ファックスでも構いません」少しばかり偽って、警察の統計調査、事故を防ぐためのデータ収集だと説明する。だが、ただでさえ気まずい状況に加え、電話をかけたうち、残る四人には、できるだけ早急に雑貨店やインターネットを利用できるか、コンピュータを所有している相手はふたりだけで、残る四人には、インターネットカフェまで行くよう頼まなければならなかった。それでも、奇跡的に誰も拒んだりはせず、二時間ほどで全員の写真を手に入れることができた。

その間、ダンテは旅行用のアイマスクをつけてベッドに入ったが、めまいが止まらずに、うとうととしては目を覚まし、ろくに眠れなかった。気ばかりが焦るなか、ぴったり合わないピースでパズルを組み立てているような気分だった。そのピースのなかには、言うまでもなくパードレが含まれている。そして、あの謎の子どもと、さらに謎めいたローヴェレの動機も。それが他の要素とどう結びつくのかはわからなかったが、ダンテには、ローヴェレの苦悩とその理由が、自分が解明しようとしている筋立ての重要な鍵に思えてならなかった。ダンテは熱に浮かされたように考えた。いつまでも眠りが訪れず、目をつぶって横になっても眠れないときには、そうするのが常だった。彼はすでに判明している事実から取っかかりをつかもうとした。抽象的な模様の一部を黒く塗っていくと、最後によく知っているものの形が浮きあがる謎解き遊びのように。

ふいに光が射しこんできて、ダンテはわれに返った。コロンバがやや乱暴にアイマスクを引き剝がし、疲労をにじませた顔で彼を見つめた。「全部そろったわ。見当はついた」

「子どもの写真か?」かすれた声でつぶやきながら、ダンテは手探りで煙草の箱を探した。

「そう。パソコンに入ってるわ。いま見る? それともあとにする?」コロンバは皮肉っぽく尋ねた。

「待ってくれ。顔を洗う」

ダンテは服を着たままだった。彼はシャツを脱ぎ捨てると、洗面台の蛇口をひねって冷たい水で顔を洗い、少しでも不安を取り除くために、液剤と錠剤の薬を何種類か取り混ぜて飲むと、タオルを首にかけてリビングに戻ってきた。

コロンバが上半身裸の彼を目にしたのははじめてだったが、麦わらのように痩せ細った身体に、またしても昔のSF映画のデヴィッド・ボウイを思い出した。だが、不摂生な生活にもかかわらず、けっして病的な痩せ方ではなく、どちらかと言うと早く成長しすぎた思春期の少年のようだった。この二日間で生やしたあごの無精ひげには白いものは混ざっておらず、どことなく年齢不詳だ。

「準備できた?」コロンバは尋ねた。

「まだだ。カフェインを摂らないと」

「落ち着いてよ……」

「すぐだ。お手やわらかに頼むよ。きみもコーヒーを飲むかい?」

コロンバは飲みたかったが、彼を満足させるつもりはなかったので断わった。ダンテは薬草商のような手つきで豆を配合してコーヒーを淹れると、冷めないうちに二杯続けて飲んだ。

「よし」彼はコロンバに声をかけた。「どこにあるんだ?」

「ここよ」コロンバはパソコンを彼のほうに向けた。ダンテを待つあいだに、六枚の写真を一画面にまとめた。ファックスでホテルに送られたものはフロントでスキャンしたが、それらは白黒なので見分けがつく。五歳から六歳のあいだの子どもの写真が六枚、どれも同じように笑った顔だ。あらためて見て、コロンバははじめて気づいた。目当ての子どもは——このなかでくらべる限り——最も運がよかったと。頭のおかしい男に連れ去られて監禁されてはいるが、ほかの子どもたちと違って生きている。

ダンテは腕を組んで十秒間、画面を見つめてから、ためらうことなく一枚の写真を指さした。「これだ」

コロンバは長い息を吐き出した。「わたしも、この子が最も可能性が高いと思う。でも、百パーセントそうだとは言いきれない。あなたもそうでしょう。子どもは成長が早くて、すぐに変わるもの」

「百パーセントだ」ダンテは言い張った。「どの子だ?」

「マチェラータのミニバンに乗っていた子。名前はルッジェーロ・パッラディーノ」

「何てやつだ」夢と現実がないまぜとなり、次から次へと残虐な場面がダンテの脳裏によみがえる。だが、コロンバには何も言わなかった。分別のあることを口にする自信がなかったからだ。「この子を連れ去るために五人も殺すとは」

「なぜ断言できるの?」

「何も気づかないのか? ほかの子どもと異なる点に」

コロンバはマウジェーリの息子の写真を思い浮かべ、ダンテがそれらを見て彼の状況を正確に分析したことを思い出した。だが、ここにある写真は一枚だけで、おまけにポーズをとっている。けれども、ふとその目に気づいた。「ちょっと東洋人みたいね」

「小さくて細い目、そのとおり。それなら、あごはどう見える?」

コロンバはため息をついた。教壇に立った教師を気取るダンテにはうんざりだった。だが、しかたなく付きあう。「少し出ているわ。あのビデオの少年みたいに。だけど、映っている角度が違うから、はっきりとは言えない」

「いわゆる〝しゃくれあご〟か。だが、そうではない。それは父親か母親に似ているだけだ。この子の場合は、下あごの骨の形成に異常が生じたことによる先天性疾患だ。典型的なFASの特徴のひとつと言える」

「FAS？」

「胎児性アルコール症候群だ」ダンテは当然のことのように言った。「愚かな母親が妊娠中に酒を飲みすぎたんだ。胎児は、胎盤を通過して移行するアルコールの代謝産物を除去することができずに――」

「ええ、知ってるわ。これでもわたしは女だから」

その発言を蠅の羽音くらいにしか思わずに、ダンテは続ける。「――障害をともなって生まれる」

「どれくらいひどいの？」

「ひとくちにFASと言っても、母親のアルコール摂取量や摂取時期、つまり妊娠初期の三カ月間か、それ以降かによって異なる。具体的には、中枢神経系の異常が生じるアルコール関連神経発達障害《ARND》と、身体の発育に重大な影響を及ぼすアルコール関連先天異常《ARBD》だ。ビデオの少年は動作には問題がない。したがって、おそらくARBDだろう。監禁された状態で、どうやって生活しているのかは想像もつかないが」彼はコロンバを見た。「ぼくがルッジェーロに間違いないと考えるのは、それが理由だ。彼には、ルカと同じく学習や精神の発達に遅れがある。それぞれの原因は異なるとはいえ。どうやらパードレは、より不運な境遇の子どもを選んでいるようだ」

20

通常なら、ローマからファーノまでは車で二時間もかからない。ところがダンテが一緒となると、まったく話は別だ。彼が頑なに制限速度にこだわり、しばしば外の空気を吸いたがるせいで、コロンバは倍の時間がかかるものとあきらめ、到着は夜遅くなると覚悟していた。それと同時に、次回は、彼が密輸した小瓶の中身を一滴残らずこっそりコーヒーに混ぜてやろうと心に決めた。ところが、寝不足のせいもあって、いよいよ我慢の限界に達しかけたとき、何気なく口にした魔法の言葉――〝より不運な境遇の子ども〟――のおかげで、厄介な同乗者はたちまち黙りこんだ。

「それは彼が最近になって決めたことだ」その言葉が意味することを考えあぐねて、ダンテは投げやりに言った。つい先ほど料金所を過ぎて、県道を走っているところだった。すでにあたりは暗くなり、車の往来もそれほど多くはない。

「彼はやり方を変えないと言ったのはあなたよ。いまでも同じだと言ったのは」

「手順はいまでも同じだ。そうだろう？　でも、被害者を選ぶことについては、その限りではない」

「だけど、全員六歳の子どもだわ」

「それは別にして、昔は不幸な境遇の子どもは探していなかった」

コロンバは目を細めて彼を見つめた。「それは確かなの？」

「ぼくは幼稚園で、よくできる子どもだった。さらわれたときには、少し字を読めたし、アルファベットも全部書くことができた。認知面での遅れはいっさいなかった」

「別に疑ってはいないけど」

ダンテは顎を上げた。「ぼくの父に電話して確かめてみるといい。それに、ぼくは同じ年ごろの子たちとも仲よく遊んでいた」

「ということは、それからずいぶん変わったのね」

「くたばっちまえ」ダンテは吐き捨てると、座席の背に深くもたれてタヌキ寝入りを始めた。

コロンバは彼の肩をぽんと叩いた。「のんびりしてる場合じゃないわ。着いたわよ」

〝軍事区域〟の標識を超えて斜線の記された道路を進むと、この地域の国家憲兵《カラビニエーリ》の兵営が見えてきた。ここに来る途中、コロンバはあの事故の調書の末尾に名前が記されていた司令官に連絡を取るために電話をかけた。早めに到着したら、向こうは地元のバールで待っていることになっていたが、すでに夜勤が始まっている時刻だった。コロンバが最初に目についた空きスペースに車を入れると、ダンテは意地を張って、さらに座席に身を沈めた。

「ぼくは行かない」

「心配しないで。いまさらながらにこの件をほじくりかえして、すでにいろいろ訊かれたわ。

あなたがくっついてきたら、ますます怪しまれる。それから、これは……」コロンバはホルスターをベルトから外すと、ダンテの座席の下に置いた。「これでどう？」

彼は座ったまま身を起こした。「もうおもちゃみたいにくるくる回すのはやめたのか？いつか誤ってぼくを撃つぞ」

「撃つときは誤射じゃないわ」ダンテの皮肉な笑みをそっくり真似てみせながら、コロンバは車を降りた。だが、実際には冗談を言える気分ではなかった。司令官が彼女の話の矛盾点に気づいたら、詳細については口を閉ざすだろう。警察官とは、いわば従兄弟どうしの関係にある彼らが、打ち解けないときによく使う手だ。銃を車に置いてきたのは、そのためでもあった。自分は休職中の身だ。カラビニエーリなら、すぐにそのことに気づくはずだ。

コロンバはブザーを鳴らし、入口の監視兵に身分を告げると、監視兵は敬礼をしてセキュリティドアを開けた。小さな兵舎は壁の塗装がところどころ剝げ、来訪者が順番を待つために、プラスチックの椅子が四脚並べられていた。この時刻ともなると誰もおらず、エスプレッソのカップを手にした騎兵隊長がひとり、一瞬、興味をそそられたようにコロンバを見たが、それも彼女がベルトに下げている金色のネームプレート——裏側が身分証——に気づくまでだった。いわば、メッキが剝がれたというわけだ。馴染みのない警察署や軍の兵営を訪れるたび、その言葉が無意識のうちにコロンバの脳裏をよぎる。実際に身分を明かし、下心のある相手を落胆させる前の一瞬の出来事だ。かならずではないが、少なくとも頻繁にあるのは確かだった。

司令官のコラントゥオーノは年のころ六十ばかり、カレンダー用に立派な口ひげを生やしたパレルモ訛りの男だった。彼はコロンバをこれっぽっちも疑わず、ミニバンの事故についてあっさり話してくれた。制服を着ていようがいまいが、コロンバは自分が男性にそれほど影響を与えるとは思っていなかった。ましてや、場合によっては腰につけた身分証よりも、ボタンを外したブラウスの胸元のほうが捜査に有利に働くことなどは忘れていた。

司令官は、当事者の申し立てによる追跡調査という曖昧な説明を鵜呑みにし、ダンテが顔をしかめそうなコーヒーをコロンバにすすめてから、知っていることをすべて話した。事故のあと、最初に現場検証を行なったのはマチェラータの交通警察だったが、彼の兵営、そして彼自身が家族への連絡や遺体確認の準備にあたった。ミニバンはサンティラーリオの教区司祭の名前で登録されており、県道三六二号線の急なカーブで道路の外に飛び出した。

「現場付近は、数十メートルにわたって凹凸のある下り坂が続いていて、その途中、運転手はハンドルを切りきれずに転落したんだ。人生であんなに大きなオムレツを見たのは、後にも先にもあのときだけだったよ」

「運転手はスピードを出しすぎていたんですか？」コロンバは尋ねた。

「事故車両の鑑定で、ブレーキ系統に問題があったことが判明した。ついでに言うと、わたしはあの場所を知っている。あんなカーブは、たとえ自転車でもスピードは出せない」

「遺体の状態はどうだったんですか？」

「いいか、あまりショックを与えたくはないんだが、ソーセージをグリルにのせたまま忘れてしまったことはないかね？　まさにそんな感じだった。あらかじめ人間だとわかっていなかったら、ちっとも気づかなかったかもしれない」

「でも、親族には確認できたんですか？」

「ああ、難しくはなかった。ちょっと大げさに言いすぎたよ」司令官は窓を開け、煙草を取り出した。「迷惑かな？」

「いいえ、どうぞ吸ってください」

「忌まわしい習慣だ。ちっともやめられない。禁煙したら二キロ太るから、また吸いはじめる。ところが体重は元に戻らない。それで、何の話だったかな？」

「親族がどうやって遺体を確認したかという話です」

「ああ、そうだった。どの遺体にも、損傷を免れた部分があった。教区司祭《パリヌ》の顔はきれいなままだった。女性教師も。もうひとりの司祭は服装でわかった。子どものひとりは、いまでも思い出すと胸が締めつけられるが、身体を折り曲げていたおかげで正面は無事だったんだ」そう言って、司令官は火のついた煙草で頭から腹部のあたりを示した。

「よく覚えていらっしゃいますね」

「ああ。さっきも言ったが、あんな光景は見たことがなかった。わたしの記憶のなかでシロップ漬けになっている事故は数えきれないほどあるが」

「子どもはふたり乗っていたはずです」

「そうだ。女性教師の息子が丸まっていたほうだ。だが、もうひとりのパッラディーノの息子は、すっかり燃えかすになってしまった。かろうじてネックレスで確認できた。財布に入っていたんだ」

「とても気の毒な子だったと聞きましたが」

「いま考えてみると、そうとしか言いようがない。生まれたときから、すでに運に見放されていた。母親が抱えていた問題のせいで……身ごもっているとわかったときには、酒を断つために病院に通っていたんだ。そして、ああいう子どもが生まれた。夫のパッラディーノ氏が話してくれたよ。市役所の職員で、あれ以来すっかり抜け殻のようになってしまった」

「遺体のDNA鑑定は行なったんですか？」

「いや。なぜそんな必要があるんだ？　取り違えようがなかったというのに」

コロンバは立ちあがると、手を差し出して握手した。「ご親切に、どうもありがとうございました」

「もう帰ってしまうのか？」司令官は笑みを浮かべた。「残念だ」

「ほかにお尋ねしたいことがあったら、また来るかもしれません」

「そう願いたいものだ。ここだけの話、きみのように美しい女性は、われわれのところではめったにお目にかかれないからね。まあ、きみたちのところもそうだろうが」

「ありがとうございます」

出口まで見送りながら、コラントゥオーノ司令官はつけ加えた。「悲惨な事故だった。それに、いささか皮肉でもある。彼らは聖地で祈りを捧げてきたばかりだというのに、神からどんな贈り物を授けられたというのか。だが、神の考えは誰にもわかるまい」

「そうですね、わかりません」コロンバはうなずいた。カトリック教義の基本原理を自身に問うことはとっくにやめていた。

「だが、さらに悲惨なことになっていたかもしれないんだ。もうひとり死者が出ていたかも」

　コロンバは凍りついた。「もうひとり？」


　コロンバは車に戻った。ダンテは外に出て煙草を吸っていた。近所の煙草屋で買ったトブラローネ（スイス製の三角チョコレート）を手にしており、コロンバにもすすめた。

「けっこうよ」彼女は断わった。「状況がわかった」

「偽装事故の？」ダンテは即座に理解して言う。

「ええ」ふたりは車に乗りこんだ。そこなら誰にも話を聞かれる心配もない。「事故の直前にミニバンを追い越した車のドライバーの話では、ミニバンは路肩に停まっていて、ひとりの男が窓越しに運転手と話していたそうよ。そのドライバーは運転席に座っていた教区司祭を知っていたから、覚えていたの」

「司祭と話していた男は見たのか？」ダンテは尋ねた。

「顔も見ていないし、特徴も挙げていない。ヒッチハイカーだと思ったと。暗くて、一瞬ヘッドライトで照らしただけだったから」

「パードレだ。あいつが彼らを殺して、子どもを連れ去った」

「あるいは薬か何かで眠らせてから、バンを転落させたのかもしれない。でも、どうも腑に落ちないわ、ダンテ。たったひとりで何もかもやるのは無理よ」

「そのドライバーが目撃したのは彼だけだ」

「あなたのときにはボディーニという協力者がいた。ひょっとしたら、このときもいたのかもしれない。誰かが路肩に潜んでいたか、あるいは、より可能性が高いのは、近くに車で待機していたか。そこにすり替えた死体を隠していた」

「その死体はどこで手に入れたんだ？」

「どこかの死体安置所から奪ってきたんじゃないかしら。医者に金をつかませて。でも、ひょっとしたら……」

「パードレが連れ去ったほかの子どもかもしれない。パードレに逆らって……そんなに小さい子が」ダンテはいまにも爆発しそうだった。「もう一度、子どもの遺体を調べなければならない」取りつかれたような口調だった。「身元を突きとめなければ」

「そのためには司法官の命令がないと。でも、証拠も何もないわ。現時点ではただの仮説にすぎない。パードレを見つけて、断片をすべてつなぎあわせるのよ。その子どもに関しては、急ぐ必要はないわ。両親にとっても。わたしたちの考えているとおりだとしたら、すでに死んだと思っているから」

「ちくしょう」ダンテはつぶやくと、万一に備え、見もせずに薬をつかんで口に放りこみ、水なしで飲みこんだ。「いままでずっと、あいつは子どもをさらっては、殺しつづけていた」

「そうと決まったわけではないでしょう。最近になって、また行動を始めただけかもしれない」

「いや、そうだ。けっして中断することはなかった。そして、これからも続けるだろう。きみが彼の頭を撃ち抜くまで。それはそうと、銃は持っていたほうがいい」

コロンバは言われたとおりにした。「わたしは闇の死刑執行人じゃない、ダンテ。警察官よ。彼を刑務所に入れるのが仕事だわ」

「ぼくは違う。彼には死んでもらう。これ以上、ぼくたちの世界の空気を吸わせてなるものか」

見ると、ダンテは震えていた。「もうあなたには指一本触れさせない。誓うわ」コロンバはきっぱりと言った。

「だめだ……」ダンテは言いかけてから、もっとしっかりした声で言い直した。「あいつの存在を身近に感じると、いまでも自分を抑えることができないんだ。いつかできると思っていたのに」

「あなたはとても努力している。わたしだって、あなたの立場だったら怖いだろうと思う。あんな目に遭ったんだから」

「きみは不安じゃないのか？」

「わたしが感じるのは怒りだけ。それから、何て言えばいいのか……〝驚愕〟がたぶんしっくりくる言葉ね。そんな怪物が実在するなんて、とても信じられない。民話の人食い鬼とか、『エルム街の悪夢』のフレディ・クルーガーのような。でも、このまま信じないふりをするわけにはいかない。実際にいるんだから。わたしたちの周囲のどこかに。だから、どうにかして皆に彼の存在を信じさせる方法を見つける必要がある」コロンバはエンジンをかけた。「いまからパッラディーノ家を訪ねるわ。今度は車に残ろうなんて思わないでね。あなたの意見がないと困るから」

「母親を傷つけても？」

「そんなことをしたらトランクに閉じこめてやる」

「できないくせに」

「やってみる？」

だが、その必要はなかった。夫妻の家を包みこむ悲嘆を目の当たりにすると、ダンテの攻撃的な本能は鳴りをひそめた。夫妻は、質素な夕食が終わりかけたころに現われた来訪者に驚いた。夫も妻も、あたかも身体の内側から少しずつ病気に侵食され、この先もそれが永久に続くかのような有様だった。事前の情報によれば、父親は四十歳、母親は三十五歳ということだったが、実際に会ってみると、どちらも七十近い老人のようにしか見えなかった。父親は顔に深いしわが刻まれ、髪はまばらで頬がこけており、母親は若白髪で、乱れた前髪が額に垂れていた。この女性は息子の死のことで一生、自分を責めつづけるにちがいないとコロンバは思った。たまに美容院へ行ったり、必要なときに軽く化粧をしたりといった最低限の身だしなみも放棄して。一方で、夫は眼窩《がんか》に吸いこまれたような目をしていた。パードレや連続誘拐犯のことを知らなかったら、このような夫婦に対して、コロンバは通常の殺人事件と同じような対応をしていただろう。被害者の親族、犯人の親族、あるいは殺人犯本人。殺人犯は、みずからの責任を突きつけられ、はじめてふたりの人生を台無しにしたことに気づく。被害者と、みずからの人生を。それは刑期の長さでしかはかることができない。パッラディーノの小さな一軒家でも、あちこちに飾られた息子の写真がとつぜんの喪失を物語っていた。写真は、居間の一方の壁全体を占める祭壇にも、十字架のキリスト像や聖母像とともに飾られている。

彼らの苦悩に気圧《けお》されて、ダンテは例のごとく、話をしているふたりの身ぶりをその場で観察することによって距離を置いた。部屋の中央の、三日月に向けて開かれた大きな窓のそばに陣取ったダンテは、夫妻が息子の運命をこれっぽっちも疑っておらず、教区司祭が計画した日帰り旅行にひとりで参加させたことを毎日悔やんでいることに気づいた。ふたりは今回の事故が司祭の責任だと考えていた。

「運転するには高齢すぎたんです」夫は言った。「しかも、おんぼろバンだった。わたしが連れていくべきだったんです。わたしの車で、息子を。本当にあの忌々しい聖地が見たかったのなら」

「カルロ……」妻が抑えた声で咎めた。

夫は苦悩と、わずかな愛をにじませた目で彼女を見た。「彼女はいまでも神を信じています」彼はコロンバとダンテに言った。「ですが、わたしは違う。あなたたちは、あんなことがあってもまだ信じられますか？　それにしても、何のためにいらっしゃったんです？」

コロンバは司令官に対する話とは少しばかり変えて説明した。今回の事件で、救出活動に手落ちがなかったかどうかを調査中で、正式に新たなことが判明したら知らせると。ダンテのことは、こうした事件の専門家として紹介した。

「たとえ救急隊が駆けつけたとしても、何の役に立ったというんですか？」夫は言った。「息子は即死だったんです」

「検死結果は？」ダンテははじめて口を開いて尋ねた。

「検死はやりませんでした」妻が答えた。「遺体は目も当てられませんでしたから。運転していたパオロ司祭に対しては行なったようです。発作を起こしたのかどうかを知りたかったんでしょう」

「それで？」コロンバは尋ねた。

妻は肩をすくめた。「問題ありませんでした」

コロンバには、すべてがパードレの計画を成功へ導くために仕組まれていたように思えたが、一方のダンテは偶然の一致を信じず、この点が解明されていないために全体が複雑になっていると考えた。パードレはどうやってうまく逃げおおせたのか？　みずからの痕跡を消し去って。

緊張がほぐれてきたころを見計らって、コロンバは事故の状況に関して、思いつくままに質問をした。ダンテは、ふたりが疑念を抱くようなことはないものの、事故を再現させられて腹を立てるかもしれないと予想していた。ところが、彼らの心からは怒りも消えてしまったようだった。夫が口にした悪態さえ、力や確信とは程遠いものだった。「旅行を計画したのは教区の人たちだったんですか？」

「いいえ」はじめて妻が答えた。「パオロ司祭が個人的に企画したんです。彼は暇を見つけては向こうを訪れていました。そして、わたしたちにも参加しないか、あるいはもしよかったらルッジェーロを連れていこうかと誘ってきたんです。わたしたちは承諾しました。彼の厚意に甘えることにして……」

「その話を聞いたのは、旅行の何日前でしたか？」ダンテが尋ねる。

「それが何の関係があるというんです？」夫が問いかえした。

「ぼくが答えられないことを上司に訊かれるかもしれません。そのときに、またあなたたちを煩わせたくないものですから」ダンテは口から出まかせを言った。

「一週間前です。電話がかかってきて誘われたんです」妻が説明した。

今度は、コロンバもダンテも同じことを考えた。誘拐の計画を立てるのに一週間では短いのではないか。すでにチャンスをうかがっていたのでなければ。パードレは彼らの家を監視していたにちがいない。だが、どうやって獲物を選んだのか？

「今回亡くなった方たち以外に、この計画に関わった人はいましたか？」コロンバは尋ねた。

「そうは思いませんが」夫が答えた。

「それ以前に、誰かから電話がかかってきたりしませんでしたか？　たとえば医者とか。新任の医者は？」ダンテは質問した。

だが、予想外の問いに両親は怪訝な顔をした。「なぜ医者なんですか？」

「お子さんのかかりつけ医のことです。以前からかかっていたでしょう」ダンテは子どもの母親を見つめながらつけ加えた。

女性はうつむいて、平手打ちを食らったかのように顔を赤らめた。「ご存じだったんですか」つぶやくように言う。

「はい」彼女が視線をそらしても、ダンテはじっと見つめて言った。

「すぐにやめました。妊娠したと知った直後に」母親は言い訳をする。

「あなたたちには関係ないことでしょう」夫が怒りもあらわに抗議した。「どっちにしても、すぐにではありませんでしたが」

「でも、ほとんどすぐだったわ。ほとんど」妻は同意を求めるような目で繰りかえした。

ダンテは表情を変えず、コロンバはひどく心を痛めながらほほ笑みかけた。「医者について、話していただけませんか？」話題を変えようとして尋ねる。

「かかりつけの小児科医がいました。それから、〈ブッソラ・ダルジェント〉にも通っていました」

「それは何ですか？」コロンバは尋ねた。

「障害のある子どもの支援センターでした」

「なぜ過去形なんですか？」ダンテは些細なことも聞き逃さなかった。

その財団はイタリア各地に支部があったが、ルッジェーロの死後まもなく、資金難で活動を停止したということだった。

コロンバとダンテは、もういくつか無意味な質問をしてから玄関に向かった。

中庭に出ると、コロンバはささやいた。「〈ブッソラ〉で子どもを物色したのかしら？」

「彼ひとりではないかもしれない。通っていた子どものリストを手に入れる必要がある」ダンテは応じたが、なかばうわの空だった。外の空気を思うぞんぶん吸っていたからだけではなく――家の中では、心のレベル計の目盛は上昇しなかったものの息苦しさを感じていた――脳裏につきまとって離れない深い考えに心を奪われていたからだった。目下、調べているさまざまな出来事を結びつける線は、すでに解きほぐせないほどもつれあっているが、同時に欠陥やほころびもある。捜査を進めれば進めるほど、疑問に対する答えが見つかるどころか、ますます答えるのが難しい疑問が増えていく。自分に襲いかかるべく、闇に紛れてひそかにパードレが待ち構えていることを想像すると、誰も彼を捕らえられないのも驚くことではない。何よりも、自分以外の人間は誰もパードレの存在を信じていないのだ。ダンテはパードレの頭脳を高く評価する一方で、警察の無能さをばかにしていた。だが、パードレがあいかわらず行動しつづけ、情け容赦なく人を殺していることが明らかになった以上、彼がどうやってこれほど完璧に痕跡を隠しているのかが不思議でたまらなかった。思いどおりに行かない可能性があること——たとえば、絶望した両親が息子のDNA鑑定を依頼するなど——を避けるなど、はたして可能なのか。予想外の出来事によって、足を踏み外したり、あるいは疑いを抱かれたりすれば、パードレの〝仕事〟はより困難になるだろう。数奇な運命を辿ってきたダンテは、運というものを信じておらず、ましてやパードレが運に身を委ねているとも思っていなかった。したがってパードレは、生き延びるための複雑かつ精巧な計画を練りあげたにちがいない。そしてダンテは、それをいまだに見抜けずにいる。それ以外にも頭を悩ませていることがあった。警察は、最初にパードレの計画のほころびが垣間見えたときに、なぜほかならぬ自分に接触したのか。よりによって、パードレの犠牲者である自分に。あまりにも大きな偶然だった。そんなことが起こりうるとは信じられないほど。だが、今回の件に関しても、早々に疑問点を見出しておきながら、答えを見つけたのは、出口まで見送りに出た子どもの母親に別れを告げるときだった。ダンテは、玄関に飾られていた小さな記念碑のようなものに目を留めた。それは高さ一メートルほどの大理石の台座に置かれた、銅製の子供靴だった。その瞬間、頭の中でカチッという音がして、ようやくパズルのピースの一部がぴたりとはまった。その音は他人に聞こえるかと思うほど大きく鳴り響いた。ダンテは震える手でその像を指さして、それは何なのか母親に尋ねた。すでに答えを確信していたにもかかわらず。

「ルッジェーロの事故のあと、誰かがあの子の靴を家の前に置いていったんです。たぶん道で見つけて、持ってきてくれたんでしょう。それをもとに夫が像をつくりました。最初はお墓に飾ろうと思っていたんですけど……まだここにあるんです」

ダンテは錯乱状態に陥った。青白かった顔が、いまや真っ赤になり、呼吸もままならないほどだった。

「大丈夫、ダンテ？」コロンバは心配して尋ねた。

ダンテは彼女に何も言わないよう合図すると、すでに挨拶をしてドアを閉めようとしていた母親を追いかけて玄関に戻った。

コロンバは、彼が「すみません、もうひとつだけ」と言いながら、無傷のほうの手でポケットから携帯電話を取り出して、その画面を妻に、続いて夫に見せる様子を眺めていた。それが何なのかはわからず、夫妻の言葉も聞こえなかったが、ふたりがうなずいて、ダンテがぜんまい仕掛けの人形のようにますます動揺するのはわかった。

戻ってきたダンテは表情が一変していた。頭を悩ませていた謎がはじめて解け、あたかもオルガスムに達したかのようだった。

「ダンテ、いったいどうしたというの？」コロンバは尋ねた。「おかげでわたしまですっかり混乱している。このままだとまずいわ。これから運転しなきゃいけないのに。あなたただって、わたしがこんな状態で運転したら生きた心地がしないでしょう？」

ダンテは例のごとく皮肉っぽい笑みを浮かべ、やがて勝ち誇ったような笑顔になった。

「〝悟り〟を開いたことはあるかい？」

「何なの、それ？」

「ひらめきだよ」

「パードレのこと？」

「間接的には。きみとぼくがなぜこの件に深く関わっているのかがわかった。これからどうなるのかは見当もつかないが、少なくとも脳に張っていた蜘蛛の巣は取りはらわれた」ダンテは彼女に目を向けると、真顔になった。「でも、きみは気に入らないかもしれない」

「そもそも、この話はちっとも気に入らない。それで？」

「ローヴェレだ」ダンテは言った。「彼が隠していることがわかった」

21

〝おまえは何を失うつもりなのか？〞歌詞の一節が、朝からローヴェレの頭の中をぐるぐる回っていた。目覚まし付きラジオから流れるのを聞いて、耳にこびりついてしまった。古い型のラジオだが、彼は頑なにナイトテーブルに置いたままにしていた。うまく作動する前に、ブラウン管のテレビのように、うなる音がだんだんと大きくなる。ふだんはラジオが聞こえる前にスイッチを切ってしまうが、今朝はつけたままにしておいた。動くのが億劫《おっくう》なほど疲れていたのだ。その歌声に、ローヴェレはやや驚いた。思いのほか若い。実際、若いのだろう。エレナなら知っていたはずだ。若者の流行について、彼女はいつでも最新の情報を仕入れていたから。高校の教師をしていたため、生徒を理解するには彼らの世界を知ることが必要だと考えていたのだろう。生徒たちは全員、葬儀に参列し、まるで親戚を亡くしたかのように悲しんでいた。しかしローヴェレは、自分でも驚いたことに、このうちの何人が話の種にするために、あるいは携帯電話で撮る写真にそれらしく写るために悲しんでいるふりをしているのだろうかと考えていた。

〝おまえは何を失うつもりなのか？〞ローヴェレはその歌を歌っているのが誰かも知らな

ければ、それ以外の歌詞も忘れてしまったが、その問いに対する答えはわかっていた。

すべて。それが答えだった。悪夢を終わらせるためなら、すべてを失う覚悟だった。

パトロールカーが自宅の前で停まると、ローヴェレは降りて、運転席の警察官にうわの空で手を上げて挨拶してから建物の入口に向かった。

両親が熱心なカトリック信者だったにもかかわらず、ローヴェレはつねに疑問を抱いて育った。まさにその昔からの疑問と、それを理解したいという熱意を原動力に、彼は警察でキャリアを築いてきた。だが、理性的な考えを不可知のこと、超越的なことにどう当てはめろというのか？　神を信じるには懐疑的で、一方で神の考えを拒むには伝統を重んじるローヴェレは、つねに宙ぶらりんの状態だった。ミサには通わず、かといって無神論者、ましてや不可知論者でもない。おそらく神は存在するのだろう。だが、この世からも人間からも遠く離れているせいで、信じようが信じまいが違いはないのだ。ところが、エレナが病気になると、子どものころのように、ふたたび祈りを捧げるようになった。たとえ願いが叶う可能性がわずかだったとしても、無視することはできなかった。ローヴェレは、ほかのあらゆることと同様に祈りにも規律を当てはめ、毎日、九日間《ノヴェーナ》の祈りと射禱をそれぞれ決まった時刻に行なった。その習慣はエレナの死後も続け、ふいに孤独感に襲われたときには、祈ることで苦しみのなかに慰めを見出した。

だが、この一週間は祈っていない。二度と再開しないこともわかっていた。神は一度として自分に目を向けたことなどないかもしれないが、いま、自分の過ち、愚かさを軽蔑して背を向けているのは確かだ。ローヴェレに残されているのは、せめて少しでも償いをできるかもしれないという希望だけだった。だが、償うには、さらなる深淵に沈む必要がある。裏切りに対する代償は何なのか？　彼は幾度となく自身に問うた。嘘に対する、策略に対する代償は？

答えはまたしても同じだった――すべて。最後にはすべてを贖《あがな》うことになる。だが、それが罰というものだ。たとえ掘り起こした真実の断片が、みずからの抱える罰を重くするだけだとしても。ローヴェレは入口の前で煙草に火をつけた。小さな花柄模様のステンドグラスからもれる中庭の明かりが、建物の側面に彼のシルエットを描き出していた。それを見て、一瞬彼はうろたえた。魂が肉体から解き放たれたのかと思ったのだ。いまやローヴェレは、ただ立っているためだけに無理やり食べ、日々の任務をこなそうとしていたが、それはひたすら負けるばかりの戦いだった。すでに彼は自分を演じている役者にすぎなかった。みずから捨て置いた空洞を埋めているだけの。

〝おまえは何を失うつもりなのか？〟

最初は些細な疑いだった。エレナの死に対する苦悩に満ちた心の片隅に追いやることができた。意識の端をかすめ、腹の底でうごめいてはいたものの、無視することができた。あるいは、無視するふりを。だが、たとえ感じられないほどわずかでも死を悼む気持ちがやわらぐと、疑念はどんどん膨らみ、暴れはじめ、攻撃しはじめた。いつのまに離れられない相棒となったのだろうか。パリの病院にコロンバを見舞い、彼女の顔に死が刻みこまれているのを目にしてからにちがいない。そのときはじめて、みずからの疑念に根拠があると感じた。真実を解き明かさなければ、表面的な平和さえも手に入れることはできないと。そして、煙や鏡の向こう側に何を見つけたのか？　屏風や扇の向こう側に。深淵。彼自身が飲みこまれた底知れない深み。

〝おまえは何を失うつもりなのか？〟

まだ失うものが残っているのか？　いまや、むき出しの骨と化した自分に。最後にもう一服すると、ローヴェレは入口の扉を開けた。その瞬間、闇から現われた二本の手が彼をつかみ、壁に突き飛ばした。ローヴェレは暴力には慣れていなかった。官僚としてのキャリアのおかげで、殴る蹴るの乱闘や逮捕劇からは免れてきたのだ。それでもとっさに反応し、かろうじて肘で背後を突きながら襲撃者を振りかえった。何と愚かだったのか。こうなることを予想するべきだった。遅かれ早かれ、〝父親《パードレ》〟の名のもとに動きまわる怪物がみずからの身に迫りくることを。襲撃者はローヴェレの肘をぐいとつかむと、先ほどよりも強い力で彼を壁に叩きつけた。

「ちょっと、おとなしくして」女の声だった。

聞き覚えのある声に、ローヴェレは即座に抵抗をやめた。「コロンバ！」思わず大声を出す。

コロンバは怒り狂い、おまけにファーノからアクセルを踏みっぱなしで疲れていた。その間、ダンテは苦痛にうめき、叫び声をあげ、窓から外に吐きつづけ、やがてぐったりと力尽きた。一キロ進むたびに怒りがつのり、まさにホラー映画を地で行くような、血に飢えた旅だった。コロンバはこれほど裏切られたと、これほど利用されたと感じたことはなかった。

「もう一度、大声を出したら歯をへし折るから。壁に手をついて」彼女は怒鳴った。

「コロンバ、どういうことだか、さっぱりわからない」ローヴェレは落ち着きを取り戻して言った。

コロンバは彼の左の足首を蹴って膝を開かせた。「壁に手をついて、動かないで」そして、身体検査を始める。

「わたしが銃を持っていないのは知っているだろう」

「知っていると思っていたことは、ほかにもたくさんあるわ」

ローヴェレは視界の端でダンテが現われるのをとらえた。ふだんにも増して青白く見えたが、たぶん階段の踊り場の明かりのせいだろう。ダンテは戸口に立ったままだった。あたかも、この建物に危険なものが潜んでいるかのように。

「トッレさん、せめてあなただけでも説明してもらえないか……」

コロンバはかっとなった。ローヴェレのレインコートの襟をつかむと、乱暴に揺り動かして何度も胸を壁に打ちつけた。

「もうたくさん。嘘はたくさんよ。ごまかしはたくさん。本当のことを話して」

「あなたはパードレを知っていた。最初から」ダンテが言った。

ローヴェレはため息をついた。自分の弟子だと考えている女性に対する誇りと、彼女の反応を恐れる気持ちが入り混じっていた。「いや、知らなかった」

「この期に及んで、まだしらを切るつもり？」コロンバは叫んだ。

「本当だ。わたしはただ……」しばし口ごもる。「怖かった。疑っていた。彼のことを考えるだけで気が狂いそうだった」

「だから、その疑いを捨て去るためにわたしたちを利用した」コロンバは続けた。精いっぱい感情を抑えていたが、いまにも爆発しそうだった。

「なぜわかったんだ？」ローヴェレは尋ねた。

「意味を探したんです」ダンテが説明する。「ぼくがこの捜査に巻きこまれたことの意味を。単なる偶然ではないとしたら、CCを介してぼくを巻きこんだあなたが、ぼくたちに話した以上のことを知っているにちがいないと考えました」ダンテは言葉を切ると、自分が間抜けに思われないかどうかを心の中で確かめた。「でも、どうしたらそんなことが可能なのかがわからなかった。あなたは、プラトーニで遺体が発見された直後にCCに電話をかけた。なぜそんなに早く情報を入手できたのか？　パードレと関わりがあるのか？　それはありえない。だとしたら、こんなに騒ぎ立てないだろう。被害者を知っていたのか？　その可能性も除外した。パードレの誘拐の手口は、とくに特徴的なものではなかった。他人の知らない事情に通じている唯一の存在であることを除けば。そう考えたところで、ふと思い当たった――靴だ。パードレは被害者の靴を目につくところに残している。それが目印だ。そうですね？」

「ああ」

「それがどういう意味なのか、ご存じなんですか？」

「いや」

「でも、あなたはプラトーニへ行く前に、靴が残されていることをすでに知っていた。パッラディーノ夫妻から聞いたんですか？」ダンテは尋ねた。

「そうだ」ローヴェレは認めた。ほとんど独り言のようだった。

コロンバは力が抜けるのを感じ、一歩後ろに下がって彼を放した。すべてダンテの考えたとおりだった。

締めつけから解放されたのに気づいて、ローヴェレは上着を直しながら振り向いた。「すまなかった、コロンバ。折を見て話すつもりだったんだ」

「どうやってパッラディーノ家に行き着いたんですか？」またしてもダンテは尋ねた。

コロンバは何も言わなかった。彼を見ることさえできなかった。

「それは言えない。いまはまだ。わたしに言えるのは、きみたちは奇跡を成し遂げたということだけだ」

「奇跡」コロンバは打ちのめされたように繰りかえした。

「これはきみの人生で最も重要な捜査だ、コロンバ。わたしが信頼できる人物はきみしかいなかった」ローヴェレは、どうにか彼女を納得させようとした。「そして彼は……」ダンテを指して言う。「きみを正しい方向へ導くことができる唯一の人物だった」

「ぼくが暴力を毛嫌いする人間で、あなたは運がよかった。それに、ぼくのメリケンサックが押収されていて」ダンテは言った。

「何もかも残らず聞かせてください」コロンバはきっぱりとした態度で迫った。

「いまはそのときではない。わたしを信じてくれ、頼む。もう少しだ。あと数日。これ以上、きみを巻きこまないようにする」そう言いながら、ローヴェレは階段へ向かった。

不意をつかれたコロンバは、一瞬、追いかけるのが遅れた。「どこへ行くつもりですか？」

「自宅だ。ここは三十分おきにパトロールカーが巡回している。一緒にいるところを見られないほうがいい」

ローヴェレはふたたび階段を上ろうとしたが、今度は、コロンバは塩の像のごとく身体を凍りつかせようとする疎外感を制して彼の腕をつかんだ。「知っていることをわたしに話すか、さもなければデ・アンジェリスに電話するから、彼に対して釈明してもらいます」コロンバは携帯電話を取り出すと、検事の番号が表示された画面をローヴェレに見せた。

「彼は何もかも握りつぶすだろう」ローヴェレは言った。「彼が出世を望んでいるだけなのか、それとも敵なのかは、まだわからないが、彼を信用してはいけない」

コロンバは通話ボタンに指を置いた。「これが最後のチャンスよ」

彼女が何があっても引き下がらないつもりだと、ローヴェレは悟った。一秒過ぎるごとに、何かを言うたびに、ふたりを結びつけている敬意と愛情の関係が崩れつつあった。どれだけ努力しようと二度と元通りにはなるまい、そう考えるとローヴェレの胸は痛んだ。「いまから話すことは、わたしが許可しないかぎり、けっして誰にも言わないと約束してくれ」

「約束はできません。話を聞いてから決めます」

今度ばかりは、ローヴェレは譲歩せざるをえなかった。「わかった」彼はついてくるよう合図すると、ふたりで中二階へ上った。「部屋で話そう」

コロンバは、黙ってステンドグラスの扉にもたれているダンテを振りかえった。「あなたはどうする？」

彼は悪いほうの手にはめた手袋を噛みながら、階段までの通路に目を向けた。いまやセンサー付きの明かりは消え、ますます気がそがれた。だが、言うまでもなくローヴェレの話には興味があった。「深呼吸をするから、少し待ってほしい。ぼくが行くまで話を始めないでくれ」

「早く来て」コロンバは答えると、鍵を開けるローヴェレに追いついた。

「できればトッレ氏には席を外してほしいんだが」彼は言った。

「これ以上、あなたの希望を聞くつもりはないわ。さあ、早くしてください」コロンバは急き立てた。

ローヴェレはドアを開けた。その瞬間、真っ暗なアパートメントに電気の閃光が走った。まぶたに焼きつくほど、白くまばゆい光だった。それは爆発の前にコロンバが見た最後の光景だった。

22

爆発の衝撃でダンテは歩道に投げ出された。一瞬、何が起きたのかわからなかったが、ふとわれに返ると、身体がガラスの破片におおわれている。が、さいわいにも怪我はなかった。建物は暗闇に包まれていた。四階までの窓ガラスは跡形もなく消え、数箇所からもうもうとした煙が出ていた。爆弾だ、ダンテは驚いて立ちあがろうとした。周囲に駐車している車の警報が甲高く鳴り響く。となりの建物の窓から、男が訳のわからないことを叫んでいた。ダンテは破片が散乱した歩道に注意深く悪いほうの手をついたが、たまたま通りがかった男性に支えられなかったら足を滑らせていただろう。

「大丈夫ですか？」男性は尋ねた。

ダンテは答えなかった。周りには十人ほどの野次馬が集まり、携帯電話で話したり写真を撮ったりしていた。ダンテは建物の入口まで近づくと、煙の中に目を凝らした。だが、何も見えなかった。CCは中にいる、彼は愕然として立ち尽くした。

ふいに、煙の中からパジャマ姿の年配の夫婦が咳きこみながら出てきた。

ダンテは煙を払いのけながら進み出た。「階段に女性がいたんです。黒髪で背が高い。見かけませんでしたか?」彼は尋ねたが、動揺のあまり舌がもつれた。

夫が咳払いをした。「とにかく真っ暗なんだ」興奮したように叫ぶ。「それに煙が……」

続いて、ナイトガウンをはおった女性と、上着とネクタイ姿の男性が現われた。男性は会社から帰宅したばかりらしく、携帯電話で冷静に話している。コロンバの姿はなかった。ダンテは不安にかられた。自分がばかみたいに歩道に突っ立っているあいだに、彼女は炎と焼けつくような瓦礫で身動きがとれずに死にかけているかもしれない。すぐに助け出さなければ。手遅れにならないうちに。だが、不吉な予感が脳裏をかすめる。もう間に合わないのではないか。窓ガラスの吹き飛ばされ方から判断すると、爆発が起きたのは下のほうの階、まさに彼女がいた場所だ。緊張と不安のせいで、ますます胸騒ぎがひどくなる。巻きあがる埃と煙の中に彼女の身体が散らばっているのではないか。もう二度と会えないのではないか。

ダンテは頭の中でささやく声を黙らせて、目を閉じた。太陽の光が降り注ぐ砂浜、澄みわたった空を思い浮かべる。グライダーのごとく空を飛び、夜の草原を走るさまを思い描く。自分の部屋のバルコニーに横たわり、ガラス越しに星を見つめながらうとうとする瞬間に戻ろうとする。たっぷり一分が過ぎたころ、ふたりの老人が互いに支えあうようにして出てきた。コロンバはいなかった。

動悸とともに心のレベル計の目盛が上昇する。きっと助け出せる、ダンテは自分に言い聞かせ、無理だ、できない、そんなばかなことはやめろというささやき声に耳をふさごうとした。ネクタイを外すと、ダンテは目をつぶったままズボンのチャックを下ろし、人目もはばからずに上に向かって小便をした。周囲の人々は顔をしかめて離れた。誰かが大声で文句を言う。知るもんか。ダンテは構わず濡れたネクタイを口と鼻に巻きつけ、携帯電話の明かりを松明代わりにして中に飛びこんだ。

その瞬間は何も見えなかったが、やがて煙は薄くなり、LEDの明かりが階段の上り口を照らし出した。どうやら階段は無事のようだ。建物の枠組みに被害は見られないものの、焼け焦げた漆喰や、熱で溶けた電線のビニールの破片がひっきりなしに落ちてくる。

「戻ってこい！」外から誰かの叫び声が聞こえた。

ダンテはその声に従いかけた。先ほどの熱い決意は早くも鈍りはじめていた。そのとき、最初の階段を上りきったところで何か明るいものがかすかに動くのが見えた。そのすぐ横の、かつてローヴェレのアパートメントがあった場所の裂け目からは青い炎が燃えあがり、有毒ガスが立ちこめている。それを目にすると、ダンテは迷わず足を踏み出し、携帯電話の明かりで障害物を避けながら奥に進んだ。どうにか中二階まで階段を上る。最後の一段は瓦礫に埋もれており、飛び越えなければならなかった。よろめきながら着地して身を起こすと、先ほど見えた白っぽいものは、爆風で外れかけた天井照明のカバーだった。ちくしょう、ダンテは心の中で毒づいた。もうだめだ、これ以上は危険だ。だが、向きを変えて階段を下りようとしたとき、廊下の壁際の黒いかたまりに気づいた。電話の明かりを向けると、落ちてきた漆喰になかば埋もれたコロンバの顔が見えた。身体をおおう白い粉塵が炎の光にきらめいている。

ダンテは彼女の名前を呼んでかがみこんだ。コロンバの血だらけの顔を見て、一瞬ぎょっとしたが、よく見ると額が一箇所切れ、そこから出血しているだけだった。さいわいにも、それほど深い傷ではなさそうだ。

「CC！」ダンテは大声で呼びかけた。コロンバのまぶたがぴくぴく動く。「聞こえるか？ CC！」

そのとき、ふいに煙が流れこんできて、尿の染みこんだネクタイを巻いているにもかかわらずダンテは激しく咳きこんだ。煙が薄くなると、廊下に新たな明かりが射しこんできた。キャンプ用のランタンだ。持っているのは、濡らしたハンカチを顔に当てたショートパンツ姿の大柄な少年だった。少年は近づいてはこない。「大丈夫ですか？」音を立てて燃える炎に負けないよう大声で叫ぶ。

「手を貸してくれ。この女性を運び出すんだ」ダンテはネクタイ越しに声を張りあげた。

「救急車が来るまで動かしちゃだめだ。よくそういうふうに言うでしょう」少年は言いかえした。

「ここに残しておくわけにはいかない」ダンテは言い張った。「建物が崩れ落ちるかもしれない」

「だったら早く外に出ないと」少年は促した。

「彼女も一緒だ」ダンテは譲らない。

そのとき、父親と母親と三人の息子が階段を駆け下りてきた。皆、パジャマ姿だ。父親は丸めた新聞を燃やして明かり代わりにしている。ばかなことを、ダンテは驚いた。爆発の直後だというのに。彼らが通り過ぎた拍子に、ダンテと少年のあいだに大きな漆喰のかたまりが崩れ落ちてきた。少年は驚いて後ずさりする。

「待て。行かないでくれ」ダンテはふたたびコロンバの前にかがみこんだ。彼女は目を開けていた。「聞こえるか？」ダンテは声をかけた。

「ええ……」弱々しい答えが返ってくる。

「脚を動かして。動かすんだ」

「何を？」

「脚だ。背中を負傷していないかどうかを調べる必要がある」

コロンバはこぶしを握りしめながら、片脚を、続いて反対の脚をわずかに動かした。

「どうですか？」少年が尋ねた。

「ぼくが手を貸せば歩ける」それが希望的観測でないことを祈りながら、ダンテは答えた。

だが、コロンバには一刻も早くここから離れてほしかった。もちろん自分も一緒に。

またしてもアパートメントから煙が押し寄せてきて、ふたりを包みこんだ。今度は紙や木が燃えるにおいがする。居間の本棚に火が燃え広がったのだ。

ついに少年が近づいてきて、ダンテとともにコロンバを助け起こした。

立ちあがるなり、彼女は埃と血を吐き出した。「ローヴェレは……」やっとのことで声を絞り出す。ひとりで立ってはいるものの、まだ足元がおぼつかなかった。

焼け死ねばいい、とっさにダンテは思った。だが、すぐに自分がローヴェレの話を聞きたがっていることに気づいた。新鮮な空気よりもそれを欲していた。「ひとりで彼女を外に連れ出せるか？」まだ声が出ることに驚きつつ、ダンテは少年に尋ねた。

「たぶん」

「下まで連れていって、救急車を待つんだ。救急車が来るまで付き添っていてくれ。でないと、ただでは済まないぞ」

ダンテの恐ろしい目つきに気圧されて、少年はこくりとうなずいた。「心配しないで」

「最初の段に気をつけろ」

ダンテは心ならずもコロンバと少年をその場に残すと、炎に包まれたアパートメントの玄関へ向かった。爆発で主壁は跡形もなく吹き飛ばされ、いたるところに漆喰が散乱し、外壁で補強された鉄筋がむき出しになっていた。爆風は天井も突き破り、上階のアパートメントの居間が崩れ落ちてきている。煙の大半はその穴に流れこみ、上階の割れた窓から外に吸い出されていた。そのおかげでコロンバは窒息死を免れ、ダンテは室内に留まって探索を始めることができた。アドレナリンが激しく体内を駆けめぐり、鼓動が耳をつんざく。ダンテは大きな裂け目に頭を突っこんだ。廊下の突き当たりで炎が音を立てて燃え盛り、あまりの熱に、それ以上は近づくことができない。上階から落ちてきた大理石のテーブルは床にめりこみ、びくともしなかった。そのほかの家具は粉々に砕けているか、炎に包まれていた。

ローヴェレの姿はどこにもなかった。ダンテはもう一度、明かりで照らしてみたが、それ以上続けられないことに気づいた。悪夢が凶器のごとく襲いかかってきたからだ。壁のかたまりの下敷きになり、顔が破片に埋もれて息ができずにもがき苦しんでいる姿が思い浮かぶ。思い浮かぶというよりも、肌で感じた。理性が働くうちに、すぐさまここを出なければならない。心のレベル計の目盛が上昇してアラームが鳴り出さないうちに。だが、最後にもう一度と周囲を見まわすと、枠から外れたドアが動き出したような気がした。ドアは鋼板で補強されており、それが盾となったおかげでコロンバは九死に一生を得たのだ。ドアはほぼ無傷で廊下の横に倒れていた。廊下には瓦礫の山のようなものがある。そのとき、ダンテはそれが人間の頭だと気づいた。煤で黒くなったローヴェレの頭だと。倒れてきたドアに仰向けに押し倒され、下半身が下敷きになっていた。ローヴェレは動くほうの手で顔に触れようとしていた。

ダンテはそのわきにひざまずいて、目や口の煤を払ってやった。「トッレです。がんばってください」

ローヴェレは口を開いたが何も言えなかった。ダンテは歯が一本も残っていないことに気づいた。口の中には血のかたまり、粉塵、骨のかけらが詰まっている。嫌悪感をこらえながら、ダンテは彼の口に指を突っこんでそれらを取り除き、少しでも楽に呼吸ができるようにした。黒っぽいどろりとした血が滴り落ちたが、ローヴェレは目を開いた。そして、震える手でダンテの悪いほうの手を握りしめた。

「もう少しの辛抱です」ダンテは励ました。「ほら、サイレンが聞こえませんか？　あなたを助けに来たんです」その瞬間、彼はもはやローヴェレの秘密などどうでもよくなった。とにかくここから逃げ出したかった。

手をつかむ力がさらに強くなる。ローヴェレは恐れているのだ。ダンテよりもはるかに。この熱と死の地獄に取り残されることを。

ダンテはしばし目をつぶった。青い空、海、草原、宇宙空間。「わかりました。あなたを置き去りにはしません。これを身体からどけてみましょう」彼は携帯電話を床に置いて手元を照らした。「いまだけ手を放してください。どこにも行きませんから」息を弾ませながら、自分の手を握りしめる彼の手をそっと振りほどく。そして、両手でドアの側面をつかんで持ちあげようとしたが、一ミリもずらすことができなかった。梃子《てこ》の原理を利用すれば、うまく動かせるかもしれない。だが、まずはローヴェレの状態を確かめることが先だ。

かがみこんでドアの下をのぞいたダンテは、想像を絶する光景に大きく息を吐き出した。ドアの鋼板の一角がまくれあがって三角形の鋭い刃となり、ローヴェレの胸骨の下を突き刺し、背骨を貫いて彼を床に釘づけにしている。大きな血だまりができて、大理石の床板の隙間に流れこみ、下の階に赤い雨を降らせていた。

ダンテはふたたびひざまずくと、ローヴェレの絶望に打ちひしがれた目を見つめ、彼を安心させるための嘘を考えようとした。だが、それは無理だと気づいた。世間一般の挨拶のような嘘をついたところで、誰の得にもならない。

ダンテは彼の額を撫でた。「お別れです」小さな声で言う。ローヴェレの熱に浮かされた目に、すべてを理解したような表情がきらめいた。「残念です。あなたがぼくに対して、そしてコロンバに対して、どんな愚かな行動を取ったとしても許されるでしょう。いいですね？」

ローヴェレはまたしても何やらつぶやいたが、ダンテには理解できなかった。彼自身、すでに幻想の次元で生きているせいで、自分の口にする言葉さえ、どこか遠くから聞こえてくるように感じた。ひょっとしたら自分も死んでいて、それに気づかないだけかもしれない。

ダンテは胡坐《あぐら》を組んで座ると、ローヴェレの頭を両手ではさみ、そっと膝の上に置いた。

「痛みますか？」

ローヴェレは目を動かして否定した。

「それなら難しいことはない。あなたはこれから旅に出ます。わかりますか？　人生で最も大切な旅に。唯一、真の価値がある。心配いりません、このうえなくすばらしい旅になりますから。もうじき、すべてについて知っておくべきことを残らず理解するでしょう。もはや謎も、影も、恐怖も存在しない」

ローヴェレの呼吸が少しずつゆっくりになる。

「いよいよ旅が始まろうとしています。空気のように透きとおった大きな飛行機に乗るところを思い浮かべてください」ダンテは続けた。「見えますか？　ちょうど滑走路を走っています。風に揺れ動き、離陸するのが待ちきれない。すでにおおぜいの人が席についていて、あなたを待っています。そこには時間が存在せず、あらゆる人に会えるからです。友人、あなたのことが好きだった人、永遠に失ったと思っていた人。何人いるか、わかりますか……こんなにおおぜいいたなんて知らなかったでしょう？」ローヴェレはかすかに笑みを浮かべ、目を閉じた。「まだです。空席を見つけても、すぐには座らないでください。あなたに挨拶をしたい人がたくさんいます。ご両親。見えますか？　晴れ着に身を包んで、このうえなく元気です」ダンテは喉にこみあげる苦いものを飲みこんだ。「あなたの奥さんもいます。見てください。何と美しいことか。あなたに会えて、どんなに喜んでいるか。長いあいだあなたを待っていたんです。あなたを抱きしめているのがわかりますか？」

ローヴェレの呼吸が乱れてきた。

「さあ、出発してください。すばらしいのは、現実の人生で重要だと考えていたことはどれも、この旅の一分間にも値しないということです……」

ダンテは口を閉じた。ローヴェレが息をするのをやめたからだ。その間に、おもてに最初の救助隊が到着した。

彼らが階段を上ってこないうちに、ダンテは遺体を探った。それと同時に、ローヴェレの血まみれの唇からやっとのことで漏れ出た最後の言葉について考えた――ひとりではない。

ひとりではない。

六人目の少女

Il suggeritore

ドナート・カッリージ
清水由貴子訳

〈バンカレッラ賞／フランス国鉄ミステリ大賞／ベルギー推理小説賞受賞作〉森で見つかった六本の左腕。それは連続少女誘拐事件の被害者たちのものだった。しかし、六人目の被害者がわからない……そして警察の懸命の捜査にもかかわらず少女たちの無残な遺体が次々と発見される。イタリアの傑作サイコサスペンス

ハヤカワ文庫

解錠師

The Lock Artist

スティーヴ・ハミルトン

越前敏弥訳

〈アメリカ探偵作家クラブ賞最優秀長篇賞／英国推理作家協会賞スティール・ダガー賞受賞作〉ある出来事をきっかけに八歳で言葉を失い、十七歳でプロの錠前破りとなったマイケル。だが彼の運命はひとつの計画を機に急転する。犯罪者の非情な世界に生きる少年の光と影をみずみずしく描き、全世界を感動させた傑作

弁護士の血

The Defence

スティーヴ・キャヴァナー
横山啓明訳

有能な弁護士だったフリンは、苛烈な裁判闘争に擦り切れ、酒に溺れた。妻と娘は彼から離れ、自身は弁護士も辞める。その彼の背中に押しつけられた銃。「法廷に爆弾をしかけて証人を殺せ、断れば娘を消す」――ロシアマフィアの残虐な脅迫。自分はどうなってもいい、娘のために闘う決意をした男が取ったのは……

ハヤカワ文庫

静寂の叫び（上・下）

A Maiden's Grave

ジェフリー・ディーヴァー
飛田野裕子訳

聾学校の生徒と教員を乗せたスクールバスが、三人の脱獄囚に乗っ取られた。廃屋同然の工場にたて籠もった犯人側と、ＦＢＩ危機管理チームのポターは交渉に臨むが、生徒の一人が凶弾に倒れてしまう。最悪の事態を回避すべく、ポターは一縷の望みをかけて再交渉に！　話題独占の作家の最高傑作。解説／茶木則雄

ハヤカワ文庫

天国でまた会おう（上・下）

ピエール・ルメートル

Au revoir la-haut

平岡 敦訳

〔ゴンクール賞受賞作〕一九一八年。上官の悪事に気づいた兵士は、戦場に生き埋めにされてしまう。助けに現われたのは、年下の戦友だった。しかし、その行為の代償はあまりに大きかった。何もかも失った若者たちを戦後のパリで待つものとは――？　『その女アレックス』の著者によるサスペンスあふれる傑作長篇

ハヤカワ文庫

訳者略歴　上智大学外国語学部卒，英米文学・イタリア文学翻訳家　訳書『グランドフィナーレ』ソレンティーノ（共訳），『六人目の少女』カッリージ，『コンプリケーション』アダムスン（以上早川書房刊）他多数

HM=Hayakawa Mystery
SF=Science Fiction
JA=Japanese Author
NV=Novel
NF=Nonfiction
FT=Fantasy

パードレはそこにいる
〔上〕

〈HM⑭⓪-1〉

二〇一六年九月二十五日　発行
二〇一七年六月　十五日　三刷
（定価はカバーに表示してあります）

著者　サンドローネ・ダツィエーリ
訳者　清《し》水《みず》由《ゆ》貴《き》子《こ》
発行者　早川　浩
発行所　株式会社　早川書房

郵便番号　一〇一 - 〇〇四六
東京都千代田区神田多町二ノ二
電話　〇三 - 三二五二 - 三一一一（大代表）
振替　〇〇一六〇 - 三 - 四七七九九
http://www.hayakawa-online.co.jp

乱丁・落丁本は小社制作部宛お送り下さい。
送料小社負担にてお取りかえいたします。

印刷・星野精版印刷株式会社　製本・株式会社川島製本所
Printed and bound in Japan
ISBN978-4-15-182201-8 C0197

本書は活字が大きく読みやすい〈トールサイズ〉です。